U0609572

晓苏
短篇小说大系

晓苏　著

天津出版传媒集团

百花文艺出版社

图书在版编目（CIP）数据

晓苏短篇小说大系. 第二卷 / 晓苏著. -- 天津：
百花文艺出版社，2025. 4. -- ISBN 978-7-5306-9106-9

Ⅰ. I247.7

中国国家版本馆 CIP 数据核字第 2025MN5795 号

晓苏短篇小说大系·第二卷
XIAO SU DUAN PIAN XIAOSHUO DA XI · DI ER JUAN

晓苏 著

出 版 人：薛印胜
责任编辑：张　雪
装帧设计：吴梦涵
出版发行：百花文艺出版社
地址：天津市和平区西康路 35 号　　邮编：300051
电话传真：+86-22-23332651（发行部）
　　　　　+86-22-23332656（总编室）
　　　　　+86-22-23332478（邮购部）
网址：http://www.baihuawenyi.com
印刷：北京天宇万达印刷有限公司
开本：710 毫米×1000 毫米　1/16
字数：278 千字
印张：19.5
版次：2025 年 4 月第 1 版
印次：2025 年 4 月第 1 次印刷
定价：88.00 元

如有印装质量问题，请与北京天宇万达印刷有限公司联系调换
地址：北京市海淀区苏家坨镇草厂村南
电话：（010）62482562　邮编：100194
版权所有　侵权必究

作者简介

晓苏，华中师范大学文学院教授，博士生导师。中国作家协会会员。湖北省作家协会第八届副主席。湖北省人民政府参事。先后在《人民文学》《收获》《作家》《钟山》《花城》《中国作家》《北京文学》《天涯》等刊发表小说600余万字。《花被窝》《三个乞丐》《酒疯子》《泰斗》《老婆上树》《乡村兽医》等作品先后六次进入中国小说学会年度小说排行榜。曾获湖北省文艺明星奖、蒲松龄全国短篇小说奖、林斤澜小说奖、汪曾祺文学奖、《作家》金短篇小说奖、《北京文学》奖、湖北文学奖、屈原文艺奖等。《老婆上树》入围第八届鲁迅文学奖前十。

自序：我爱短篇小说

在我看来，短篇小说是一种非常可爱的文体。假如说长篇小说是一位饱经沧桑的老人，中篇小说是一位经历些世事的中年人，那么短篇小说就是一位青年女性。它表面上静如止水，风平浪静，欲说还休，实际上动若脱兔，暗流汹涌，思接千载。

无论是长篇小说、中篇小说，还是短篇小说，它们都属于叙事文体。从叙事学的角度来说，叙事包括两个方面：一是叙之事，二是事之叙。叙之事指的是叙事内容，即我们常常所说的故事；事之叙指的是叙事形式，也就是我们常常所说的叙事策略，包括叙事立场、叙事角度、叙事结构、叙事语言，还有叙事美学。长、中、短三种文体的小说，虽然都离不开叙之事和事之叙这两个基本元素，但由于它们各自的体量不同，所以在叙事上也呈现出三种不同的形态。

作为老年人，长篇小说的叙之事便是他丰富的、纷繁的、曲折的阅历，其事之叙通常采取追忆的形式。他因为饱经风霜，所以叙述的时候不急不躁，一张一弛，时纵时横，显示出宏大而厚重的叙事风貌。这种叙事一般带有明显的线形特征，我把这一形态称为线形叙事。

作为中年人，中篇小说的叙之事即是他鲜活的、独特的、复杂的状态，其事之叙大多运用坦陈的形式。他因为历经些世事，有经验和见识，所以别开生面，叙述的时候直言不讳、口若悬河，显示出热烈而酣畅的叙事特点。这种叙事一般带有鲜明的面状特征，我把这一形态称为面状叙事。

作为青年女性，短篇小说的叙之事往往不太长，不太大，也不太完整，甚至不太确定。要么是故事的一个侧面，要么是故事的一个倒影，要么是故事的一个回声。我把这些故事层面的因素称为可能。短篇小说所要叙述的内容，实际上就是故事的各种可能性。与此相适应，短篇小说的事之叙主要选择了暗示的形式。这种叙事含而不露，即便是激情万丈，心旌摇荡，也要尽量克制。叙述的时候，经常运用隐喻和象征，言此意彼，声东击西，闪烁其词，模棱两可，欲言又止，似是而非，雾里看花，半明半昧，犹抱琵琶半遮面，显示出混沌而暧昧的叙事格调。这种叙事显而易见带有点式特征，我把这一形态称为点式叙事。

对作家来说，短篇小说虽然像青年一样可爱，但它同时也更具挑战性。我的意思是说，与长篇小说和中篇小说比起来，短篇小说更加难以驾驭。它显得那般清高，那般矜持，那般挑剔，那般冷若冰霜，那般无从下手。可以说，在所有的文体中，短篇小说是最能考验作家智慧和才华的。

首先，短篇小说是一种限制性叙事。长篇小说的叙事是线形的，线是自由的，可直可曲，可缠可绕，可松可紧，收放随心，无拘无束。中篇小说的叙事是面状的，面是敞开的，可宽可窄，可明可暗，可实可虚，铺展任意，游刃有余。短篇小说的叙事却不同，它是点式的，所有叙事只能在这个规定的点上进行并完成。所以说，它是一种限制性叙事。短篇小说的写作，实际上就是戴着镣铐在跳舞，其难度不言而喻。唯其如此，它才更需要作家的智慧与才华。作家只有选择到一个巧妙的角度，设置好一个特定的时空，他的叙事才可能获得成功。

其次，短篇小说是一种可能性叙事。长篇小说的叙事重点是阅历，或者叫历史，处于过去完成时态，属于必然性叙事。中篇小说的叙事重点是状态，或者叫现实，处于现在进行时态，属于当然性叙事。短篇小说叙述的重点则是各种各样的可能，或者是走势，或者是方向，或者是念头，处于将来发展时态，属于或然性叙事。或然意味着一切皆有可能，所以我把或然性叙事又称为可能性叙事。短篇小说的第一要务，就是要给读者提供更多的可能性。为了完成这一重任，作家在写作短篇小说时，必须要开放。观念要开放，故事要开放，结构要开放，语言要开放，主题更要开放。只有这样，可能性叙事才能成为可能。

另外，短篇小说是一种意思性叙事。我曾经把小说分为有意思和有意义两种。有意思的小说，是相对有意义的小说而言的。有意义指的是有思想价值，有意思指的是有情调有趣味。长篇小说重在对历史规律的思考与总结，力图打捞历史的意义。中篇小说重在对社会现实的展示与分析，力求发现社会的意义。短篇小说则特别关注那些被有意或无意忽略与遮蔽的存在，有时是生活的一个暗角，有时是人性的一道裂缝，有时是晴空的一声霹雳，有时是雨天的一抹阳光。这些都是有意思的存在。短篇小说的责任，就是要千方百计地将这些处于沉睡状态的意思唤醒并激活，让情调和趣味展翅飞翔。

目 录
CONTENTS

大哥

大哥很大。

他进校就三十一岁，在我们寝室名列第一。我们很客气地喊他大哥，他也就很不客气地嗯着答应。久之，大哥就喊开了。

大哥最喜欢听黄教授讲现代文学，因为黄教授最喜欢讲爱情。涓生和子君、觉慧与鸣凤、王贵与李香香……都讲得情意绵绵，惹人心动。每逢黄教授的课，大哥总是提前半小时进教室，抢一个最前的位子坐下。听讲的时候，他更是心旷神怡，堂堂亮的眼睛像正月十五的灯笼。下课了，他还要在空荡荡的教室里回味半天。

没有爱情的课，大哥头疼。特别是古代汉语，每次他都坐到教室最后一排的角落里，书放在拐手椅上从不打开，老师讲课时，他就用火柴杆挖耳屎，眼睛半睁半闭，似入仙境。他把挖出的白片小心地摆在书上，一块一块地列得整整齐齐，等到下课铃响，他便使老劲一吹，耳屎四处飘扬，像天女散花一般。

每晚，大哥总是头一个上床。他上床并不睡觉，靠在床架上写写画画。起初，我以为他是在写日记，没有介意。日久，发现他一字一句都写在信纸上，我们便觉得奇怪，于是问他："大哥写什么呀？"

"情书！"他爽爽地答道。

在大哥面前，我们都是十七八岁的孩子。尽管学校禁止大学生谈情说爱，但我们觉得他是可以例外的，甚至能结婚生孩子。因为他的胡髭比谁都长，辛辛苦苦刮一次，过不了两天又像菜一样黑乎乎地冒出来了。听他说写情书，我们都为他高兴。

我们问他心爱的人儿在哪里。

他说在那遥远遥远的地方。

我们问她长得怎么样。

他说比昭君西施还漂亮。

我们问，大哥答，脸上都荡漾着甜蜜的微笑……

大哥写完情书，总要默默读几遍，像看情人给他写来的情书似的。后来他还主动地把情书念给我们听。他读情书非常独特，一口气读到底，就像没有断句的古文。如你让我吻你一下吧吻你的嘴或者吻你的手也好万一不行吻你的脚我也满足你嫁给我吧我买一辆凤凰自行车带你你用双手抱住我的腰我上坡也带刹我昨天下午到南湖散步看见两条鱼在一起摇头摆尾我想它们一定是在干坏事……他念得很快，念完了我们还得想半天才能尝出一丝味儿来。大哥真有点现代派。

大学第二年，一天下午大哥不在，寝室门口有人找他，是个三十多岁的农村妇女，怀里抱一个三岁左右的孩子。我们问她找大哥有什么事，她满口乡下方言，我们听了好多遍才知道她怀里的孩子病了，要找大哥带她去医院给孩子看病。我们又问她是大哥的什么人，她说是他家的堂客。

啊？我们傻了眼！

我们把她请到屋里坐下，派一人出去找大哥。一会儿大哥回来了，在门口一见到乡下妇女，满脸像涂了红漆一样。

他堂客连忙站起来朝他走去。大哥没有进门，用比外语还难懂的家乡话与堂客说了句什么，便直接把女人带走了……

那天晚上，大哥回来很晚。我们寝室的兄弟联合起来开了他的"批判会"。

你太缺德了，儿子都有了还谈情说爱，你对得起你的堂客吗？

你要是抛弃了大嫂，我们饶不了你这个陈世美。

你老实交代，你的那些情书都是给谁写的？

你一言我一语。

可大哥却闭口不开，阴沉可怕的脸垂向一边。

"你不告诉兄弟们，我们就去报告辅导员！"有人冒出了这么一句。

"混蛋！"

大哥大吼一声，边吼边从枕头下面抽出了一大捆写过的信纸，使牛劲扔在桌子上。大家一看，全是大哥写的情书。

这一下，我们都大惊失色了。

这时，大哥却唰唰地流起泪来。

我们都木然无声，寂寂得怕人。

从此，我们再没看见大哥写情书。不过，他仍然最喜欢听黄教授的课，最讨厌古代汉语。

大四下半年，大哥报考了黄教授的研究生。他悲观万分地说他这辈子再不想什么爱情了，要一心一意做点儿学问。我们问，你与你堂客没有爱情怎么生了孩子？他说无心插柳柳成荫。然后都无话可说。

大学毕业前夕，大哥接到了研究生录取通知书，黄教授说他考了第一名，他欣喜不已。

大哥很快给他乡下堂客写了一封信。

"又写情书了？"我们问。

他不应，只苦笑一声。

过了好些天，辅导员突然找大哥，要他到系办公室去一趟，脸色阴森。

下午毕业会餐，直到开席时大哥才从办公室出来，坐在酒席上，一副丧魂失魄的样子。

"辅导员找你干什么？"

他不说话。一连喝了三杯"翁泉特曲"。三杯下去，话匣子被启开了。原来，他写信跟堂客商量离婚，堂客就托人代笔写了一封信给辅导员，辅导员便把他喊去批评教育了一通。

大哥又喝了满满一杯，泪水不住地涌来。他说："我不读研究生了。"

"什么？"我们都愣住了，以为他说酒话。

"还读个什么书噢！"他的泪越流越多。

"为什么不读？"

"找了一个农村老婆，读研究生有什么用？那只会把距离越拉越远。我这人，考大学就是个错误，我要在我们村里教一辈子小学，也不会……唉！"

酒宴散后，我们扶着大哥歪歪倒倒地回到了寝室。

很快，毕业分配了。大哥自愿回了老家。本来要他留在省城高校教书，他左右不同意。走的那天，我们说定八点送他去车站。后来，守门的老婆婆说他七点钟就自己叫了一辆三轮车偷偷地走了，连声再见也没说。

我最后一次看见大哥时，他蹲在宿舍门口垃圾桶旁边烧情书……

仔子

他来自湘西，在我们寝室岁数最小。我们都叫他湖南伢子，简称伢子。他长得像郁达夫先生，脸尖瘦。

伢子一天到晚泡在图书馆里，很少待在寝室。偶尔不上图书馆，就关在蚊帐里看书，帐子关得严严实实，我们从来不知道他在看什么书。他也很少跟我们说话，住在同一个寝室却像陌生人。星期六看电影，他也是一个人独去独回，我们都觉得他是个怪人。

那年全国短篇小说评奖揭晓了。有一天，我们正在议论一篇写女大学生的作品如何如何时，伢子从图书馆回来了。我们问他："伢子，你认为这篇小说怎么样？"

他轻蔑地一笑说："不敢恭维。"

"那你就写一篇关于男大学生的把他压下去吧。"

"哼！出水才见两腿泥。"边说边钻进了他的蚊帐。

从此，我们发现伢子很傲。

期末，系里开展学生评课活动。每人发张表给任课老师打分。伢子最高的只打了六十五分，百分之五十不及格。表交到学习委员手里，学习委员不敢交上去。我们用讽刺的口吻对伢子说："老师讲课都不行，你讲一次我们听听怎么样？"

他又轻蔑地一笑说："出水才见两腿泥！"

我们的楼上住着本班的女学生。她们晒在窗台上的衣服总是被风吹落在我们的窗台上。傍晚，她们中间掉了衣服的就来敲门，把自己的衣服拎上去。有一天，上面像风筝一样飘下来一条白色的胸罩。这一次，再没有人来敲门了，那白色的东西在晒衣架上落了五天没人管。最后，伢子把它捡进来，用一张旧报纸包好放在桌子上。就在当天吃晚饭时，有人来敲门，声音极轻极轻。

"进来。"寝室的人说。

"我来找一件衣服。"门缝里挤进一个秀气的脸蛋儿，是我们班上的鄂西妹子，声音像猫儿似的。

"什么衣服？"有人故意戏弄她。

"一件小衣服，白的。"鄂西妹子的脸上一下子如化妆一样通红。

"请你说得再具体点儿，好吗？"又有人说。

"算了，我不要了。"鄂西妹子气着走了。

正在这时，伢子气势汹汹地拿起桌上的纸包，冲出了门……

第二天，又有人极轻极轻地敲门，我们猜又是鄂西妹子。伢子恰好站在门口，他开门一看，果然是鄂西妹子。她手里拿一张旧报纸："这上面的诗是你写的吗？报纸是你帮我包衣服的。"声音仍然如猫儿似的。

"没有没有，我从没写过诗。"伢子摆头说。

"用钢笔写的，写得真好！"猫儿的声音提高了，双眼闪出晶亮的光。

我们都好奇地跑过去，抢过报纸看。原来是伢子信手在旧报纸上写的一首诗：

> 青青的坟草
> 白色的墓碑
> …………

我们读完，都被伢子的才气和诗情惊住了。确实是一首好诗。

"你怎么不投出去发表？"

"你这首诗，《诗刊》也要发头条，你投吧！"

"你是不是要一鸣惊人？"

伢子只摆头不说话，赶快收拾书包出门，出门时不知是对我们还是对鄂西妹子说了一句他的老话："出水才见两腿泥！"

我们都盼望伢子早日出水。

鄂西妹子的羞涩渐渐退去了，早晚有事没事就朝我们寝室里跑，敲门的声音一次比一次大。若是伢子不在，她站一会儿就走。碰到伢子在寝室，她就要坐下来谈这说那老半天。虽然并非都与伢子说话，但她的兴趣全在伢子身上，我们寝室的兄弟都很清楚。可是，伢子对鄂西妹子却没有多大兴趣，像对任何人一样冷冷冰冰，不知道他是没有看出鄂西妹子的心事还是不喜欢鄂西妹子。其实这妹子水灵得像早晨的露珠，是典型的东方美人，好多男同胞早已对她垂涎三尺。

一天，收发员给伢子送来了一封"内详"的信。我们对这种没有地址的信特别敏感，三五人立即围一团研究起来，有人一看，就咬定是鄂西妹子的笔迹。这妹子主动进攻了！

伢子回来看了看信，又轻蔑地笑了一下把信装进了书包，看不出半点激动。

次日黄昏，我们几个人到南湖去散步，碰见鄂西妹子坐在南湖边伤心地流泪。夕阳如血，洒满湖面……

"伢子这小子太不近人情了！"我们在心里骂他。

晚上睡觉前，有人直截了当地问伢子："你为什么拒绝鄂西妹子，她哪点配不上你？"

伢子淡然地答道："一事无成，谈什么恋爱？出水才见两腿泥！"然后关灯睡去，寝室一夜无话。

我们都渴望伢子早日出水。

可伢子迟迟不肯出水。他的枕头下面压了一层层诗篇，从没朝外投一首。

一晃大学毕业了。他被分回到湖南湘西，那地方很穷，从那儿来的学生都要回去。"回去就回去。"伢子无所谓。

痴情的鄂西妹子申请支援湘西，可惜领导没有批准。因为鄂西也属落后地区。离校的时候，她的眼睛哭得像葡萄，凄凄惨惨戚戚。

记得我们是七月初离校的。就在月底，我收到了一封来自湘西的信。开始还以为伢子写的，兴冲冲拆开一看，我魂飞魄散了。

我真不敢相信这个惊天动地的消息，但是我又不能不相信。信是与伢子一起被分到湘西的一位同学写来的。信中说，伢子被分到湘西报到的第二天下午，独自下河游泳，不幸淹死……

　　噩耗！年纪轻轻，才华未展。我万分悲痛，万分惋惜。

　　信中还说，人们在他脱在河边的衬衣口袋里发现了一张照片，是鄂西妹子……

春寒

1

唐卓自杀在春寒来到这所大学的第二天。

气候几乎是转眼之间发生巨变的。春节过后，温度便像点火似的升高，刚进三月，棉衣就穿不住了，甚至毛衣也穿不住，校园里于是盛行了衬衫。可是没热两天，一阵风陡然从北方呼呼啦啦刮下来，气温一下子降到了零下。春寒就这么来了，说来就来了。

最先发现唐卓自杀的是唐卓的妻子韩春。她是这所大学的一位打字员。她长得很漂亮，打扮得也很漂亮。这所大学所有的打字员都长得很漂亮，也都打扮得很漂亮。这真是一种奇怪的现象。韩春这天没去上班，寒风刮来的时候刮断了通向打字室的那根电线，打字室就停了电，所以韩春就放假在家。唐卓自杀的时候，韩春正在她和唐卓共同的卧室里干一件对不起唐卓的事情。

唐卓是在他的书房内自杀的。书房与卧室仅隔一道墙，所以唐卓倒地的声音让韩春听见了。韩春听见响声并没有想到是唐卓。因为唐卓吃过早饭就匆匆出门了，说要去办一件很重要的事，最早也要到中午才能回家。唐卓出门时不到八点，韩春听到响声时是九点钟，因此就一点也没想到会是唐卓。不过韩春听到响声之后还是立即去了书房，她想弄清楚是什么东西倒在了书房里。

唐卓采用的方式是服毒。韩春跑到书房时，唐卓已仰面倒在地上，嘴里吐着带有农药味的白沫。一个农药瓶歪倒在他身边，没喝完的农药还正在朝外流淌。唐卓选择这种方式自杀很容易理解。他是化学系讲师，对农药有很深的研究，曾经出版过一本名为《农药使用百忌》的书。

韩春发现丈夫自杀后的情景不难想象。她首先是惊恐，其次是呼喊。她高喊："唐卓服毒啦——"

第二个发现唐卓自杀的是唐卓从前的学生任重远副教授。韩春惊恐的喊叫声还没落地，任重远就冲到了书房，因为当时他就在韩春和唐卓的卧室里。任重远冲到书房时，韩春已目瞪口呆，背靠着书柜浑身发抖。于是打电话报案的任务就义不容辞地落在了任重远身上。

这栋楼一楼走道里有一部公用电话。任重远一口气拨了三个电话，一是校医院，二是校长办公室，三是化学系。电话拨得十分顺利，第三个电话刚拨完，医院的救护车就响着独特的声音开到了楼前。救护车很快就把唐卓送到了医院。

救护车开走不久，校、系两级领导都赶来了。其中有副院长吴月金和化学系主任万达。他们先对哭得死去活来的韩春说了几句安慰的话，然后就马不停蹄地去了校医院。

校医院坐落在一片竹海深处，是一个环境幽美的地方。

医院院长亲自加入了对唐卓的抢救。吴月金副校长和万达主任以及其他一些领导同志都万分焦急地守在急救室门口。他们的脸庞全都阴沉着。他们的眉头全都紧锁着。他们的眼睛全都黯淡着。他们像是在排练一场悲剧。

院长终于开门出来。

"他怎么样？"吴月金急切地问。

"看来不行了！"院长沉重地说，眼里似乎转动着泪花。

吴月金的心陡然一沉。万达的心也陡然一沉。所有的心都陡然一沉。人心都是肉长的，在这种情况下不能不沉。

2

唐卓没留下遗书。韩春找遍了每一个地方都没有找到。不过关于唐卓自杀的原因，至少可以断定与职称有关。前面说过唐卓吃过早饭匆匆出去了，他告诉韩春要去办一件很重要的事，这件事就是去职称评聘领导小组要求解决他的副教授问题。职称评聘领导小组简称职评组。

职评组设在这所大学行政楼的最高层。这栋楼高耸入云，站在最高层朝地面看，来往的行人犹如蚂蚁在爬。唐卓在自杀之前的确去过职评组。对此行政楼的许多人都可以作证。最有力的证明人是职评组长吴月金副校长。在学校集中精力评聘职称的这段时间里，他一直坐在职评组里负责这项重要工作。吴月金是八点钟准时到职评组的，那时唐卓早已等候在职评组门口了。吴月金开始很热情接待了唐卓，他先拍了一下唐卓的肩，然后一起进了职评组办公室。后来秘书小张也上班了，张秘书还给唐卓倒了一杯白开水。

"我的副教授这回该没有问题了吧？"唐卓一开始就把话题切入了实质。

"这话怎么说呢？"吴月金苦笑了一下。

"上一批就应该解决我。"唐卓说。

"是的。因为指标有限。"吴月金说。

"上一批我让了一步。你说下一批一定解决我。"唐卓说。

"是的，我当时是这么说过。"

"那么这一回就不会再有问题了。"

"可是又有了新的问题。"

"什么问题？"唐卓这时开始激动。

"你们系的朱全博士从俄罗斯回来了。他早不回晚不回，偏偏在这时候回来，看来只有先解决他的了。"吴月金说。

"那我呢？"唐卓猛地站起来。

"你只好再等下一批。"副校长兼职评组长吴月金说。

唐卓听了这话便由激动转入气愤。他的脸霎时变得通红，有几根头发像豆芽似的竖立起来。

"你作为校长，怎么能够出尔反尔？"唐卓扩大声音说。

"情况是在不断变化的。"吴月金却显得很冷静。当领导的遇事都要冷静。

唐卓的火越烧越旺，熊熊的火焰从他两只眼睛里射出来。他忽然想到朱全与吴月金有亲戚关系。这层关系化学系许多人都知道。据说学校当时派朱全去俄罗斯深造就与此有关。唐卓从前一直不介意这一点，而现在他觉得他应该提一提这件事才好。

"听说朱全是你的亲戚。"唐卓突然说。

"这并不重要。"吴月金说。他依然很冷静。

"这很重要。"唐卓拍了一下桌子，"所以你要把副教授给他！"

"他是博士，与我无关。请你不要无理取闹！"吴月金的声音也大起来，脸由白变红。任何人的冷静都是有限的。

这时唐卓退出职评组办公室。他是一边吵一边退出办公室的。然后又一边吵一边下楼。当他从最高层下到地面时，他的嗓子已经嘶哑。行政楼的大部分人都听见了唐卓的吵声。

后来唐卓就气着回了家。所以我们说他的自杀与职称有关。正因为如此，吴月金副校长一听到唐卓自杀的消息就火速赶到了现场。

唐卓的自杀也许还有另外一个原因。这一点只有两个人知道。一个是唐卓的妻子韩春，另一个是唐卓从前的学生任重远副教授。韩春是一个长得很漂亮并且打扮得也很漂亮的女人，这一点前文已经提过。唐卓的学生任重远早在化学系读研究生的时候就已经对韩春怀有爱慕之心，只是考虑到唐卓是他的兼课老师而没明确表达。后来他毕业留校了。后来又破格提了副教授。后来就与师娘韩春建立了特殊的关系。他们的关系一直很小心很保密，唐卓几乎毫无觉察。这天唐卓出门之后，韩春突然很想任重远，便给任重远拨了电话。她听唐卓说中午才能回家，就觉得这是一个约会的好机会。任重远很快就来了。他们于是在卧室里进行拥抱接吻之类的活动。就在这段时间里，唐卓突然回家了。韩春没想到他会这么快就回来。韩春后来想，唐卓进门时可能看见了她和任重远，因为卧室的门上有一块透明的玻璃，他们忘了拉上布帘。人在冲动的时候往往容易忽视一些细节。韩春想这也许是促使唐卓自杀的另一个原因。当然韩春和任重远谁也不会说出这一层。

3

副校长兼职评组长吴月金突然召开了一个紧急会议。与会者都是学校高级职称评委会委员，会议地点在行政楼最高层的职评组办公室。吴月金在医院急救室门口听院长说唐卓不行了的时候，便决定要开这个会。从医院回来，他立刻派张秘书通知了各位评委，评委们这一次集合比往常任何一次都雷厉风行，通知发出去不到半小时就都衣冠楚楚地坐在了会场上。

会议由吴月金亲自主持。他先看了一下在座的评委，然后站起来讲话。

"唐卓老师的事各位都知道了。"吴月金把声音压得很低。

评委们的确都知道了唐卓的事。这样的事一向传播迅速。因此他们的表情都无比沉重。

"今天专门讨论唐老师的职称问题。他是老讲师，教学科研都早已达到了副教授的水平，只是因为指标有限没有解决。唐老师现在出了不幸，很快就要离开我们了。为了安慰他的家属，也为安慰即将死去的灵魂，我们决定解决他的职称问题，下面就请各位评委发表意见。"

评委们相互扫视了片刻，但没有说话。气氛异常冷。

"发表意见吧。"吴月金说。

终于有一个评委站起来，是化学系系主任万达。

"你们不是只给化学系一个指标吗？"万达认真地问，"评了唐卓，朱全怎么办？"

所有的评委都把目光集中到万达身上。

"唐老师可以不占指标。"吴月金说。

"为什么？"万达问。

"医院说，唐老师已经没有生还的希望，所以他实际上可以不占指标。"

"原来是这样。"

然后又沉默下来。评委们面面相觑。

"请各位发表意见吧。"吴月金再一次说。

评委们仍然沉默不语。

"那么请举手表决。"吴月金先举起一只手,"同意唐老师升副教授的请举手。"

评委们的手立刻如雨后春笋般举起。

张秘书迅速对高举的手进行了清点,然后报告吴月金:"全票通过。"

"好!"吴月金十分满意。

"散会!"吴月金挥手说。

会议开得很短暂,而且取得了预想的效果。这是吴月金主持的无数次会议中开得最为成功的一次。

吴月金再到医院时,唐卓还在急救室里,韩春带着一儿一女两个孩子守在急救室门口,他们的脸上都挂着密密麻麻的泪珠。

"不要过于伤心。"吴月金握住韩春的一只手说。

韩春反而使劲地抽泣了两声。

"唐老师的副教授已解决了。"吴月金庄严宣告。这是他这次到医院要说的最重要的话。

"谢……谢……领导!"韩春激动地说,两颗美丽的泪珠滴落下来。

4

谁也没有想到唐卓会死里逃生。真的,谁也没想到。然而,伟大的医生硬是把他从死亡的边缘拖回来了。这真是一个奇迹!

唐卓是在自杀的当天半夜里睁开眼睛的。当时除了医生,在场的还有韩春。当唐卓把眼睛睁开的时候,韩春感觉自己进入了一个神话世界。她足足有一刻钟没能说出话来。后来,唐卓喊了韩春的名字,韩春才相信了眼前的事实。

"老唐!"韩春抑制不住地扑到唐卓的身上,泪如雨下。

“怎么，我没死？”唐卓惊奇地问。

“老唐，你怎么能这样？”韩春呜咽起来。

“你们为什么不让我死？”唐卓望着旁边的医生，大声质问。

韩春紧紧地握住唐卓一只手说：“老唐，你不要激动。我告诉你一个好消息，你的副教授解决啦！”

“你说什么？”唐卓的两眼放出一种奇异的光。

“你的副教授解决啦！”韩春重复一遍。

“真的？！”唐卓要挣扎着坐起来。

“真的，吴校长亲口跟我说的。”韩春按住唐卓没让他起身。

“唉！”唐卓叹了一声，接着双眼轻轻闭上了。他陶醉了。

第二天，唐卓死里逃生的消息就像雪片一样传遍了这所大学。这真是一个特大新闻。

化学系朱全博士听到这个消息时，正在家里喝一杯从俄罗斯带回来的咖啡。刚刚品出一点味儿，消息进入了他的耳朵。美丽堂皇的玻璃杯顿时掉在地上摔成碎片。原因很简单，他在头天晚上已从吴月金那里知道了职评组把唐卓评为副教授的事。

接下来的情景便可想而知。朱全马上去职评组办公室找吴月金。吴月金正好在那里。另外还有张秘书。朱全进门时，吴月金仰靠在藤椅上，眼望着天花板正想着什么，额头皱得叫人想到花卷。

“吴校长。”朱全喊了一声。他没使用亲戚之间的那个称呼，因为旁边坐着张秘书。朱全很注意小节。

“你……”吴月金坐起身来。他似乎明白了朱全的来意。

“唐卓他活了！”朱全吃惊地说。

“知道。”吴月金说。他像是没睡足觉，眼膜上布满血丝。

“那我的职称怎么办？”朱全显得急不可耐，双手一摊做了个外国动作。

“这，我们再开个会研究。”吴月金很原则地说。

会议说开就开。与会者就是头天为唐卓评职称的原班人马。地点仍在职评组办公室。仍是吴月金主持会议。他先喝了一口茶。接着又喝了一口茶。他似乎不知道该如何主持这个会议。后来他使劲咳了一声才终于把嘴张开。

"唐老师得救了！大家可能都已经听说。这是件好事！然而这却给在座的各位评委们带来了一点小小的麻烦。昨天我们开了一个会，把唐老师评为了副教授。大家都知道，那样评的前提是因为唐老师即将离开我们到另一个世界去。他可以不占我们的指标。现在这个前提已不复存在，唐老师已回到我们中间来了，所以昨天的结论也就要相应地被推翻。今天请各位来正是讨论这件事情。这实在是一件令人头痛的事情！"

第一个发言的评委是万达。他问："吴校长，你的意见如何？"

"我们在唐老师出事之前曾经开过一次会，已决定把化学系的那个指标给朱全博士。我觉得我们应该坚持那个决定。"

"既然如此，今天开会有什么意义？"万达问。

"听听大家的意见嘛。"吴月金说。

"我们能有什么意见呢？"万达说。

"话可不能这么讲，我们历来是尊重评委的意见的。"

会场出现了一阵沉默。

后来吴月金站起来清清嗓子说："既然大家没意见，下面就请反对原先那个决定的同志举手。"

无人举手。于是宣布散会。

5

唐卓在医院挂了两天吊针后回到家中。韩春专门在家护理他。两人的感情无比亲密。唐卓的身体渐渐恢复过来。

唐卓没有提起韩春与任重远之间的事。他也许没有看见，也许看见了不愿说。韩春是这么理解的。当然韩春也没有说。不过她心里一直万分悔恨。她想，不管唐卓看见与否，从此一定要与任重远一刀两断，永远忠于唐卓。

校、系两级领导曾到家中来慰问过唐卓。他们没有提起职称的事。他们害怕唐卓身体刚刚好转经受不了新的打击。所以他们闭口不谈职称方面的问题，而大谈特谈太阳神等营养品，劝韩春多买一些给唐卓喝，希望唐卓早日康复。

然而纸究竟包不住火。半个月后一天下午，唐卓终于知道了这一批职称评聘结果。化学系评上了一名副教授，这人不是唐卓，而是朱全！

唐卓是从路边两个人的议论中听见的。这两个人不认识唐卓。唐卓开始一点也不相信，于是就去职评组证实。接待他的是张秘书，张秘书如实地给他讲了情况，果然与路人所说一致。唐卓听了差点昏倒在地。

"吴校长呢？"唐卓强打着精神问。

"他回校长办公室去了。职评工作已告一段落。"张秘书说。

唐卓便找到了吴校长办公室。吴月金的办公室在行政楼二楼。他一个人一间房。

唐卓敲门。开门的正是吴月金。他好像长胖了一些。

"好一个吴校长！"唐卓指着吴月金的鼻子说。

他只说了这么一句，然后转身愤然而去。

唐卓从行政楼出来后没有回家。他去了化学系农药教研室。当时已是下午五点多钟，教研室内空无一人。唐卓一进去就再没有出来。

这天半夜里，人们在教研室找到了唐卓。这时候，唐卓已经死去整整七个小时。他仍然采用了服毒这种方式。农药教研室里放满了各种各样的农药。唐卓喝的是毒性最大的一种。他喝了整整一瓶。

唐卓这一回留了遗书。他用白粉笔在黑板上写了一行小字："我再不用为职称烦恼！"字写得非常工整，黑板白字，效果极好。

两天之后，校园内几处醒目的地方都贴出了内容相同的讣告。其中有这样的句子："我校化学系副教授唐卓同志 3 月 10 日不幸逝世，享年 47 岁。"唐卓总算成了副教授。

讣告贴出去的当天傍晚，学校广播里播了最新的天气预报，说春寒即将过去，气温就要回升。这倒是一个令人欢欣鼓舞的消息。

粉丝

1

周人杰第一次到我们家里来的时候，韦敬一不仅看不起他，而且还烦死他了。

老韦很清高，属于眼睛长在额头上的那种人。我和他结婚快二十年了，从来就没发现他看得起谁。老韦认为他是搞学术的，只需要教自己的书，写自己的书，不需要求任何人。我想也许就是搞学术的缘故吧，老韦养成了清高的毛病。他因此在生活中几乎一个朋友也没有，说起来也挺孤独的。加上老韦研究的又是变态心理学，时间一长，他自己的心理也多少有些变态了，变得越来越矜持，越来越古怪，越来越冷漠。因为缺乏交流，老韦的内心深处其实是很痛苦的，这一点我很清楚。作为老韦的妻子，我好几年前就开始为他担心了，担心他长期这样下去会陷入到一种痛苦的深渊中去。我一直都想帮助老韦改变自己，并且还想了不少办法。半年前，老韦所在的心理学院要改选工会主席，听到这个消息后，我背着老韦找到了心理学院的院长，希望院长能考虑老韦。我说，让老韦兼着做点儿工会工作，也许他的性格会开朗一些。院长也是关心老韦的，马上就答应了我的请求。老韦出任工会主席之后，情况渐渐有了一些好转。我的心这才稍微轻松了一点。

周人杰是在韦敬一担任工会主席的第二个月来我们家里的。他开始并不知道我们家，是我把他从学校医院带回家里来的。我在学校医院口腔科工作，专门负责给人拔牙，算是一个牙医吧。

那天上午，十一点钟的样子，我刚拔完一颗牙齿，正伏在水池边洗手的时候，一个土里土气的青年男子来到了口腔科门口。他身穿一件劣质西服，脖子上还打着一条皱皱巴巴的红领带。他站在门外，把头长长地伸进门内问我，请问一下，谁是林医生？我听了一愣，两眼马上睁大了一圈。我说，我就是，你有事吗？他一听说我是，立刻就显得很激动，脸一下子红到了耳根。啊呀，我总算找到你了！青年男子说。他说着就快步进了门，一直走到我身边才停住。我认真地打量了他一下，发现他手上拎了一个鼓鼓囊囊的旅行包，看样子是刚从外地来到武汉的。

我叫周人杰，是从咸宁来的。青年男子站稳后对我说。我用陌生的目光看着他，对他一点儿也不热情，连凳子也没让他坐。他接下来问我，林医生应该还记得林杉吧？一听到林杉，我的心立刻颤了一下。林杉是我的一个远房姑姑，她少女时代经常到我父母家里去玩，每次去都捎上一些好吃的东西。我那时七八岁的样子，对林杉姑姑的印象特别深，她梳着两条长辫子，又黑又密的刘海把眉毛都挡住了。听说林杉姑姑后来嫁到了咸宁的一个乡村小镇，算起来我已经几十年没见到她了。不过我始终没有忘记林杉姑姑，还一直想着找个机会去看望她呢！

周人杰一说到林杉姑姑，我对他的态度顿时变得和蔼了，看他的目光也一下子亲切起来。我连忙问他，你认识我的林杉姑姑？周人杰浅浅地一笑说，岂止是认识？我和她是邻居，还喊她婶子呢！我有些疑惑地问，林杉姑姑怎么会是你婶子？周人杰说，我父亲和你姑父是兄弟，所以我就喊她婶子。我说，哦，原来是这样！周人杰这时双眼一亮说，林医生，按说呀，我还得喊你表姐呢！我想了一会儿，觉得他说的不无道理，就对他微笑了一下。接下来，我迅速拖过一只凳子让周人杰坐，同时还给他倒了一杯水。

周人杰是一个非常健谈的人，他一边喝水一边滔滔不绝地给我讲林杉姑姑的情况。没过多久，我们就像两个相识多年的人了。

那天下班的时候，我礼节性地邀请周人杰到家里去吃午饭，他居然一口就答应了。好吧，那就给表姐添麻烦了！周人杰说。我实在没想到他会这么爽快，这真让我感到哭笑不得。从口腔科出来时，周人杰又自言自语地说，也好，我早就想去拜见一下表姐夫了，听婶子说他是一个名教授呢！虽然没见过他，但我早就崇拜他了，用时髦的话说，我是他的粉丝。

2

韦敬一那天没课，我想他十有八九又把自己关在家里写论文。还没把周人杰带回家，我就断定老韦不会欢迎他，就更别指望他看得起他了。为了不让周人杰见到老韦后感到尴尬，我在进门之前就对他说起了老韦。我说，老韦这个人一向话少，到时你可不要怪罪他。周人杰朗朗地一笑说，知识分子都清高，我怎么会怪罪他呢？我说，你能这样想就好。

过了一会儿，周人杰说，表姐夫要是不愿意跟我说话，我可以找他说嘛！我说，如果他不搭腔呢？周人杰说，他不搭腔我就一个人说个不停。我说，那你好意思吗？周人杰怪笑一下说，我一个老百姓，有什么不好意思的？我的脸皮厚得很！

正如我估计的那样，老韦那天果然在家里写论文。我和周人杰进门时，老韦还在书房里坐着。我先把周人杰安顿在客厅的沙发上坐下来，然后对着老韦的书房说，老韦，我们家来客人了。老韦不冷不热地问，谁呀？我说，我一个远房姑姑的侄儿。接下来，我以为老韦会问我是哪个姑姑，但他没问。我和周人杰都张着耳朵等老韦说话，可是等了好半天，老韦却什么话也没说。

沙发上摆着一些书刊，我指着它们对周人杰说，你随便翻翻杂志吧，我去厨房做饭。周人杰进门后把他随身携带的那个旅行包横放在腿上，我说让他看杂志，他才把旅行包放到地上去。表姐你去忙吧，不要管我！周人杰放下旅行包后对我说。他说着就伸手抓过了一本杂志。

过了半个小时，我把午饭做好了。饭菜端上桌子之后，我把周人杰请到了餐厅。老韦这时候还在书房里忙着。我正要开口喊老韦吃饭，周人杰却麻利地从餐厅跑到了书房门口。他毕恭毕敬地站在门外，用无比尊敬的口吻对老韦说，表姐夫，请你去吃饭。老韦嘟哝一声说，知道了。

三个人在餐桌上坐定后，我开始给老韦介绍周人杰。老韦一边听我介绍，一边斜着眼角朝周人杰看，目光冷冷的。我介绍完毕，周人杰突然直直地站起身来，双手贴着裤缝对老韦说，表姐夫，见到你真高兴！他说完还顺势给老韦深深地鞠了一躬。老韦见状，忍不住用嘲讽的口吻说，你怎么像个日本鬼子？周人杰听了并不气恼，反而满脸堆笑地对老韦说，对不起，让表姐夫见笑了！

吃饭的过程中，老韦一声不吭，只顾默默地吃菜喝汤。周人杰却一边吃一边不停地说话，一会儿说菜的味道好，一会儿说盘子的色彩好看，一会儿又说餐厅的设计漂亮。我怕周人杰一个人唱独角戏太难堪，偶尔也附和两句。老韦显然对周人杰话多感到不满，我看见他不止一次地用眼角的余光瞅周人杰。而周人杰却不管这些，嘴上仍然说得连镰刀都割不断。

快吃完的时候，周人杰把话题转到了老韦身上。他说，早就听姊子说表姐夫是个了不起的大学者，今日一见，果然是气质不凡啊！老韦听了，扭头瞪了周人杰一眼，嘴里却一声不响。周人杰接着说，虽然我以前没见过表姐夫的面，但我对表姐夫的才华却早有耳闻，据说表姐夫三十六岁就当了教授，学贯中西，著作等身啊！老韦看样子已经听不下去了，他用筷子头敲了敲碗沿说，快打住吧，太让人肉麻了！周人杰却打不住，继续说，也许说了表姐夫不相信，其实我一直是您的崇拜者啊，用现在的话说，我就是你的粉丝！周人杰话音未落，老韦突然放了筷子，然后一起身就走出了餐厅。出门后，我听见老韦愤愤地说，真是把人烦死了！

周人杰的脸上突然红了几块，像是抹了红药水，看来他并不是一点自尊心都没有。考虑到周人杰毕竟是林杉姑姑的亲戚，心想不能让他在我们家里太没面子，我于是就给他解释说，你别介意呀，老韦这个人从来不喜欢别人吹捧他，甚至连一句奉承话都听不得。周人杰苦笑一下说，没什么，不过我不是拍马屁，我的确是表姐夫的粉丝啊！他的声音很大，老韦在餐厅外面肯定也听见了。我担心老韦听见后又会说出什么难听的话来，不过还好，他没有再说什么。

因为下午还要去医院上班，我就不能让周人杰在家里久留。周人杰也还算知趣，饭后我正准备给他下逐客令的时候，他自己先主动告辞了。

当时老韦又进了书房，并且把门也关上了。周人杰问我，我去给表姐夫打个招呼吧？我说，算了算了。周人杰说，不打个招呼不礼貌吧？我说，老韦不在乎这些的。周人杰想了想说，好吧，那我就不打扰表姐夫了。

临走时，周人杰打开了他的那个旅行包。我伸头一看，他的包里原来装的全是粉丝。周人杰对我说，表姐，我这么远来看你，也没什么礼物，就把家里自己做的粉丝给你拎了一些，你和表姐夫下火锅吃吧！他一边说一边从包里往外掏粉丝，掏出来放在沙发上。粉丝的品种很多，有玉米粉丝，有绿豆粉丝，还有红苕粉丝，我家的沙发一下子变成了一个粉丝摊。

我好奇地问周人杰，你怎么有这么多粉丝？周人杰说，我家办了一个粉丝厂，专门生产粉丝。我说，难怪呢。周人杰掏完粉丝猛然抬起头，看着我的脸说，哎表姐，听婶子说表姐夫还是工会主席呢，请你给他说一下，有机会就帮我在他们单位销一些粉丝吧。

周人杰这话说得有点儿突然，我一下子不知道如何回答他。过了许久我说，有空我给老韦说说看吧。周人杰一听就喜上眉梢，马上对我点头哈腰说，谢谢表姐，我真是遇到贵人了！他说完就掏出一张名片递给我，让我有了消息给他打电话。我接过名片一看，原来周人杰还是粉丝厂的厂长呢。

我送周人杰出门的时候，他特地要了我们家的电话。周人杰对我说，我有空打电话给你们。

3

周人杰走后的第三天，韦敬一居然主动提到了他，这真是我没想到的事情。

　　老韦是在吃晚饭的时候提到周人杰的。凑巧的是，我那天煨了鸡汤，正好在鸡汤火锅里下了一把周人杰送的红苕粉丝。开始我没告诉老韦粉丝是周人杰送的，我怕因此影响他的食欲。老韦这个人有点儿情绪化，往往一句话不对劲儿就兴趣锐减，欲望顿消。有时候在床上他也这样，经常弄得我很无趣。所以我在生活中就特别注意，尽量做到不在关键时刻让老韦的情绪受到影响。

　　那天老韦的心情非常不错，他历时三年完成的那本《变态心理探微》出版了，刚刚收到出版社寄来的样书。因为心情好，老韦那天的话就比平时多了一些。吃饭吃到一半的时候，老韦猛地抬起头来问我，你那个远房姑姑的侄儿叫什么名字？我愣了一下说，叫周人杰，你怎么突然想起他来了？老韦怪笑一下说，他真像一个小丑，不过给人的印象倒是挺深的。老韦说完又怪怪地笑了一下，看样子他对周人杰不像当时见到他时那么反感了。

　　快要放碗时，我问老韦，今天的粉丝好吃吗？老韦点点头说，还不错，比以前吃的那些粉丝有嚼头。他说着又夹了一筷子放在嘴里，慢慢地嚼着，做出一种品尝状。我这时给老韦递了一个眉眼，然后问，你知道今天吃的粉丝是谁送的吗？老韦摇摇头说，不知道。我对他挤了挤眼睛说，你猜猜。老韦就愣神地猜了起来。大约猜了十秒钟，老韦双眼一亮说，该不会是周人杰送的吧？我扑哧一笑说，哈，还真让你猜到了！

　　知道了粉丝是周人杰送的，老韦并没表现出什么激动或者不安，这让我暗暗松了一口气。我发现这天的气氛难得，就想趁机说说周人杰推销粉丝的事。我说，周人杰在家里办了一个粉丝厂，生产好多种粉丝呢。老韦说，是吗？我说，是的，他还想请你这个表姐夫帮他销一些粉丝呢。老韦一愣说，帮他销粉丝？要我一个教授去帮他销粉丝？他真是敢想啊！我想了一下说，老韦呀，其实你现在不光只是个教授了，还兼任工会主席呢！老韦白我一眼说，工会主席怎么啦？工会主席也不会去帮你那个远房姑姑的侄儿销粉丝啊！我说，话可不能说得这么绝对，工会主席就是要关心群众的生活，如果群众需要粉丝，工会主席也应该帮大家买呀！我这么一说，老韦语塞了，脸一下子涨得通红。

两天之后的一个傍晚，我正在家里做卫生，客厅的电话响了起来。韦敬一当时不在家，他那天下午在心理学院为研究生举办一个学术讲座，要在外面吃过晚饭才能回家。家里的电话大都是找老韦的，老韦不在，我就不想去接电话。可是，那天的那个电话与以往不同，足足响了两分钟，好像不接就不停似的。后来我还是去接了电话，拿起话柄才知道电话是找我的，打电话的居然是周人杰。

周人杰的嘴巴真甜，一开口就喊我表姐，喊得我心里痒滋滋的。他先问了问我和老韦的身体，接着就说到了林杉姑姑。他说林杉姑姑近来很好，在自家的窗口前开了一个烟酒店，生意好得不得了，每天都卖两三百块钱呢。他又说林杉姑姑很想念我，一再让我和老韦要抽空去咸宁走走。他还说林杉姑姑虽然六十多岁了，但身体一点儿没发胖，头发还是黑黝黝的，从后面看简直像一位少女。

后来，周人杰转移话头说，表姐，再过几天就是教师节了，请你转达我对表姐夫的问候，祝他教师节快乐！我在心里默算了一下说，哎呀，教师节真是没几天就到了呢！周人杰这时突然换了一种语调说，表姐，作为工会主席，表姐夫难道就不想给老师们买点儿粉丝吗？我想了一会儿说，老韦现在不在家，等他回来后我跟他建议一下吧。

老韦那天回家是九点多钟，听到他上楼的脚步声，我就赶紧去给他泡了一杯茶。每次要跟老韦商量什么事情之前，我都要先泡上一杯茶讨好他，这样就多一些达到目的的可能性。有时候夫妻之间也是需要讨好的，讨好在我看来是一种不可或缺的生活艺术。老韦喝了不少酒，他一进门我就闻到了浓浓的酒气。喝了酒的人往往口渴，他一坐下我就把茶端到了他手边。老韦接过茶便大口喝起来，一边喝一边说还是老婆好！

老韦很快把茶杯喝干了，我麻利地去厨房给他加水。把加满水的茶杯重新递给老韦时，我试探着问，马上就是教师节了，你这个工会主席打算给老师们发点儿什么福利呀？老韦说，我还没想这事呢。我坐到他身边说，那你赶快想吧，不然到时候就来不及了。老韦看我一眼问，难道教师节非发东西不可吗？我说，当然，以前的工会主席都发，如果你不发，大家就会说你这任主席不称职。老韦低头想了一下说，那给大家发点儿什么呢？我这时朝老韦靠近了一点儿，用手肘碰碰他的手肘说，哎，你就给老师们发些粉丝怎么样？

我的话刚一出口，老韦就猛地把头扬了起来，仿佛是大吃了一惊。老韦目光直直地盯着我问，你是不是真要我帮周人杰推销粉丝呀？我对他温柔地笑笑说，怎么会呢？我这不是在为你出主意吗？老韦嗔怪我说，那你为什么偏偏出了这么一个主意呢？我辩解说，这个主意不好吗？你想想看，水果吧，以前发过，蜂蜜吧，以前也发过，洗发露吧，以前还是发过。我想来想去，只有粉丝没有发过。你作为新上任的工会主席，总该有点儿创新吧？所以呀，我建议你给老师们发粉丝。

听了我的这番话，老韦好半天没吱声。许久之后，老韦突然说，不过周人杰的粉丝倒是挺好吃的。我听了不禁一喜，马上问，你采纳我的建议了？老韦说，你让周人杰直接去找我们工会的生活部长谈吧，我明天就去跟生活部长打个招呼。

我当晚就给周人杰打了电话。他送的名片被我夹在电话簿里，我轻而易举就找到了他的手机号码。电话一拨即通，周人杰好像在户外，那边的声音十分嘈杂。我告诉他教师节可以卖他的粉丝，他听见之后简直喜疯了。表姐，你真好！周人杰拼命地喊了一声，突如其来的喊声把我吓了一大跳。挂电话前，我对周人杰说，请你代问我的林杉姑姑好！

4

周人杰在我打电话的第二天就来到了武汉，这一次他直接找到了我们家里。当时是下午三点多钟，我和韦敬一都在家里。老韦这天下午没课，我正好有半天轮休。

周人杰敲门时，我没想到会是他，因为我在电话中一再强调要他直接去找生活部长的。那天是老韦去开的门，一看是周人杰，老韦就很不高兴地说，你怎么到家里来了？不是让你直接去找生活部长谈的吗？周人杰说，事情已经谈好了，我这是特地来看看表姐和表姐夫的。老韦不冷不热地说，事情谈好就行了，你没必要来看我们，我们都好好的。老韦挡在门口，没有让周人杰进门的意思。周人杰却厚着脸说，我既然已经到了门口，求求表姐夫还是让我进屋坐会儿吧，我只坐五分钟就走！

周人杰说着就自己挤进了门。他穿的还是上次那件西服，只是脖子上的领带换成了蝴蝶结，那只蝴蝶结是黑色的，已经洗变了形，看上去像一只蝙蝠。他仍然拎着那个旅行包，鼓鼓囊囊的。

老韦很快去了书房，将周人杰晾在客厅里。周人杰四处看了看，然后自己坐在了沙发上。我忽然有点儿可怜他，连忙从冰箱里拿出一瓶橘子汁送了上去。周人杰接过橘子汁没顾上喝，他迅速打开他的旅行包。周人杰一边打开包一边对我说，表姐，我又给你捎了点儿粉丝！我苦笑着说，其实不必要的，你上次送我的粉丝还没吃完呢。周人杰说，这次捎的是菠菜粉丝，属于绿色食品。他说着就掏出了几捆，果然是绿颜色的。

周人杰掏出粉丝后突然从沙发上站了起来，像是要马上告辞。但我的猜想错了，他起来后没有朝门口走，而是朝着老韦的书房走了过去。书房的门半开半掩着，老韦正坐在书桌前读一本书。周人杰没有一直走进书房里去，他一到门口就停了脚步，然后站在那里左顾右盼。

你找老韦有事吗？我在周人杰背后问。是的，我想找表姐夫帮个忙。周人杰回头对我说。还是销粉丝吗？我问。不是，我想请表姐夫帮我在一本书上签个名。周人杰说。他说着就从西服里面抽出一本书来。那是一本红色封面的书，我没看清书名，只见封面上有一个怪里怪气的图案。我觉得这本书十分眼熟，好像刚刚还在什么地方见过，可一时又想不起来。我快步走近周人杰，问，你这是本什么书？周人杰说，是表姐夫写的《变态心理探微》，我刚从你们大学门口的一个书店里买的。我说，难怪看着这么眼熟呢。

我话音未散，老韦突然从书房里走了出来。他显得很兴奋，脸上泛着红光，额头发亮，长长的眉毛一颤一颤的。周人杰见老韦出来了欣喜若狂，马上用双手把书递到了老韦面前。表姐夫，请你在书上给我签个名吧！周人杰用乞求的声音说。老韦很快把书接了过去，我看见他的手有一丝不易觉察的颤抖。老韦接过书后轻轻地翻了几下，然后目光炯炯地看着周人杰问，你为什么要买我的书？周人杰说，我崇拜你！老韦又问，那你为什么要我签名呢？周人杰说，我是你的粉丝啊！老韦立刻激动起来，突然扩大嗓门说，好，这名，我给你签！

老韦说着就扭身进了书房。过了一会儿，老韦在书房里喊，周人杰，名签好了，你进来拿吧。老韦的喊声很柔和，很亲切。我听了一愣，简直不敢相信是从老韦的嘴里发出来的。周人杰很快进了书房，他是一步跨进去的。

周人杰来之前我正在洗衣服，洗好的衣服还没晾到阳台上去。周人杰进书房后，我便去阳台上晾衣服。晾衣服大约花了一刻钟的时间，等我回到客厅时，周人杰还没从老韦书房里出来。我走到书房门口朝里面看了一眼，发现周人杰坐老韦对面，两个人正说得热热闹闹。我没在书房门口久留，所以不知道他们俩在说些什么。

又过了十分钟的样子，周人杰终于从书房出来了，怀里抱着老韦的那本书。周人杰一出来就与我道别，说要尽快赶回咸宁去，准备抢在教师节到来之前把粉丝运到武汉。

周人杰说着就往大门那里走。正要出门时，老韦突然在书房里叫了一声。周人杰，你等一下！老韦是这么叫的。周人杰立刻停下来，回过头来问，表姐夫还有事吗？老韦说，我刚才忘了在签名的地方盖印，快拿回来我给你补盖一个！老韦一边说一边匆匆忙忙从书房走了出来，手里捏着一枚玉石私印。周人杰转身急促地往回走，一边走着一边就把书的扉页翻到了外面。两人在客厅中央一会合，周人杰就双手一伸将书送到了老韦面前，老韦先把印举到嘴前哈一口热气，然后将它使劲地盖在了书的扉页上。

5

韦敬一所在的心理学院人多，在岗和退休的教职员工加起来有一百多人，仅教师节一次就销了周人杰五百多斤粉丝。教师节之后是国庆节，国庆节之后是元旦节，心理学院在这两个节日到来之际也给大家发了粉丝，当然都是周人杰推销的。我曾经问老韦，怎么连续都发周人杰的粉丝？老韦说，他的粉丝质量好，有嚼头，老师们百吃不厌！老韦的这种回答并非毫无道理，但他显然避重就轻了。我对他笑笑说，这不是主要原因吧？老韦涨红了脸问，那什么是主要原因？我说，因为周人杰是你的粉丝！我这么一说，老韦陡然失语了，脸红得更加厉害，看上去像一块卤过了头的猪肝。

自从周人杰买了老韦的书并请他在书上签名盖印之后，老韦在周人杰面前便不再清高了。周人杰每次来推销粉丝，都要到家里来拜见老韦，他像一个虔诚的学生，不停地赞美老韦，对老韦崇拜得五体投地。老韦开始还不太习惯，感到脸红，感到肉麻，感到身上起鸡皮疙瘩。但时间一长，老韦就渐渐适应了，反而觉得很开心，很快乐，很幸福。到了后来，我发现老韦已经不知不觉地喜欢上周人杰了。

老韦能够喜欢周人杰，我当然感到高兴。这大概是爱屋及乌吧，周人杰毕竟是林杉姑姑的侄儿，还亲切地喊我表姐呢。然而，我做梦也没想到的是，周人杰从一开始就在欺骗我，原来他与林杉姑姑一点儿关系也没有。

元旦放假期间，我去了一趟咸宁，终于见到了我几十年没有见面的林杉姑姑。见到林杉姑姑之后，我自然就提到了周人杰。我对林杉姑姑说，周人杰去武汉找过我，我们前前后后帮他销了一千多斤粉丝。林杉姑姑却听不懂我在说什么，一脸茫然地问我，周人杰是谁？我说，他是你的邻居呀，还说是你的侄儿呢！林杉姑姑使劲地摇头说，你们上当了！我从来就没有什么侄儿！我一下子傻了眼，感到头昏目眩。许久之后，我梦吃般地问自己，那个骗子会是谁呢？林杉姑姑这时忽然想起了什么，双眼一亮对我说，半年前我们家来过一个粉丝推销商，好像姓周，还在我这儿住了一夜。他说他经常去武汉卖粉丝，我就把你的情况告诉了他。听林杉姑姑这么一说，我就知道是真的上当受骗了。

春节到来之前，周人杰又一次来到了我们家门口。他不知道我去咸宁看过林杉姑姑，以为我还一直被他蒙在鼓里。我听到敲门声去开门，周人杰仍然亲切地喊我表姐。我一下子火冒三丈，差点叫人把他扭到派出所。谁是你表姐？我对他怒吼了一声，接着就劈头盖脸地把他骂了个狗血淋头。最后我指着周人杰的鼻子尖说，滚吧，不要再让我见到你这个骗子！我说完就扑通一声关了门。

开始我没有把周人杰的情况告诉老韦，心想周人杰再也不会来我们家了，因此就没必要跟老韦说。我觉得多一事不如少一事。

然而，事情并非像我想的那么简单。周人杰被我从门口轰走没几天，老韦突然提到了他。老韦自言自语地说，春节快到了，怎么还不见周人杰来推销粉丝？老韦说这话时锁着眉头，目光显得很幽远。我看得出来，老韦在心里牵挂着周人杰。当时，我真想把事情的真相告诉老韦，但我想了想还是没说。过了两天，老韦又一次提到了周人杰。他按说该来找我了，我们过年需要好多粉丝呢！老韦望着窗外说。见老韦如此关心周人杰，我就心里憋气，当时差点把一切都告诉了老韦。

老韦第三次提周人杰是在学校放寒假的前一个星期，这时离春节已经不到半个月了。老韦那天郑重地对我说，你给周人杰打个电话去，让他尽快送一车粉丝来，否则就赶不上了。到了这个时候，我就再也无法对老韦保什么密了，于是把周人杰的事情一五一十地告诉了他。老韦听说后十分震惊，简直不敢相信会有这样的事。他不住地摇头说，怎么会呢？怎么会呢？

从那以后，老韦就再也没有提到过周人杰。我想，他肯定也是对周人杰深恶痛绝了。像周人杰这样的大骗子，被他欺骗过的人谁会不恨他呢？

　　然而，世界上的事情真是无奇不有啊！我万万没有想到的是，韦敬一居然有一天会和周人杰再一次坐到一起。事情发生在放寒假的前两天，那天上午十点钟的样子，我因为有点急事就请假从校医院回到了家里。老韦那天本来说要出去开会的，可我回去时他却坐在家里，这是我没想到的。我更没想到的是，周人杰也坐在我们家里。我进门时，老韦和周人杰正坐在客厅的沙发上一边喝茶一边亲切交谈。

　　老韦没料到我会在这个时间回家，我进门时他被吓了一大跳。稍微平静下来后，老韦对着我怪模怪样地笑了一下，看上去像一只鬼。

　　.

师娘

1

我考上研究生的时候，她是师娘。到我研究生快毕业时，她已经不是师娘了。原因说起来很简单，也很落俗套，我都有点不想说了。算了，还是不说了。

师娘年轻的时候肯定漂亮，这从她的轮廓上可以看出来。她的嘴唇本来是很好看的，可后来她经常用牙齿咬，久而久之就变厚了，变黑了，变得有点难看了。师娘咬嘴唇是因为伤心。她一伤心就想哭，可她又不愿意哭。为了不让自己哭出来，她就用牙齿死死地咬住嘴唇。

师娘话少，有时一整天都不说一句话。老师曾说她是个闷葫芦。不过也有反常的情况，那时候她的话比谁都多，说得镰刀都割不断，旁人想插个嘴也插不上，好像要把积攒了多时的话一口气说出来。

师娘不喜欢化妆，别说描眉毛、画眼圈，就连口红她都没涂过。她也不怎么戴饰品，除了一条项链，她身上再看不到其他首饰，什么戒指呀，手镯呀，耳环呀，这些东西似乎都与她无缘。那条项链是老师送她的第一件礼物，所以她总是戴在脖子上，连睡觉也不取。

老师一开始并没想到要与师娘离婚。他其实还是爱她的。虽然不如年轻时爱得那么热烈，但他仍然爱着，只不过比过去少了一点，淡了一点，暂时躲起来了，藏起来了，不太容易用肉眼看见。然而，师娘却不由分说，非要和老师离婚不可。后来没办法，老师只好与师娘离了。事实上，老师从来就不想和师娘离婚，还总想着与她白头偕老呢。

师娘离婚前没和老师闹，表面上风平浪静。她不但没像别人那样寻死觅活，摔盘子砸碗，而且连架也没跟老师吵，甚至难听的话也没说一句。她只是一连好几天不吱声，眼圈红着，脸上泪痕不干。

办过离婚手续，老师打算把房子和存款都留给师娘，自己搬出去，先到学校附近临时租套房子住下来。但是，师娘却什么都不要，还说她要搬出去住。这是老师事先没想到的。师娘看上去像个弱女子，其实骨子里很倔强，脾气又犟得很，想好的事情谁也劝不住，八头牛都拉不回来。她说搬就真的搬出去了。

师娘走的时候，手里只拎了一个皮箱，里面装着她的衣服和一些女性用品，再就是一个小相框，那是儿子在出国留学时和她在机场的合影。师娘本来想装上那个放着一家三口合影的相框的，但她放进箱子后又拿出来了。

快走到门口时，师娘突然停了一下。她把手伸到脖子上，像是要取那条项链。但她最后没取，犹豫了一会儿就把手缩回来了。那条项链，可以说是师娘从老师这儿带走的唯一纪念。

师娘出门后，老师很想跟出去送送她。但他的腿一下子软了，像被人抽了筋一样，一步也挪不动。

那天，老师一个人在空荡荡的客厅里站了很久，少说也有大半个钟头。在这段时间里，老师想起了许多与师娘有关的往事。那些往事犹如一部黑白电影，虽说有点模糊，但看起来特别亲切。

老师和师娘说起来算是老乡。他们是同一个县里的。那个县在湖北西部山区，虽然地处偏远，但生态保持得很好，据说有好多千年古树。他们还是中学同学，认识的时候才十五岁，有点青梅竹马的味道。学校在一个名叫鸳鸯的小镇上，离小镇不远有一棵远近闻名的山楂树。那棵树很粗很粗，两个人合起来都抱不住。当年，老师和师娘经常在放学后去那棵山楂树下玩，有时在树下一坐就是几个小时，直到天快黑了才离开。

高中毕业那年，正赶上全国恢复高考，老师学习好，一考就考上了武汉的这所名牌大学。师娘的成绩不如老师，只考上了地区的医专。专科只读三年，老师读大四时，师娘就毕业了，被分回了老家的鸳鸯镇医院。第二年，老师也毕业了。他本来可以留在武汉的，但他却主动要求回家乡工作。直到分回去后，师娘才知道老师放弃了留在大城市的机会，责怪说，你不该回来的！老师说，我愿意！

老师回到老家后，在县一中当了一名语文老师。第一次领到工资的那天下午，老师在街上买了一条项链，然后就骑车去了三十里外的鸳鸯镇。老师到达医院时，师娘刚好下班，老师直接用自行车把师娘带到了那棵山楂树下。

当时，山楂树上的山楂果正在成熟，树下弥漫着一股酸甜的气息。老师一到树下就掏出了那条项链，迅速戴在了师娘的脖子上。师娘激动得一个字也说不出来，却默默地把泪珠挂了一脸。戴上项链后，老师双手一伸，将师娘揽进了怀里。后来，他们就狂吻起来。再后来，他们就情不自禁地躺在了山楂树下……

那天，直到我去找老师时，他才从往事回忆中回过神来。老师见到我，没头没尾地对我说，师娘戴的那条项链其实是假的，看上去金光闪闪，实际上只是镀了一层金粉。当时，那个山区县城根本没有真项链卖，即使有卖的，老师也买不起。我问，她知道吗？老师说，知道，我送给她的时候就说了。沉吟了一会儿，老师又告诉我，他多次提出要给师娘买一条真的金项链，可她坚决不要。

2

师娘与老师分手后，暂时住到这所大学附中里去了。她在附中医务室工作，是一名校医。附中不在这所大学里面，离这里有四五里路。我知道，师娘在附中有一间简易的寝室。她每周要在学校值两次夜班，值夜班的晚上，她差不多都住在那里。

老师被分回老家后，第二年就和师娘结婚了，第三年生了一个儿子。儿子半岁时，老师突然收到了大学老师的一封信，让老师考他的研究生，还说老师这样的人不考研究生太可惜了。老师开始很矛盾，想考又不想考，一连几天都心神不宁。主要是，他丢不下师娘。正在他犹豫不决时，师娘一天下班回来说，你抓紧时间准备吧，名我都帮你报了！师娘这么一说，老师才下定了决心。

老师轻而易举就考上了。读研究生期间，他勤奋刻苦，加上天赋好，三年之内就发表了十几篇论文，有一篇还发在著名的《文学评论》杂志上。导师和同学都对老师刮目相看，有人还称他为青年理论家。

研究生毕业前夕，导师让他留校任教。老师却说，不，我想回我们地区去工作。导师奇怪地问，为什么？老师说，我想离我爱人近一点。导师哈哈一笑说，你呀，还挺重感情的！接着又拍拍他的肩说，放心吧，学校已决定把你爱人调到武汉来！老师听了欣喜若狂，跳起来说，那就太好了！

老师留校的那年秋天，学校真的把师娘调到了武汉，让她在这所大学的附中当了一名校医。

师娘搬出去，在附中住了好长时间，居然没人知道她和老师离了婚。开始一周，有同事问她，你怎么总不回家？师娘愣了一会儿说，他这段时间赶着写一本书，我怕打扰他。又过了一周，同事有点疑惑地问，你先生的书还没写完？师娘想了想说，写完了，可又到外地一家出版社改书稿去了。

半个月后，老师去了附中一趟。他本来早就想去的，担心去早了师娘不理他，所以等了一段时间。师娘的寝室很小，只有十几平方米，支了一张床，摆了一张桌子，剩下的空间就不多了，勉强能坐下两个人。老师那天是傍晚去的，当时师娘已经下班，正在寝室门口的煤气灶上煮面条。寝室实在太窄了，她只好把煤气灶放在了门口的走廊上。

师娘没想到老师会来，看见他突然出现在面前，不由大吃一惊，手上的筷子马上掉了一支在地上。你怎么来了？师娘小声问。她没看老师，赶紧弯下腰去捡那支筷子。我来接你回家的！老师说。他的声音也很小，显得十分诚恳。师娘却说，我不回去，那个家已经不是我的了！她说着又想哭，马上用牙齿把嘴唇咬住才没哭出来。

老师一下子愣住了，不知道下面该怎么办，有点束手无策。

面条煮好了，师娘关了煤气灶的火。老师朝锅里看了一眼，除了面条和几片白菜叶，连个鸡蛋也没有。老师趁机说，我请你去餐馆吃吧，这白面条怎么吃？师娘摆摆头说，谢谢，我喜欢吃白面条！边说边把面条盛到碗里。

盛好面条后，师娘没马上吃，扭头看了老师一眼问，你吃了吗？老师说，还没有。师娘愣了好一会儿，然后说，那你快走吧，抓紧去吃你的。老师本来指望师娘让他一起吃面条的，没想到她却下了逐客令。他顿时很失落，苦笑了一下，然后就默默地离开了。

纸终究包不住火。过了一些时日，大家还是知道了师娘的婚变。这个时候，同事们不再跟师娘问这问那，在她面前也闭口不提老师，只是看她的眼神和以前大不一样了。一开始，师娘见别人用异样的目光看自己，浑身凉飕飕的，心里发慌，恨不得马上找个地方躲起来。有那么一段时间，师娘的日子的确很难过，心里比苦瓜还苦。直到过去了一个多月，她才稍微好受一点。

师娘一向与人为善，在附中人缘也好，几乎没有跟谁闹过矛盾。离婚后，大家除了同情师娘，好像没人看她的笑话，更没人在背后说三道四。但是，生活中总有一些好奇心强的人，他们对别人的隐私总是情有独钟。附中语文组的组长就是这么一个人。

有一天，语文组请一个教授到附中给中学生搞文学讲座，请去的人正好是老师的同事。讲座结束后，语文组长陪教授去吃饭。在去餐馆的路上，语文组长忍不住打听起老师来。那个教授有点心直口快，马上就讲了他知道的一些情况。师娘当时也要往餐馆那边去，正走在他们后面。听见他们说自己的事，师娘开始没太在意，更没打算阻止。可是，教授说了一会儿就数落起了老师的不是，还使用了花心和越轨这些贬义词。听到这里，师娘再也无法保持沉默了。

师娘快步走到了语文组长和教授身边。她伸出一只手，指着教授说，请你不要在背后说别人的坏话！教授认识师娘，马上闭了嘴，满脸通红。接下来，师娘转向语文组长说，你不要听人家瞎说，我们离婚不是他的问题，他一没花心，二没越轨！语文组长一愣问，那你们为什么要离婚？师娘说，婚是我要离的，我想一个人生活！说完，师娘头也不回地朝前走了。语文组长和教授看着她的背影，呆了半天没说话。

与师娘离婚后，老师好长时间都没考虑再婚的事情。每当爱他的女学生提及此事，他都大光其火。老师一直在等师娘，等着她回心转意。

分开半年以后，老师又一次去附中看望了师娘。这天是师娘的生日，老师特意选了这个日子。他这次没去师娘的寝室，而是请人把她约到了附中旁边的一个咖啡馆。老师事先在咖啡馆订了一个包房，然后才派人去请她。派去的那个人是附中的语文老师，曾经也是老师的学生。老师让语文老师先不要透露是他请师娘，他担心师娘知道后会拒绝。

师娘到咖啡馆时，老师已把生日蛋糕摆好，蜡烛也点燃了。看到老师坐在包房里，师娘陡然愣住了。怎么是你？师娘问。今天是你的生日呢！老师马上起身说，还伸手指了指蛋糕。师娘的鼻头忽然抽搐了几下，好像有点感动。但师娘没有领情，眼睛看着别处说，我不过生日！说完转身就要走。那个语文老师这时慌了，连忙拦住师娘说，别走，既然来了，就坐一会儿吧！见他这样劝，师娘才勉强留下来。

老师见师娘留下来很高兴，很快让服务生上了菜，还要了一瓶红酒。可是，师娘却不吃不喝，一直干坐着。老师苦苦地说，你总得吃点什么吧！劝了好半天，师娘好不容易才吃了一小块蛋糕。

语文老师说他去一下卫生间，结果一去不复返了。只剩下两个人时，老师对师娘说，你还是回去吧，我是真心的！师娘苦笑一下说，又不是小孩子过家家，既然出来了，我就不会回去了。停了一会儿，她又说，你别管我，想结婚就早点结你的婚吧！

师娘说完，立刻就起身告辞。老师却没让她走，伸手抓住了她一只胳膊。别慌离开！老师说。我还没送你生日礼物呢！老师又说。

他说着就从包里掏出了一个精致的首饰盒。

你不会又要送我一条项链吧？师娘看着首饰盒问。老师愣了一下说，你猜到了，是项链。他边说边打开了首饰盒。老师正要把项链掏出来，师娘严肃地说，你别拿出来，拿出来我也不会要！老师的手突然僵住了，眨着眼问，为什么？这是一条真项链，还是白金的！师娘说，不管是黄金的还是白金的，我都不要！

老师睁大眼睛问，你为什么不要？你告诉我！师娘沉吟了一会儿说，你已经送给我一条项链了，我这辈子再也不需要了！师娘说着，一只手伸到脖子上摸了一下。老师随着师娘的手看去，发现她依然还戴着他几十年前在那棵山楂树下送她的那条项链。

我说过，那条项链是假的！老师有点激动地说。假就假吧，反正我戴习惯了！师娘说。她说完就跑出了咖啡馆。

给师娘过生日的第二天，老师给我们几个研究生讲了一次课。他讲课时心不在焉，有时讲了上句忘了下句。下课后，我问老师，你怎么啦？老师说，看来她是真的不会回来了。我开始没听懂他在说什么，一头雾水。后来琢磨了好半天，我才明白老师说的是师娘。

3

冬天来临的时候，老师和爱他的女人结了婚。他们没举行婚礼，只请几个关系密切的同事和研究生吃了顿饭。吃完饭，老师让我去学校收发室帮他领一下报刊和信件。领好了正要走，收发员让我等一下，说还有老师一个包裹。包裹里面装的是胖大海。奇怪的是，包裹上只有收件人的名字，寄件人的名字和地址都没写。

老师收到胖大海后，马上就想到了师娘。他想这胖大海毫无疑问是师娘寄给他的。老师的嗓子不太好，一年四季都要用胖大海泡水喝。师娘是学医的，知道什么样的胖大海最好，所以老师用的都由她买，买一包刚好泡一年。现在，家里的胖大海差不多用完了，老师正愁没地买，师娘却给他买好寄来了，真像是雪中送炭。捧着包裹，老师呆呆地看了好半天，一时连身边的新娘都顾不上理了。

新娘多少有点醋意，想不通老师为什么恰巧在结婚这天收到师娘寄的东西。

收到胖大海的第二天，老师给师娘打了一个电话。他没打她的手机，怕她认出号码不接。老师直接把电话拨到了附中的医务室，他知道那里的座机没有来电显示。谢谢你给我寄胖大海！老师开口就说。师娘却说，不是我寄的！老师说，除了你，没有别人！师娘在那头沉默了好久说，真不是我寄的，祝你新婚快乐！她说完就把电话挂了，给老师留下了一串忙音。

老师再婚以后，一连几个月没见到师娘。他很忙，又要上课又要写文章，没机会去附中。师娘也很少到大学来，偶尔来办点事，也是来去匆匆，一分钟都不多待。

春节前夕，老师终于去了一趟附中。师娘还住在那间小小的寝室里，看上去更加拥挤不堪。时间是最好的医生，这次见面，师娘的情绪好多了，对老师也很客气，不仅拖出椅子让他坐，还给他泡了一杯茶。老师却没坐，站在床和桌子中间半天无语。过了好久，老师抿了一口茶说，我给你买一套大房子吧！师娘摆摆头说，不要，我一个人，要大房子做什么？老师说，我手上的钱，本来有一半就是你的！师娘淡淡一笑说，你用吧，也都是你辛辛苦苦写书讲课挣的！再说还有儿子呢，他回国后还要用钱！

师娘这番话，把老师的心说乱了，七上八下的，好像有几个人在扯。沉默了好一会儿，老师对师娘说，马上要过年了，我来看你回不回老家。如果回去，我开车带你。师娘想了一下说，我一个离婚的女人，哪还有脸回老家过年？算了，不回去了！她说完就低下了头。

老师告辞时，师娘送到门口问，你打算回老家过年吗？老师说，是的，父亲病得很厉害，来日已经不多了，我想回去陪他过最后一个年。师娘听了浑身抖了一下，忙问，他病多久了？老师说，卧床快两个月了。师娘埋怨说，你怎么不早告诉我一声？老师想说什么，但张开嘴又合上了。

那天，老师从师娘寝室出来，还没走出走廊，师娘突然追出来了。你等一下。师娘在老师背后喊了一声。老师赶紧停下来，回头望着师娘问，还有事吗？师娘也一下子停住了，迟疑地说，没有，你走吧！

第二天，腊月二十四，老师开车和再婚的妻子回老家。开出武汉，车子排队上高速公路的时候，老师从后视镜里发现师娘坐在后面的一辆班车上，她正把头探出窗外透气。老师顿时很激动，马上伸出一只手跟师娘打招呼。师娘很快看见了老师，也显得很激动，脸一下子红了。

你不说不回去的吗？老师扭着脖子问。老家出了点事。师娘回答说。过了一会儿，老师说，你下来坐我车上吧！师娘想了一下问，你车上几个人？老师说，两个，座位多得很。师娘突然降低声音说，算了，我就坐班车吧。听师娘的口气很坚决，老师就没再劝，只是重重地叹了一口气。

老师是当天下午回到老家的。他是一个孝子，一进门就去了父亲的卧室。父亲的确病得很重，都瘦得皮包骨。他紧紧拉着父亲的手，话还没说出口，泪却先跑出了眼眶。在父亲床边坐了将近一个小时，老师打算去上个厕所。刚站起身来，他看见师娘走进了父亲的卧室。

师娘身上背着行李包，显然是一下班车就直接到这里了。老师有点口齿不清地问，你是专门回来看我父亲的吧？师娘没回答，径直走到了父亲床头。她在床前蹲下来，用双手拉住了父亲的一只手，一边摸着一边说，天啊，怎么瘦成这样？说着就哭了，还哭出了声音。

父亲还神志清醒，很快认出了师娘。他努力地睁开眼睛，看着师娘，上气不接下气地说，对不起你，我没把他教育好，让你受委屈了！师娘马上说，不怪他，是我的命不好！父亲又说，不怪他怪哪个？我要是还拿得动竹棍，非打死他不可！师娘呜咽着说，真的不怪他，是我……她说了半句就说不下去了。老师连忙掏出纸巾递给师娘，师娘伸手接时，发现老师的泪也像断线的珠子一样往下掉。

在父亲床边待了大半个小时后，师娘起身告辞了。她说走就走，谁也留不住她。临走时，师娘从包里掏出一大堆食品，放在父亲的床头柜上，都是父亲平时最喜欢吃的点心，还有一大盒夹心饼。

老师那天把师娘送了好远。师娘不让他送，老师却坚决要送，紧紧地跟在师娘后面。师娘的父母五年前都相继去世了，老家只剩下哥哥和嫂子。她说既然回来了，就去看看他们。老师说，我陪你去吧！师娘摇头苦笑说，你要去，那我还不好意思去了！

临别时，老师突然提到了那棵山楂树。我们抽空去一趟鸳鸯镇吧。老师说。师娘问，去那儿做什么？老师说，再去看看那棵山楂树！师娘想了想说，算了吧，已经没有意义了！她说完就扭头走了。

后来我听老师说，那次回老家，师娘还是去看了那棵山楂树。她是一个人去的，独自在树下坐了个把钟头。当时树上的叶子都落尽了，看上去光秃秃的。

4

第二年春天，附中的同事给师娘介绍了一个离异的男人。我比老师先得到这个消息，当我把这个消息告诉老师时，他的表情十分怪异。乍一看他好像很高兴，嘴里还说，总算有个人关心她了！但仔细一看，我却发现他有点失落，仿佛一件非常珍贵的东西突然落在了别人手里。

那个人四十七八岁，和老师差不多大小，也是一位大学老师。与老师不同的是，他学的是理科，不像老师是学文科的，还是文学，感情那么丰富；还有，他只是一个副教授，没什么名气，不像老师又是教授又是博导，经常在各种媒体上抛头露面，到处都是粉丝。正是因为他是一个学理科的副教授，师娘才同意与他认识。其实在此之前，朋友们给师娘物色了好几个单身男人，她都没答应，连面都没见过。

刚开始，师娘和学理科的副教授交往并不密切。他们平时见面很少，有点三天打鱼两天晒网。问题主要在师娘身上，她心里一直放不下老师。与学理科的副教授在一起时，师娘的脑子里总是晃动着老师的影子，有几次还用老师的名字称呼他，弄得两个人都很尴尬。过后师娘红着脸道歉说，对不起，我们一起生活了几十年，实在难得一下子忘掉他。学理科的副教授先苦笑一下，然后很大度地说，我能理解，不过你还是应该早点从他那儿走出来。

师娘也想尽快走出来，但很难。她没有哪一天没想起过老师，有时还连续几个晚上梦见他。凡是碰到与老师有关的事，师娘都特别上心，有时候还表现得有些过分，事后连她自己都觉得不可思议。

有一天中午，师娘去食堂打饭，排队时遇上了两个来附中实习的大学生。他们排在师娘后面，一边往前移动一边说话。他们先说了一会儿实习的事，然后就说起了给他们上课的大学老师。那个喉结凸得很高的问，你认为哪个老师的课讲得最好？另一个戴着眼镜，他想都没想，脱口就说出了老师的名字。师娘听了一惊，马上回头看了他们一眼。凸着喉结的说，我也觉得他的课讲得好，不光有深度，听起来也生动。戴眼镜的说，不愧为全国的教学名师！听两个大学生这么赞美老师，师娘像喝了蜂蜜似的，心里头甜滋滋的。

师娘在寝室里煨好了排骨汤，只是来食堂打点饭。打了饭出来，师娘没有立刻回寝室，她站在食堂门口等着那两个大学生。不一会儿，两个大学生也买好饭菜出来了，边走边吃。

你们买的什么菜？师娘主动与两个大学生打招呼。凸着喉结的那个说，来晚了，好菜卖光了，我只买了一个红烧豆腐。师娘又问戴眼镜的那个，你呢？戴眼镜的那个说，我买的是青椒炒香干。师娘关心地说，买的都是素菜，一点营养都没有，走，你们跟我去喝排骨汤吧！

两个大学生同时愣住了，都用异样的眼神看着师娘。他们知道师娘是附中的校医，却不知道她是他们老师的前妻。见两个实习的大学生呆着不动，师娘笑着说，跟我走吧，我的排骨汤煨多了，本想煨了吃两顿的，可晚上有人请客，你们就去给我帮个忙吧，以免把那么好的汤浪费了。听师娘这么说，两个大学生才去了她寝室。

那天中午，师娘像迎接贵客一样，在她寝室里热情款待了两个大学生。她不仅让他们喝了香喷喷的排骨汤，还特地为他们炒了一盘黄灿灿的土鸡蛋。开始，两个大学生还以为师娘要找他们办什么事，结果她毫无所求，临走时还让他们以后买不到好菜再来她这儿吃。

不久之后的一个周末，师娘到南湖边上的一家新华书店去了一趟。她从最新一期校报上得知，老师又出版了一本书，书名叫《中国浪漫主义文学史》。老师写这本书写了好几年，师娘至今都忘不了他挑灯夜战的情景。现在终于出版了，她从心眼儿里为老师感到高兴。师娘想去书店买一本老师的新书，买回来好好看看。她虽然不太懂文学，但她喜欢看老师写的书。

到了书店，师娘很快在二楼新书台上找到了老师的新书。把书拿到手上时，师娘无比激动，竟然把书举起来，贴在脸上挨了好一会儿。书的封面覆了膜，她觉得像老师的皮肤一样光滑。把书放下来的时候，师娘的脸上一片绯红。

在一楼收银台交完钱，师娘转身时无意中发现身后摆了一个卖打折书的专架。旁边还放了一个广告牌，写着"半价处理"四个字。师娘匆匆扫了一眼，居然看见书架上还放着一排老师的书。那本书是五年前出版的，书名叫《文学流派论》。

师娘顿时有点紧张，马上走过去问，这些书为什么要半价处理？一个涂着大红唇膏的女店员说，时间长了卖不出去，所以要半价处理。师娘听了很不高兴，瞪了女店员一眼说，其实有些书挺好的，不能这样卖！她说着就把老师的书抽出来一本，递给女店员看。女店员没看书，却睁大眼圈看着师娘，嘴里嘀咕说，神经病！

谁是神经病？师娘陡然火了，大声喊起来。书店经理听到喊声，马上走过来问情况。师娘指着女店员对经理说，这个服务员的素质太差了，我给她提了点建议，她居然骂我是神经病，真是太不像话了！经理赶紧道歉说，对不起，我们一定严肃处理。说完，经理把头转向那个女店员，厉声说，你上班涂这么刺眼的口红，像喝了生猪血似的，真是太不注意形象了！还说顾客是神经病，我看你才是神经病呢！

见经理把女店员这样批评了一通，师娘的火才渐渐消了。经理这时微笑着问师娘，还有什么需要我们帮助吗？师娘指着老师的那排旧书说，这些书我都买了！经理一愣问，有十几本呢，你都买？师娘说，都买！付钱时，师娘认真地说，我按原价买，你们别打折！收银员吃惊地问，你这是为什么？师娘说，这本书很好，我愿意按原价买！经理想了想，对收银员说，你就按顾客的意思办吧，顾客是我们的上帝！

那天，师娘把一大捆旧书拎回附中时，已经累得气喘吁吁了。进入寝室后，她才突然发现这些书没地方放，不禁感到哭笑不得。看来我真是有神经病啊！她自言自语地说。

进入夏天的时候，师娘与学理科的副教授之间的关系突然有了长足进展。在漫长的春季，他们一直若断若续，仅仅只是有时间了就一起散散步，看场电影，偶尔吃一顿饭，迟迟没能迈出关键的一步。

五月中旬的一天，武汉的气温骤然升高了。他们这天在外面共进晚餐，还喝了一瓶红酒。从餐馆出来，学理科的副教授邀请师娘到他的住处去坐一下。师娘犹豫了一会儿就答应了。他在东湖花园有一套房子，虽然不到一百平方米，但与师娘十几平方米的寝室比起来，却是天壤之别。师娘一进门就说，好大的房子啊！学理科的副教授趁机说，那你今晚就住在这儿吧！

师娘那天喝多了一点，晚上果然就住在了东湖花园。就在那天晚上，师娘和学理科的副教授总算把那关键的一步迈出去了。第二天醒来时，学理科的副教授说，你干脆搬过来，我们一起住吧。师娘想了想说，也好，我那寝室也实在太热了。

两个人一起住了半个月后，学理科的副教授提到了结婚的事。我们早点把证领了吧，他说。也行，师娘说。师娘是个传统的女人，早就觉得不领结婚证和一个男人住在一起心里不踏实。

领结婚证的那天晚上，学理科的副教授郑重地拿出了一个首饰盒。我给你买了一条金项链。他对师娘说，说着就把项链取出来了。师娘看了一下，感到一道金光从她眼前一闪。但是，师娘看到项链后表情很平淡，不仅没显出激动，而且连笑容也没有。这让学理科的副教授非常失望，同时也感到惊奇。

学理科的副教授愣着眼神问，你好像不喜欢？师娘迟疑了一会儿说，喜欢。他说，喜欢就好！来，我给你戴上。师娘马上说，先别戴吧，等以后再说！学理科的副教授感到莫名其妙，提高嗓门问，既然喜欢，那你为什么不戴？你脖子上的那根都褪色了，看上去像假的！师娘一下子无语了，猛然低下了头。

过了好半天，师娘才抬起头来说，这条新项链，等我们举行婚礼的时候再戴，好吗？学理科的副教授沉默良久，然后无可奈何地说，好吧。

师娘的婚礼提前十天就定好了，时间是六月底的一天，地点在天仙配大酒店。学理科的副教授非常看重这次再婚，想把婚礼办热闹排场一点。老师不知道从哪里得知了消息，欣慰地说，她总算有了一个归宿！

然而，世事难料。谁也没想到，师娘的婚礼后来却泡汤了。那天，我发现老师垂头丧气，长吁短叹，就问他怎么啦？老师过了好一会儿才说，她的婚礼取消了！我一惊问，为什么？老师说，具体情况我也不大清楚，只听说与我送她的那条项链有关。好像是，她把一切都告诉了那个人，还说一辈子也不会丢下这条项链！那个人无法接受，就把婚礼取消了。听了老师的话，我心里五味杂陈，久久说不出话来。

5

我开始还以为，师娘的婚礼只是暂时取消了，过段时间还会再举行。后来我才知道，学理科的副教授在取消婚礼的同时，已经和师娘办了离婚手续。在我听到这个消息的时候，师娘早已从东湖花园搬回到附中，又一个人住进了那间十几平方米的寝室。

自从师娘的婚事遭遇挫折后，老师突然变了个人。他吃不香，睡不甜，人一下子瘦了一大圈，白头发也一夜之间冒出来了。他除了有课的时候去应付一下，其余时间都不愿出门，一天到晚在家里待着。外地的学术报告，武汉地区的文学讲座，还有电视台的访谈节目，他一律没兴趣，全都推了。在家里，他也不像以前那样埋头读书或者写作，大部分时间都歪坐在电视机前看电视。

其实，老师看电视也心神不宁，什么节目都看不进去。他拿着遥控器，总是在不停地换频道，没有哪个频道能看上三分钟。他一边看一边发牢骚，不是说这个节目差劲，就是说那个节目扯淡。

然而，七月初的一个晚上，老师却被电影频道的一个节目紧紧地吸引住了。那是关于最新电影拍摄情况的跟踪报道，节目主持人称之为拍摄花絮。那晚报道的是张艺谋正在拍摄的一部电影，影片的名字叫《山楂树之恋》。主持人说，张艺谋目前正率领剧组在湖北西部某县拍外景。主持人一说到某县，老师的耳朵立刻就竖起来了，因为那个县就是他的老家。与此同时，老师的眼睛陡然也睁圆了，一眨不眨地看着电视。

看了一会儿，老师突然惊叫起来。啊呀，那棵山楂树不就是鸳鸯镇旁边的那一棵嘛！他一边叫一边用手拍沙发，兴奋得像个孩子。

我是听到老师的叫声后走到电视机前的。电视上果然有一棵高大的山楂树，枝繁叶茂，郁郁葱葱，像一把撑开的巨伞。一群打扮得与众不同的人在树下走来走去，有的刮着光头，有的扎着小辫，有的穿着满是口袋的马甲，一看就是拍电影的人。一男一女两个青年人正在山楂树下约会，他们相互对望着，含情脉脉。我琢磨他们可能就是剧中的男主角和女主角。

山楂树周围站满了看热闹的人，看样子像当地群众。尽管维持秩序的人用绳子把他们挡着，但他们还是在拼命地往树下挤。这时，我猛地看见了师娘，她居然也挤在那群看热闹的人中间。老师也看到了师娘。啊呀，她也在那里呢！老师忍不住叫了一声。老师的眼睛真好，不仅看见了师娘，还看见了师娘脖子上的项链。天哪，她还戴着那条项链呢！老师又叫了一声。

第二天一大早，老师就背着一只包出门了。他没告诉我要去哪里，我也没问。但我知道，他肯定是要去张艺谋正拍电影的那棵山楂树下。

暗恋者

1

第一次见到李柔，傅理石真把她当成了温如绢老师。她太像温老师了，无论是相貌还是气质，都惊人地像。

傅理石是在他的课堂上见到李柔的。这个学期，傅理石在文学院开了一门关于文化思潮的选修课，本来是为文学专业的研究生开的，没想到语言专业的也跑来听，后来一些在这所大学里进修的高师班学员也慕名来了，每次他的课堂都人满为患。

那天，傅理石正要开始讲课，一个三十六七岁的女人突然从教室后门走了进来。她披着一肩长发，被长发掩映的脸看上去如一轮明月。她进门后朝讲台上看了一眼，正好碰到傅理石看她。两人的目光对接的时候，傅理石马上就想到了温老师。他一下子傻了眼，有一种昔日重来的感觉。

李柔进来时，教室里已座无虚席。她先四处张望了一会儿，然后只好靠在后面的墙壁上听课。傅理石这天讲课有点儿走神，眼睛时不时往教室后面看。李柔身材细高，又披着长发，傅理石越看越觉得她像温老师。

讲了五分钟的样子，傅理石无意中看见了放在讲台旁边的那把靠背椅。这是供老师课前和课间休息时坐的，傅理石开讲前还在上面坐过。一看见这把椅子，傅理石就暂时中断了讲课。他快步走到了教室后面。

"你到前面去坐吧。"傅理石走到李柔面前说，"那里还空着一把椅子。"

李柔没想到大名鼎鼎的傅教授是朝她走去的，更没想到是给她找座位。她感到无比惊喜，马上对傅理石感激地笑了一下，然后就默默地随他去了教室前面。

　　课间休息的时候，傅理石没有和以往那样去教室外面透气。他径直走到了李柔身边。李柔看到傅理石走过来，立即站起来笑脸相迎，还要把椅子让给他坐。傅理石却没坐，他站在椅子后面，用手扶着椅子的靠背，开始询问李柔的情况。他问她是哪个专业的，从什么地方来，叫什么名字。李柔一一回答。原来她是高师班的学员，来自江西南昌，原先在中学教书，两年前才被调到一所职业技术学院。最后，她说她叫李柔。

　　"江西南昌的老师怎么要来湖北武汉进修？"傅理石十分好奇地问。

　　李柔先愣了一下，然后狡黠地一笑，反问傅理石谁规定南昌的老师不能来武汉进修了？傅理石连忙解释，说他不是这个意思，只是觉得南昌也有进修的地方，认为李柔没必要跑到武汉来。他还说李柔是舍近求远。

　　"当然也是有原因的。"李柔沉默了一会儿说，"我从前教中学时，有个叫王川的学生，现在在武汉读大学，是他建议我来这里进修的。"

　　"我说嘛！"傅理石有点儿得意地说。

　　李柔陡然把头勾下去了，再扬起来时，傅理石发现她的脸变红了，红得像一个霜打的柿子。

　　傅理石不知道李柔为什么会脸红，正在纳闷，李柔突然转换了话题。她说她非常感谢他为她提供座位，不然两节课下来非把腿站疼不可。接下来，李柔问他是不是每见到一个站着听课的学生都要帮着找座位？傅理石摇摇头说当然不是。李柔于是对傅理石妩媚地笑了一下，问他为什么会对她这么好。

　　傅理石犹豫了一下说："你很像我的一位高中老师！"

　　"是吗？"李柔一愣。

　　傅理石说："是的，真是像极了。要是在二十年前见到你，我肯定会以为你和我的老师是一对孪生姐妹。"

"难怪呢，原来是这样！"李柔说。

李柔说这话声音怪怪的，边说边用手把挡在脸上的一绺头发往耳朵后面推了推。傅理石看着她往耳朵后面推头发，心里猛然又想到了温老师。傅理石读高中的时候，温老师和眼下的李柔一样，好像也只有三十六七岁，也披着一头长发，黑亮黑亮的，像一块黑绸缎。

从那以后，傅理石每周都能在课堂上看到李柔。与第一次不同的是，李柔每次都来得很早，并且总是坐在第一排。傅理石原来是一个很矜持的老师，讲课时大部分时间都扬着头，眼睛几乎不朝学生看，学生们背后都埋怨他眼里只有天花板。李柔出现以后，傅理石的眼睛突然从天花板转到了学生身上，目光也从此变得平易近人了。

不过，傅理石关注的主要是李柔，他的目光差不多有一半时间都凝聚在李柔的脸上。李柔有时候觉得，傅理石简直是在给她一个人讲课。除了受宠若惊外，李柔还感到有点儿难为情。有一次课间休息时，李柔小声地请求傅理石，要他上课不要老盯着她的脸看，还说再这样看她就不好意思来听这门课了。

傅理石一时显得很尴尬，赶紧解释说："对不起，你实在太像我那位高中老师了！"

李柔没想到傅理石会这么回答，她稍微感到有点儿失落。过了一会儿，李柔直直地看着傅理石的眼睛说："你肯定暗恋过你那位老师！"

傅理石突然目瞪口呆了，脸一下子红到了耳根。

2

认识李柔快一个月的时候，傅理石提出请她吃饭。那天下课后，李柔提着包刚走到教室门口，傅理石突然喊了她一声，让她等一下。李柔一愣，立刻停了下来，回头看着傅理石。

等到教室里的人都走了，傅理石走到李柔身边说："我想请你共进午餐，可以吗？"

　　李柔听了一惊，睁着大大的眼睛看着傅理石，问他是不是在和她开玩笑。傅理石说是真的，还说第一次见到李柔就想请她吃饭了，只是一直没有机会。今天他爱人出去开会了，中午不回家，总算有了一点儿自由时间。傅理石说得很诚恳，眼睛一眨不眨地看着李柔。

　　李柔相信了他的话，眼角流露出一丝感动。但她却没有答应傅理石，她说对不起，希望能换个时间。傅理石没料到她会拒绝，顿时显得有点儿紧张。他问她为什么？李柔说已另有安排了。

　　"那个叫王川的学生约我去吃自助餐，然后还要我去帮他挑几件春天穿的衣服。"李柔一脸歉意地说。

　　李柔说完就匆匆走出了教室。可是，她刚一出门就停住了，因为她听见身后传来了一声幽长的叹息，这声叹息让她的心陡然往下一沉。李柔迅速回过头来，看见傅理石一脸沮丧，双眼黯淡无光，像是眼珠被人掏走了。

　　"傅老师，你为什么叹气？"李柔有些心疼地问。

　　傅理石有气无力地说："我盼这一天盼了将近一个月，没想到你……"

　　他话没说完就低下了头，看上去像一株被雨淋湿的向日葵。李柔默默地看着他，心一下一下地变软。过了一会儿，李柔突然折身回到了傅理石身边。傅理石马上抬起头来，问她怎么回来了？李柔说她改变了主意，决定陪傅理石去吃饭。傅理石一听欣喜若狂，脸上刹那间云开日出。

　　从教室出来后，李柔掏出手机发了一则短信。她发完短信对傅理石说，她已让王川自己去吃午饭，买衣服另找时间。傅理石听了十分感动，连声说谢谢，还对李柔深情地笑了一下。

　　傅理石把李柔带到了学校东门外的一个餐馆，餐馆的名字很独特，叫时光倒流。他们要了一间包房，空间虽然不大，但布置得很有特色，墙壁上贴满了二十世纪七十年代的电影画报，播放的音乐也是那个年代的。坐下点菜时，李柔问傅理石为什么选这个地方？傅理石想了想，回答说这里的黄酒好喝。

服务员端上第一盘菜时，李柔的手机短促地响了一下。傅理石连忙提醒她有短信来了。李柔看了一眼，说是王川发来的，对她失约很不满。

"他怎么说？"傅理石好奇地问。

李柔苦笑着说："他跟我赌气呢，说我不去他今天中午就绝食！"

傅理石愣愣地看了李柔一眼，发现她的眼睛里有一丝忧郁。他想对她说一句什么，但话到嘴边又吞回去了。服务员这时把煮好的黄酒提了上来，傅理石很快倒了两杯。李柔一边回短信一边说她不会喝酒，傅理石说黄酒没事的，劝她多少喝点儿。

其实傅理石也不怎么会喝，只喝下三杯脸就红了，目光也红了，好像眼睛里点了火。李柔坐在傅理石对面，开始一阵子，傅理石喝一口看李柔一眼，后来他干脆把两颗眼珠像图钉一样钉在了她脸上。

"傅老师，你怎么用这种眼光看我？"李柔有些不自在地问。

傅理石放下酒杯说："你真像我的那位高中老师啊！"

接下来，傅理石就主动给李柔讲起了他和温老师的故事。那时候，傅理石在家乡县城读高中，温老师是他的班主任，还教他们班语文。她善良，和蔼，说话声音柔柔的，脸上总是带着笑意。学生们都喜欢她，尤其是男生。

"你最喜欢她吧？"李柔古怪地笑笑说。

"是的！"傅理石回忆说，"是从那次和她一起坐长途汽车开始的。"

高二那年，温老师带着傅理石去市里参加一个作文比赛，在长途汽车上，傅理石与温老师并排坐在一起。汽车绕上盘山公路后，傅理石靠在座位的后背上睡着了。他不知道睡了多久，醒来的时候，竟看见自己躺在温老师的怀里。他感到很不好意思，脸马上红了。

更让他觉得羞愧的是，他发现自己的头居然枕在温老师的胸脯上，她的胸脯丰满而有弹性，还散发出一种淡淡的芬芳。傅理石慌张地坐起来，赶忙对温老师说对不起。温老师却一点儿也没责怪他，还对他甜甜地笑了一下，说他刚才睡得真香！

傅理石对李柔说，从在车上醒来的那一刻起，他就特别喜欢温老师了！李柔问他当时是什么感觉？他说他也说不清楚，只是感到脸烫，浑身发软，胸腔里慌乱得很，心里非常想看温老师，眼睛却不敢朝她投过去。

"温老师对你有什么察觉吗？"李柔睁大眼睛问。

"开始没有。"傅理石说，"她一直把我当作一个孩子，到了市里还让我跟她住一间房呢。"

他们那天到达市里已是傍晚了。在宾馆登记房间时，温老师犹豫了好半天，最后只要了一间房。她要傅理石跟她住，说这样可以省一间房的钱。傅理石一听就激动不已，心差点从胸腔里跳出来了。

房间里摆着两张床，温老师早早地就安排傅理石洗了睡了。她让他养足精神，争取第二天比赛拿一等奖。温老师自己却迟迟不睡，她洗澡出来坐在床边，默默地看一本随身携带的书。温老师把头发也洗了，湿漉漉地披在肩上。傅理石翻了一个身，问温老师怎么还不睡？温老师说头发还没干呢。过了一会儿，傅理石突然从床上爬了起来，手里抓着一条枕巾。温老师大吃一惊，问他要干什么。傅理石走到温老师身后，说他要帮她早点儿把头发擦干！他说着就用枕巾在温老师的头发上擦起来。

"你还挺懂事的！"李柔望着傅理石说，眼里闪出两朵明亮的东西。

傅理石沉吟了片刻说："温老师当时也是你这么说的，她也夸我懂事！"

李柔这时放下筷子，无意中抓住了自己的一绺披发。她目光直直地看着傅理石，问温老师那会儿是不是很高兴。傅理石说她当时的确很高兴，遗憾的是她第二天就不高兴了。李柔问是不是因为他作文比赛成绩不好。傅理石摇摇头，说他得的是一等奖。李柔愣了半天，问那是为什么。傅理石低下头去，说是他得罪温老师了。李柔小声问他对温老师怎么啦？傅理石迟疑了好一会儿，才说他不该在那天半夜的时候走到温老师的床边去。

主食是李柔点的，她说她喜欢吃黑米粥。服务员刚把黑米粥端上来，李柔的手机响了。她拿起手机扫了一眼，跟傅理石说了声对不起，就起身去包房外面接电话了。

傅理石一边往两只碗里舀粥一边想，等李柔进来就给她接着讲温老师。其实他那天去温老师床边也没有别的什么目的，仅仅只是为了到近处去看她一会儿。当时房间的灯早关了，可窗外的月光很亮，傅理石侧身睡着，眼睛看着睡在窗前的温老师，发现她的脸在月光下也像一轮明月。傅理石本想去看一下温老师的脸就回到自己床上的，没想到温老师却误会了他。

李柔回到包房时，神色看上去有些紧张。她对傅理石抱歉地笑笑，说不能继续陪他吃饭了，说着就拎起了放在座位上的包。傅理石感到怅然若失，忙问李柔出了什么事。李柔说王川一个人喝闷酒喝醉了，正在餐馆里发酒疯呢。

"他肯定是暗恋你！"傅理石情不自禁地说。

李柔没有说话，只是用复杂的眼神看了傅理石一眼，然后就匆匆地走了。

3

一周以后，李柔回请了傅理石一次。这回他们去的地方叫新概念茶语，也在学校东门外。从时光倒流门口经过时，傅理石停下来看了一眼悬在门楣上的招牌，有点儿想进去的意思。但李柔马上打消了他的念头，她说这里不好。傅理石问她原因，李柔说她可不愿意再进去当温老师的替身。她边说边对傅理石笑了一下，笑得有点儿意味深长。

新概念茶语不光有各种各样的茶，还有红酒和煲仔饭。服务生是清一色的小男孩，身体精瘦，头发烫得直直的，染得红红的，脖子上戴着又黄又粗的项链，有几个还挂着耳环。李柔一边看菜谱一边对傅理石介绍他们，说他们大都是附近的大学生。

　　"你那个王川是不是也在这里打工？"傅理石警觉地问。

　　"怎么会呢？"李柔神秘地笑笑说，"不过我们在这里吃过几次煲仔饭。"

　　李柔点了两个鳗鱼饭和一瓶王朝红酒。从服务生手里接酒瓶时，傅理石发现李柔的手腕上戴着一串廉价手链。上次吃饭还没有的，显然是刚戴上不久。李柔注意到傅理石在看她的手链，脸色一下子显得很不自然，倒酒的手微微地颤了几下。

　　"是王川送给我的。"李柔连忙解释说，"我本来不想戴的，但怕他有想法，以为我嫌他的礼物太便宜，所以还是戴了。"

　　"难怪呢！"傅理石翘着嘴角笑了一下。

　　傅理石忽然想起来，三年前他也买过一条手链，白金的，价值三千多块。买定之前，他在首饰店选了大半天时间，所以对手链有些了解。那条手链是傅理石为温老师买的六十岁生日礼物，可一直到现在都没送出去。温老师过生日的时候，傅理石专程回到了县城的母校，没想到温老师几年前就随着她儿女移居深圳了。

　　李柔的酒量其实不小，甚至超过傅理石。她一开始就要和他干杯，把他吓了一大跳。傅理石一边告饶一边说干杯不行，只能慢慢喝。李柔说你不干我一个人干，说完就一饮而尽了。李柔本来少言寡语，可一喝酒话就多了起来。她说她平时很难找到一个能说话的人，今天遇上傅理石，非把憋了一肚子的话都说出来不可。

　　从李柔的倾诉中，傅理石知道了她的丈夫和女儿都在南昌。丈夫是一个公务员，每天上班。女儿读初中，在外婆家里吃住。李柔说按道理她是不能扔下老公和孩子跑到武汉来进修的，但王川非要她来不可。开始，不管王川怎么说，李柔都坚决不答应，就连他双膝跪在地上哀求，她也没同意，可后来王川说，如果李柔不来武汉进修，他就退学回南昌去！事情到了这一步，李柔就再也坚持不住了，只好乖乖地来到了武汉。

"他是什么时候喜欢上你的？"傅理石问。

"具体我也说不清楚，"李柔又喝一口酒说，"他好像从高二就开始依恋我了！"

王川的父母正是在他读高二那年下岗的，他们一下岗就离开南昌去江浙一带做生意了，留下王川跟七十岁的爷爷生活在一起。李柔是王川的语文老师。王川的文言文不太好，就经常在周末的晚上到李柔家里请她辅导。李柔的丈夫有周末出去打麻将的习惯，几乎都是彻夜不归。有一次辅导晚了点儿，王川突然说他不想回家了，提出要在李柔的沙发上过夜。李柔开始觉得不妥，后来想到是自己的学生，就让他留下了。事情往往是有了第一次就会有第二次、第三次，王川自从在李柔的沙发上睡过一次之后，他差不多每个周末的晚上都睡在那里了。李柔曾严肃地劝他回到爷爷那儿去睡，可他一百个不情愿，说爷爷鼾声如雷，他根本睡不着。李柔心软，一看到王川那副可怜样，就不再赶他走了。

傅理石也喝了不少酒，趁着酒劲问："你后来是不是也对王川产生了依恋？"

李柔迟疑了一下说："多少有点儿吧！"

李柔告诉傅理石，她对王川的依恋是从那晚犯胃病开始的。李柔那天吃了不少的麻辣虾，半夜一点钟，胃病发作了，疼得浑身冒汗，嘴里不停地叫唤。王川是被李柔的叫声惊醒的，他一醒过来就出去为她买药，跑了几条街才找到一家夜晚不关门的药店。王川虽然还是个孩子，但他心很细，也很会心疼人，给李柔服药时，生怕开水烫着她，就一边吹一边喂她喝，然后还找来一条毛巾，打湿了水一下一下地擦李柔额头上的汗。

"你那会儿一定挺感动吧？"傅理石表情复杂地问。

"是的，我当场就流泪了，还不由自主地抓住了王川的一只手！"

李柔动情地说。

　　傅理石突然沉默下来，他一下子想到了温老师。那天夜里，傅理石走到温老师床边时，她猛然醒了。温老师惊叫一声坐起来，用手指着傅理石，厉声问他要干什么。傅理石被吓坏了，扭头就跑回了自己的床上。次日在返回县城的汽车上，温老师没让傅理石和她坐一起。本来票上的座位是挨着的，但温老师上车后与别人换了座位，她坐到一个陌生人身边去了。

　　李柔看见傅理石一个人发愣，忙问："傅老师，你怎么啦？"

　　傅理石回过神来，苦笑着说："你对王川真好啊！"

　　"我对他好，"李柔停顿了一下说，"也许是害了他！"

　　"什么？"傅理石有些茫然地问，"此话怎讲？"

　　李柔说王川后来把全部的感情都寄托在了她身上，对别的女性居然一点儿兴趣也没有，已经读到大四了，还不谈女朋友——其实追求他的女孩子不少，可他一个也看不上眼。更加严重的是，王川还说他要娶李柔，并且说大学一毕业就正式向她求婚。

　　傅理石睁大双眼问："你答应他了吗？"

　　李柔摇头苦笑说："怎么可能呢？我有丈夫；再说，我比他大十几岁呢！"

　　在接下来的一次文化思潮课上，傅理石没有看到李柔。李柔好像一盏灯，她没来，傅理石觉得教室里一下子暗了。整整两节课，傅理石始终提不起精神，浑身疲软，声音无力，脑海里经常出现空白，好几次讲了上句忘了下句。傅理石怀疑自己是不是爱上了李柔。

　　下课后，傅理石马上拨通了李柔的手机。李柔的声音听上去十分遥远，一问才知道她回了南昌。傅理石问她为什么突然回家了，她说遇到了一件麻烦事。李柔在电话那头显得很着急，可想而知她遇到的事情肯定非常棘手。傅理石的心也一下子收紧了，追问李柔究竟出了什么事。李柔说她现在说话不方便，过一会儿把电话打过来。

傅理石独自抄一条校园小路往家里走。他走得很慢，手里捏着手机，眼睛紧紧地盯在手机上。走到一个岔道口，手机终于响了。傅理石赶快接听，果然是李柔打来的。她说那件麻烦事是王川引起的。王川几天前给李柔的丈夫写了一封信，劝他主动跟李柔离婚，否则他就要去找他决斗。李柔的丈夫接到信后火冒三丈，立刻打电话把李柔叫回了南昌。傅理石问李柔打算怎么处理这件事。李柔没正面回答，只说她会把这件事处理好的。

"你老公没打你吧？"傅理石小心翼翼地问。

"没有，谢谢你关心啊！"李柔在那头充满感激地说。

过了一会儿，傅理石说："你处理好了事情就早点儿来武汉。"

李柔声音酸酸地说："好的，我一去就找你补课！"

4

傅理石所在的教研室每周五下午有一次教研活动。这天活动结束后，傅理石没像往常那样急着离开，他想一个人留下来静坐一会儿。坐下来不到三分钟，门口的光线暗了一下，他扭头一看，竟是李柔站在门口。

傅理石十分惊喜，一边招呼李柔进门，一边问她什么时候到的。李柔说她已在门口站了半个多钟头了，还听见了傅理石讲话呢。傅理石说，他是问她什么时间从南昌到武汉的。李柔在傅理石身边坐下来，回答说昨天下午就到了。

"昨天就到了，为什么今天才来看我？"傅理石不高兴地说。

"我昨天去找王川摊牌了。"李柔说，声音陡然低了八度。

傅理石迫不及待地问："你和他怎么摊牌？"

李柔勾下头说："我让他对我死心，明确告诉他我是不可能和我老公离婚的。"

傅理石马上显得很激动，迅速起身给李柔倒了一杯水。过了一会儿，傅理石问摊牌后王川反应如何。李柔说开始很强烈，还差点儿出了事，不过后来还好。李柔说，他们是在江边摊的牌，这是王川选的地方，他似乎早已预感到李柔要和他说什么了。李柔到达江边时，王川的情绪已经很不正常，见面就说如果分手他就跳江。李柔一听被吓坏了，一度还想改变主意。

"后来呢？"傅理石屏住呼吸问。

"后来我一咬牙还是跟他把牌摊了。"李柔一脸后怕地说，"我一边摊牌一边对他说，你要跳江我也陪你一起跳，要死我们一块儿死！"

王川听李柔这么一说就没有跳。但他当时很痛苦，简直快要疯了，李柔话刚说完，他就倒在地上打滚，又是哭又是笑，还拼命地用手扯自己的头发。

傅理石指着李柔面前的杯子说："你喝口水吧，嘴都讲干了！"

李柔喝完水，沉默了许久，然后扭头问傅理石上次讲课的内容。她说傅理石的课讲得太好了，她一次也不忍心落下，还说她起初没听到的两次课后来都找别人借笔记补上了。傅理石愣了一下，觉得李柔不宜在这个时候还关心课的事。

"这样吧，"傅理石忽然眼睛一亮说，"周末我要去武汉东郊的木兰湖参加一个活动，到时邀你一起去，一方面让你散散心，同时我也可以把上次的课再给你讲一遍。"

李柔认真地想了一会儿，说："那好吧！"

木兰湖在著名的木兰山脚下，当地旅游部门考证这里是古代女英雄花木兰的故乡，还在湖边竖了一尊花木兰骑马射箭的雕像。傅理石参加的活动正是当地旅游局组织的，实际上就是邀请一些名人去玩，借此扩大影响。

傅理石在被邀请的人中名气最大，他介绍李柔是他的研究生，旅游局上上下下都鼓掌欢迎。李柔一边看别人鼓掌一边回头看傅理石，脸颊一下子变得通红，就像湖边盛开的杜鹃花。

上午开了一个座谈会，下午坐快艇游湖。湖面辽阔，湖水绿茵茵的，看上去像铺着一湖碧玉。李柔游湖时坐在傅理石身边，开始还隔得有点儿开，快艇猛然加速的时候，李柔一下子害怕极了，随着一声尖叫便倒在傅理石怀里。傅理石顿时惊喜无比，心里马上也像湖水一样翻起了朵朵浪花。直到快艇开到一个小岛附近，李柔才从傅理石怀里起来。她抬头时，傅理石飞快地在她脸上吻了一口。李柔怕冷似的浑身一缩，同时用一只手紧紧地抓住了傅理石的一只手。

湖边建了七八栋红红绿绿的别墅，晚上他们就住在别墅里。李柔的房间紧挨着傅理石的房间，他可以听见李柔淋浴的声音。傅理石想象的翅膀很快飞了起来，他想李柔的披发淋湿后垂在雪白的背上肯定非常好看。他这么想着，身体突然变得紧绷绷的。

傅理石洗完澡换上一套睡衣，决定到隔壁去坐一会儿。临出门时，他特意从包里取出了一个绛红绒面的首饰盒，将它装在睡衣的口袋里。

李柔为傅理石开门时两眼一亮，还说正打算去找他补课呢。李柔果然洗了头发，她正用梳子梳着，又黑又长的头发在她手里一上一下，好像一片乌云在时卷时舒。李柔也穿了一套睡衣，淡淡的香水味沁人心脾。

傅理石坐下后真的讲起课来，可他只讲了一个开头就讲不下去了。其实李柔也没心思听，目光散乱，心不在焉。傅理石起身走到了窗口。湖边的夜晚很静，只听见远处有几声蛙鸣。这晚的月亮也很好，如水的月光洒在湖面，让人辨不清哪是月光哪是水。

"李柔，"傅理石忽然激动得叫了起来，"你快来看，今晚有两个月亮呢！"

李柔马上跑过来，贴在傅理石身边朝窗外看，看了一会儿说："真有两个呀，天上一个，湖里一个！"

"一个是温老师，一个是李柔！"傅理石脱口说。

李柔突然失语了，身子一扭就离开了窗口，迅速回到了原来的座位上。傅理石一愣，赶快走到李柔身边，发现她一脸的不快。

傅理石轻轻地拍着李柔的后背问："怎么啦？"

李柔有些伤心地说："我不想听你提你的温老师！"

傅理石立刻明白了李柔的心思，心里不禁暗暗高兴，马上讨好说："好，不提她了，这两个月亮，一个是你，一个是我！"

李柔忍不住笑了，说："这还差不多！"

傅理石这时掏出了那个首饰盒，从中取出一条白金手链递给李柔。李柔一下子呆住了，两颗眼珠半天不动。傅理石说收下吧，还说是专门为她买的！李柔正要开口拒绝，傅理石一伸手抓住了李柔的一只手，不由分说地把手链套在了李柔的手上。与此同时，傅理石把李柔手上原来的那条手链取了下来。

"这条能扔掉吗？"傅理石怪笑一下问。

"先留下吧，我找机会还给王川。"李柔想了一下说。她把它接过来，小心地放进了包里。

一直在李柔房里待到午夜一点钟，傅理石才依依不舍地起身告辞。出门的时候，傅理石突然说房间的钥匙忘了带，问李柔能不能让他就在这间房里住上一晚。李柔犹豫了好半天，然后说随你的便吧！

房间里有两张床，开始他们是分床睡的。大约过了半个小时，傅理石去了李柔的床上。他们很快抱在了一起。在一阵热烈的拥吻之后，他们同时动手将对方的睡衣脱了。就在这个时候，李柔放在枕头下的手机响了一声。

"谁的短信？"傅理石非常扫兴地问。

"王川的。"李柔说。她显得有点儿激动。

"他说什么？"傅理石十分虚弱地问。

"他说他谈女朋友了！"李柔说，声音里明显带着伤感。

傅理石刚才饱满的身体陡然松弛了，就像一个碰了钉子的气球。他很快松开了李柔，迅速穿衣下床，然后快步朝门口走去。走到门口时，傅理石自言自语地说，他发现他房间的钥匙原来带在身上。

打捞记

1

看见何日休，我就像看见了救火的人。当时，我们三个人正在卓刀泉麻将馆一间包房里心急如焚，他突然出现在我们的视野里。一见何日休不期而至，我就激动不已地对皮子和赖子说，啊，救火的人来了。

房里其实并没有发生火灾。在何日休到来之前的一个小时，房里有四个人。我们在一起打麻将，已经打了两个小时。正打到兴头上，教育系的相公突然有急事走了。他一走，我们的场子就瘫痪下来。在麻将场上，有个说法叫救场如救火。正在我们三缺一的时候，何日休闪亮而来。在我眼里，他就是一个救火的人。

相公本来是个铁角，中途退场也是迫不得已。他遇到的那件事的确有点急。电话是研究生院打来的，说他的一个博士生剽窃了一篇论文，发表时还将导师的名字挂在了前面。现在，论文被举报了，教育报的一位记者来到研究生院，一定要见一下相公。相公听了那个电话，脸都乌了，立刻推牌而去。

麻将场上最扫兴的事情莫过于三缺一。相公走后，皮子和赖子立即开始找救场。皮子发出了一条短信，那边很快回复了四个字：已在桌上。赖子拨了一个电话，过了好半天对方才接。他还没开口说话，对方就在那边用一颗麻将使劲地敲另一颗麻将。赖子一听到麻将的碰撞声，什么话也没说便把电话挂了，同时给我们翻了一个白眼。

皮子和赖子接下来又到处找人，可惜一无所获。这是下午三点多钟，正是老师们打麻将的黄金时段，热爱麻将的人早就上了桌子，所以临时很难找到救场的人。其实，大学老师中喜欢打麻将的人并不少，比喜欢搞学问的人要多得多。在我们学校周围，麻将馆鳞次栉比，生意好得不得了，经常是座无虚席。

他们两个找不到人，我最后只好给政治系的大和打手机。大和也是个铁角，只要喊他打麻将，他可以从课堂上溜出来。他教的是思想品德课，理论性不太强，学生完全可以自学。不过，以往有人的时候，我们不怎么跟大和打。他这几年手气不是一般的好，盘盘往大里整，每打必赢。说实话，我们都有点儿怕他。倘若还有其他人选，我是绝对不会找大和的。

让人始料不及的是，大和这次也让我们失望了。他的手机拨了好久才通，并且信号很不好。大和好像正在地下室之类的地方。开始他没听出我的声音，问我是哪位。我说，我是中文系的李尚隐啊，快来卓刀泉，这里正三缺一呢。大和说，对不起，我今天飞北京来了，明天才能飞回武汉。

听说大和在北京，皮子和赖子都感到很气愤。皮子说，妈的，他去北京干什么？我说，他可能是去跑项目了，前不久他跟我提到过。赖子说，我靠，他肯定是想评博导。据我所知，他一直都想混个博导干干，可就是差一个部级项目。

大和不能来，我们突然两眼一抹黑了。我提出退房，皮子和赖子却又不肯善罢甘休。他们不停地抓耳挠腮，还在挖空心思地想其他的人。就在这时，何日休朝我们匆匆走来了。

何日休原来也是我们这所大学的老师，去年秋天突然去了广东汕头的一个什么学院。半小时前，他给我发过一则短信，问我在哪里。我回复说，在卓刀泉。当时，我以为何日休人在汕头，丝毫也没料到他到武汉来了，更没料到他已经到了我们学校。

调往汕头之前，何日休也是我们麻将场上的铁角之一。有一段时间，也就是去年上半年，何日休打麻将简直快打疯了。他每天都泡在麻将馆里，日夜不下桌子。有时实在凑不齐人，他就一个人坐在桌子边上码麻将玩，有点儿像小孩子堆积木，堆好后猛地一推，玩得如痴如醉。

何日休还是以前的那个老打扮，头上戴一顶长檐遮阳帽，一只旧得不能再旧的黄挎包像小学生背书包那样斜挂在胸前。将近一年没见面，我发现何日休显得更瘦了，眼睛下陷，颧骨高耸，下巴又尖又长。他一进门就把遮阳帽取了，露出了一个我们都很熟悉的秃顶，还有那一撮硕果仅存的长发，像一条盘鳝盘桓在他的头上。

皮子和赖子都认识何日休，一见他来，都惊喜万分。皮子迅速给何日休递上一根烟说，及时雨啊！赖子很快端来一杯茶，放在何日休面前说，雪中炭啊！何日休开始没听懂他们的话，愣愣地看了他们两眼，然后把目光停在了我的脸上。我马上解释说，我们三缺一，你正好赶来救场了。何日休终于反应过来了，淡淡一笑说，原来是这样。

然而，何日休却迟迟没坐下来。他站在麻将桌边，喝了一口茶说，很抱歉，今天这个场子，我救不了。

皮子一愣问，怎么啦？难道你刚来就要返回汕头不成？何日休摇摇头说，那倒不是，我这次来武汉，恐怕要停留好多天。赖子接着问，那是为什么？是不是手头没有现金？何日休又摇摇头说，也不是钱的问题，要说钱，我这次身上带的钱比以往任何时候都充足。他一边说一边揭开了黄挎包，给我们展示了五扎红彤彤的票子。我疑惑地问，那你为什么不能救场？何日休苦笑了一下说，眼下，我有要事缠身啊！

什么事？我赶紧问。

捞尸。何日休说。

我们一下子都惊呆了。皮子张着嘴巴，发不出一丝声音。赖子的头发猛然竖起来了。我的两个手心里都出了冷汗，背上一阵发凉。

过了好半天，我才回过神来。我低声问，捞谁的尸？何日休说，小姨妹的，她五天前跳长江了，至今没找到尸首。

何日休一说到小姨妹，我的心陡然往下一沉。他的小姨妹我见过，前两年考上了我们学校教育系的硕士研究生。考上之后，何日休和他妻子一道出面请他小姨妹的导师吃饭，把我也拉去了。就是在那个饭局上，我见到了他的小姨妹。虽然只有一面之交，可何日休的小姨妹却给我留下了极深的印象。她长得很漂亮，但显得非常忧郁，两只眼睛像两口深井，装满了模糊不清的东西。

我唏嘘了一声问，你小姨妹应该硕士毕业了吧？何日休说，今年夏天才毕业，本月初刚通过论文答辩。谁想到，她答辩的第二天就跳江了。

何日休说到这里，我心中猛然扑通响了一下，仿佛一只青蛙跳进了我的肚子里。我突然想起了相公前不久讲过的一条新闻，说他们系有个女研究生跳江自杀了，还说那个女研究生曾经听过他的课。当时，我正一心一意打麻将，没把这件事往心里去，更没有把那个跳江的女研究生与何日休的小姨妹联系起来。

沉吟了一会儿，我问何日休，需要我帮你做些什么？何日休说，我来找你，就是请你帮忙的。我说，你说吧，我会竭尽全力。何日休说，听说社会上有专门负责打捞尸体的公司，你能否帮我联系一个？

何日休话音未落，皮子抢过话头说，我也听说过这种公司，但他们收费吓死人，据说打捞一具尸体至少要三万块呢。何日休拍了拍黄挎包说，只要能把尸体打捞起来，三万块就三万块吧，反正学校赔了五万块钱。赖子这时歪着头说，有一次我去阳逻，看见街上贴着捞尸的广告，那里肯定有打捞公司。

一听说阳逻，我陡然想到了相公。相公就是阳逻人。阳逻位于武汉东郊的新洲境内，是长江边上的一个著名码头。新洲原来叫新洲县，属黄冈管辖，后来划归武汉了，改成新洲区。我认识相公的时候，他还是黄冈人，后来一夜之间就变成武汉人了。在我的印象中，相公现在还经常回阳逻，他的父母和兄弟好像都还住在那里。我想，只要阳逻真有打捞公司，相公就一定能联系上。

我很快把相公的情况告诉了何日休。何日休听了兴奋地说，太好了，你赶紧与他联络一下吧。我说，好的。我说完就拨了相公的手机。可是，相公关机了。何日休有些紧张地问，联络不上？我说，他可能正在接受记者采访，不方便接电话。何日休看着我问，那怎么办？我想了一下说，别急，我给相公发一则短信，让他一开机就把电话打过来。何日休说，也只好这样了。

2

短信发给相公后，我们就坐下来等相公的电话。等了十分钟的样子，皮子突然举起一颗麻将问我，老李，我们就这样干等吗？我还没想好怎么回答，赖子便迫不及待地拍着我的肩说，尚隐，与其这样干等，不如我们一边玩一边等吧。我佯装糊涂地问，三个人怎么玩？皮子和赖子异口同声地说，不是有老何吗？我想了一会儿说，算了，日休刚遭遇这样不幸的事，哪有心思玩麻将？

出人意料的是，我的话刚一出口，何日休马上就说，玩吧，我陪你们玩。我不禁一怔问，真的？何日休说，真的。不过相公的电话一来，我就不能奉陪了。

瘫痪的麻将场子终于被何日休救活了，皮子和赖子对他感激不已。摸风的时候，皮子抑制不住地说，老何真够意思！赖子翘着大拇指说，这才叫铁角！我用鼻孔对他们冷笑了一声说，别拍马屁了，日休是远道而来的客人，你们给他多放两铳就行了！何日休却连忙摆手说，千万别这样，赌场上是没有客人的。

何日休坐在我的对面。快一年没在一起打麻将了，他的姿势和动作还和从前一模一样。无论是摸牌还是出牌，他都只用一只手，另一只手始终支撑着下巴。其实，何日休讲课也是这样，一只手将下巴支撑着，另一只手用来翻讲稿或者板书。他是一个没有多少激情的人，从来不摇头晃脑，更不手舞足蹈，牌场上和课堂上都是如此。

我在麻将圈里混了这么多年，熟人多得数不过来，但朋友却少而又少。他们大部分都只能算是我的牌友，能真正称得上朋友的，只有何日休一个人。

何日休调走之前是我们这所大学哲学系的副教授。他评副教授很早，比我还早一年。当时，教育系的相公和政治系的大和才刚刚博士毕业留校，都还只是个讲师。与相公和大和这些人不一样，我和何日休不是在麻将桌上认识的。那个时候，何日休还不会打麻将，连麻将牌都认不全。我那时也很少打，只是在特殊情况下偶尔为之。

我第一次见到何日休，是在湖北省图书馆。此前我们虽说同在一所大学教书，相互之间却一点印象也没有。那年正月初一，湖北省图书馆破例开放，但一天之中只去了三位读者，一位是个日本人，另两位就是我和何日休。这件事当天就被记者抓到，写成新闻刊登在次日的武汉晚报上，我与何日休因此还一度成为新闻人物。从那以后，我们就成了朋友。

不过，我与何日休一开始并无深交，只是一般的朋友。他在哲学系主讲中外哲学史，学术兴趣主要集中在死亡哲学上。我在中文系主讲中国现代作家论，重点研究鲁迅。俗话说，隔行如隔山。因为各自的领域不同，我与何日休在学术上很长时间都没找到共同语言，所以彼此之间往来不多。

直到有一天，我在一本权威杂志上读到了何日休的一篇论文，我们的朋友关系才朝前推进了一步。那篇论文主要研究的是鲁迅小说中的死亡意识，一看到题目和关键词，我就觉得何日休与我的距离一下子拉近了。我很快读了那篇论文，几乎是一口气读完的。读完论文，我突然对何日休佩服得五体投地了。说实话，他的那篇论文写得很有深度，撇开哲学不说，仅从文学上来看也是一篇一流的学术论文。

当天晚上，我就约何日休一起吃饭。两个人击掌而谈，推杯换盏，直到喝得酩酊大醉，我们才踏月而归。

此后不久，何日休请我去他家里喝了一次茶。他家的房子不大，只有两室一厅，装潢摆设都非常一般，甚至有些简陋。但是，我发现他的妻子很有几分姿色，涂了口红，画了眼影，穿戴也很时髦。

如果何日休不介绍，我还不敢相信她是这个房子的女主人。再说，她看上去也比何日休年轻很多。

茶是在何日休的书房里喝的。我到过不少人的书房，但何日休的书房却与众不同。怎么说呢？我一进去就感觉到了一种死亡的气息。书房里堆满了书，书架上，桌子上，茶几上，沙发上，凳子上到处都是。我匆匆扫了一眼，发现大部分书籍都与死亡有关。后来，我一抬头看见了一张放大的照片，悬挂在何日休的书桌上方。照片上是一片辽阔的坟地，墓碑林立，花圈如海。一看见这张照片，我不由倒吸了一口寒气。

何日休把泡好的茶递给我，我端在手上，好半天才喝了一口。何日休问，这茶不合你的口味吗？我看着墙上的照片，惊魂未定地说，不，只是觉得这张照片太……我话没说完，何日休就说，太美了，是吗？是的，在我看来，世界上最美的风景就是坟地。接下来，何日休兴奋地告诉我，他正在写一部关于死亡美学的专著，计划写四十万字，已经完成三十万字了。

下午五点钟，我的手机突然响起来。何日休赶紧问，是相公吗？我看了一眼手机说，是他。

我很快接了相公的电话。相公以为我们还要他赶来打麻将，开口就说，你们另外找人吧，不要指望我了。我问论文剽窃的事怎么样了？相公说那个记者很难对付，他打算晚上把记者请到香格里拉大酒店去吃个饭，一定要想方设法把他的嘴堵住。

相公那边显得很忙，说完就要挂电话。我马上说，你别慌挂，我有急事找你。相公不耐烦地说，快说吧，难道有什么事比我的还急？我说，肯定比你的事急，有人跳江了！相公冷笑一声说，有人跳江与我有什么关系？我说，请你在阳逻帮忙联系一个打捞公司，死者家属想把尸体找到。相公停了一会儿说，好吧，我哥哥有个打捞队，等我联系上了给你回话。

我手机的音量很大，相公和我的对话都被何日休听到了。何日休说，看来还要等。皮子说，等就等，反正有麻将打，也不着急。

赖子说，幸亏老何还要等，不然我们的场子又要散了。我这时问何日休，你现在情况怎么样？是输还是赢？何日休想了一会儿说，输了一千多块吧。我半开玩笑半认真地说，你不能再输了，这钱还要留着捞尸呢。何日休说，要输也没办法，愿赌服输嘛。

平心而论，何日休的牌技与我们几个是无法比的。他的智商肯定没问题，主要是缺乏心计。比如皮子和赖子，他们不仅双手在动，两只眼睛转动得更快。别人出什么牌，包括出牌的速度，还有出牌时的神情，他们都看在眼里，记在心里。所以，他们很少打错牌。何日休却不管别人，两眼老是盯在自己的牌上，因此动不动就放铳。

严格地说，何日休天生就是一个做学问的人，打麻将永远都不是他的强项。事实上，在多年以前，当许许多多的大学老师因为厌倦学问而纷纷把兴趣转向麻将的时候，何日休还一直在埋头做他的学问，对热火朝天的麻将场始终视而不见，听而不闻。我记得，在我开始打麻将的那段时间，何日休还以朋友的身份严肃地批评过我，希望我回心转意。令人遗憾的是，何日休后来也把学问看穿了，居然也乐此不疲地打起了麻将。

回想起来，何日休是前年秋天让我教他打麻将的。一天傍晚，何日休突然找到我说，尚隐，你教我打麻将吧。我大吃一惊问，你不做学问啦？他气不打一处来地说，学问有什么用？我做了这么多年的学问，他妈的连个教授都评不上，还有什么做头？在我的印象中，那是何日休第一次说粗话，以往他总是温文尔雅的，说话从不带渣滓。

在职称上，何日休的确很受委屈。他那么早就评了副教授，学问又做得那么好，无论讲资历，还是讲水平，他都应该当之无愧地晋升教授。但是，用学校人事处负责人的话说，何日休缺少两个硬件，第一，他没有博士学位；第二，他没有科研项目。就是因为这两点，他当了十几年的副教授。

作为朋友，我曾经劝何日休去读个在职博士，再找关系跑一个科研项目。但何日休没听我的。他说，我才不读什么博士呢，好多博导的水平还不如我，我何必去读？至于科研项目嘛，那全凭关系，我才没脸去拉关系呢。何日休是个清高的人，又固执得很，他这么一说，我就不好再劝他了。

我一直都在为何日休的职称打抱不平。摸着良心说，我的水平比何日休差远了，可我七八年前就评上了教授，后来还混上了博导。还有许多人，水平比我还差，居然也评了教授，有的也混成了博导，比如政治系的大和和教育系的相公。在何日休面前，我们这些人真应该感到无地自容。

前年秋天开学时，学校又开始评职称了。我给何日休出了个点子，让他带着他的学术成果直接去找校长破格。这一次，何日休采纳了我的建议。他把他的那些专著和论文装了满满一蛇皮袋，扛到了校长办公室。校长看了十分惊讶，当场表态说，一定要督促人事处慎重解决他的职称。谁想到，连校长都发话了，人事处最后也没给何日休破格。人事处的人说，开了这个先例，以后就没法控制了。

破格的事情泡汤后，何日休对做学问彻底心灰意冷了，于是找我教他打麻将。就这样，何日休进入了我们的麻将圈。

卓刀泉麻将馆是我们这所大学附近条件最好的一家，不仅免费提供茶水点心，而且还包吃包住。晚上七点钟，服务员走进包房说，可以吃晚饭了。恰好在这个时候，我的手机响了。何日休立刻扭头问我，是相公的哥哥吗？我看了一眼手机上的号码说，可能是，号码很陌生。

我刚揭开手机翻盖，对方就大声问我，谁要捞尸？我赶紧回答说，是我的一个朋友。对方说，把情况说清楚。我迅速把手机递给了何日休。何日休问，你想知道哪些情况？对方问，尸体在什么地方？何日休说，在长江里。对方问，死者在哪里落的江？何日休说，在武汉三桥下面。对方问，是白沙洲吗？何日休说，是的。停了片刻，对方说，明天上午十点，我们到白沙洲见面。

这天晚上，我们打麻将一直打到半夜。何日休一直在输，加起来输了将近五千块。转钟之后，何日休还要继续打，我阻止说，休息吧，明天还要去捞尸呢。听我这么说，何日休才去沙发床上睡下。

3

第二天上午十点十分，我又到了卓刀泉麻将馆。我上了两节课，十点钟下课后一开手机，就看到了相公的短信。看到他的短信后，我就直接来了麻将馆。

我进包房的时候，相公已坐在麻将桌上了。我问，还有人呢？相公还没回答，皮子一下子从沙发床上坐了起来。接着，赖子也从卫生间里出来了。我看着相公问，今天怎么想起来上午就开始？相公说，昨天由于记者捣乱，没尽兴，夜里做梦都在逮你的铳呢。

摸风坐定后，我问相公，论文的事处理好了？相公说，昨晚请那个记者去香格里拉吃了一顿，又送了一包，估计不会曝光了。皮子问，你花了多少钱？相公叹口气说，唉，一共五六千块吧。赖子问，是不是有点儿心疼？相公歪头一笑说，所以想赶快打麻将挣回来。

相公留个大分头，手上套一枚白金戒指，嘴上叼着烟，一看就像个玩家子。相公实际上就是个玩家子，身为大学老师，但我从来没见他读过书，也没见他正儿八经写过什么文章，只见他一天到晚出没于各种娱乐场所。但是，相公却会玩，什么都玩得转，把名和利都玩到了手，三十多岁评了教授，四十出头当了博导，还享受专家津贴呢。当初，我还有点瞧不起相公，但后来我却佩服他了。他虽说天天玩，却混得这么好，我想不佩服他都不行。说实话，我就是受到相公的影响才沉溺于麻将的。

打第二圈牌时，我忽然提到了何日休。我看了看表说，日休这会儿应该到了白沙洲。皮子说，可能已和捞尸队接上头了。赖子说，说不定他们已开始捞尸了呢。相公有点儿听不懂我们的话，愣着眼睛问我，何日休来武汉了？我说，是的，就是他要找人捞尸。相公问，他的什么人跳水了？我说，他的小姨妹，就是你们教育系前不久跳江的那个女研究生。

什么？相公突然站了起来，满脸惊惶地问，她是何日休的小姨妹？

正是。我说，她头天通过了论文答辩，第二天就跳了江。

相公一下子忘记了打牌，抓上手的一张牌迟迟没打出来。皮子着急地说，快坐下来出牌吧，又不是你的小姨妹，你发什么呆？相公仍然站着，喃喃地说，可她是我们系的研究生啊。赖子干笑一下说，快打牌吧，你又不是她的导师，别自作多情了！相公沉默片刻说，我虽然不是她的导师，可她听过我的课，还找我交流过。我这时拉了相公一下说，好了，我们还是打牌吧。

又站了许久，相公才缓缓地坐下来，神情有些恍惚。

相公刚坐下来，我的手机响了。一看，是何日休打来的。我问，和打捞公司接上头了吗？何日休在那边气喘吁吁地说，接上了，可他们的条件很苛刻。我问，什么条件？何日休说，他们要我先预付一万块，尸体打捞起来后再付三万块。我愣了一下问，怎么这么贵？不是说三万块就可以的吗？何日休说，他们说我的小姨妹落水时间太长了，至少要四万块才行。我停了一会儿问，那你打算怎么办？何日休说，尚隐，你能否请相公出面说句话，让他哥哥便宜一点。

何日休的话，相公都听到了。我问相公，你能出面说句话吗？相公点头说，好，我这就给我哥哥打手机。我马上告诉何日休，说相公已答应帮忙，让他等候消息。

相公很快把他哥哥的手机拨通了。他的态度很诚恳，说死者是自己的学生，让他无论如何要便宜点。相公的哥哥还算买他的账，说便宜点可以，但最多只能少五千块钱。放下手机后，相公跟我解释说，能少五千块已经不错了，那个捞尸队是几个人合伙的，他哥哥只是个牵头的人。

我们接下来继续打麻将。我发现，相公忽然有点心不在焉了，老是打错，一连两圈没和一盘牌，把之前赢的两千多块钱都输出来了。我说，你还想着日休的小姨妹？相公皱着眉头说，奇怪，她听了我一个学期的课，我怎么就不知道她是何日休的小姨妹呢？

中午十二点钟，服务员推门进来喊吃饭。相公这时已输了三千块，情绪很低落。他马上推了牌说，吃饭吧，吃了再打。我安慰相公说，吃了饭你就会赢的。

餐厅在包房隔壁。我们刚到餐厅坐下，何日休从白沙洲回来了。相公看到何日休，猛然愣了一下，脸上掠过一丝不易觉察的紧张。何日休首先跟相公打了招呼，真诚地说，感谢你帮我联系捞尸队，还便宜了五千块钱。相公说，应该的，她也算是我的学生呢！

我这时拍着何日休的肩说，来得正巧，一起吃午饭吧。接着，我就喊服务员加一套餐具。可是，服务员还没把餐具拿来，相公伸手拍了一下脑门说，不用再加餐具了，我陡然想起来还有个重要应酬，不能在这里吃饭了。

相公说完，夹起他的皮包匆匆忙忙地走了。我一下子愣了神，看着相公远去的背影，半天说不出话。皮子和赖子也觉得不可思议，你看我，我看你，眼神都怪怪的。

吃饭的时候，我问何日休，打捞的情况怎么样了？何日休说，打捞船正在白沙洲附近打捞，他们说如果顺利，天黑之前应该有结果。皮子问，你下午还去江边吗？何日休说，他们让我先别去，说有了结果就通知我。赖子问，要是没有结果呢？何日休想了一下说，好坏总会有个结果的。

何日休显得十分疲惫。吃完饭，我劝他好好睡一觉。可他却说没有睡意，反而主动提出要打麻将。皮子和赖子一听喜出望外，两人一起说，你能打太好了，省得再给相公打电话。我马上给何日休泼了一瓢冷水说，你最好别打了，一打就输，我担心你把打捞费都输光。何日休犹豫了一下说，打吧，我手头还有三万五千块，还可以再输五千块给你们。何日休把话说到这一步，我也不好再阻止他了。

我这个人说不上多么好，但同情心还是有的。何日休这回坐在我下手，我没像卡其他人那样卡他，不需要的牌都喂给他吃，有时还故意给他放铳。说实话，我不希望他输。在我们这帮人中间，何日休的收入是最少的。他去汕头之后，工资虽然提高了一些，但仍然没有多少积蓄。

何日休头四圈赢了两千块，脸上总算有了一丝笑容。这时，我忽然想到了他的小姨妹。

你的小姨妹为什么要跳江自杀？我问。

何日休迟疑了一下说，感情上出了问题。

与男朋友闹翻了？我问。

何日休摇头苦笑说，她哪有什么男朋友？

那她是？我问。

何日休叹一口长气说，具体我也不清楚，好像是她长期暗恋的一个老师让她彻底失望了。

皮子和赖子同时一惊，然后相互对视了一眼。过了一会儿，皮子轻轻地问赖子，不会是相公吧？赖子咂咂嘴说，有可能，不然他为什么一见到老何就跑了？皮子说，相公风流倜傥，据说好多女学生都崇拜他呢。赖子说，关键是他有地位，有名气，还有钱。现在的女孩子，不是都喜欢找成功人士吗？

何日休听着皮子和赖子的对话，连牌都不知道出了。我赶快瞪他们一眼说，你们不要瞎说，要是相公听到了，非揍你们不可。皮子和赖子说，开个玩笑嘛，有什么了不起？我严肃地说，这种玩笑可不能乱开，人命关天啊。

停了一会儿，我扭头问何日休，你小姨妹跳江之前就没留下点什么线索？何日休说，目击者在她跳江的地方捡到了一个双肩包，后来她父亲又在那个双肩包里发现了一份遗书。

我猛然一愣问，她父亲？你岳父不是去世了吗？何日休说，小姨妹和我妻子属于同母异父，她是我岳母和我岳父离婚后与第二个丈夫生的。我叹息一声说，难怪呢。

皮子问，那份遗书上写了些什么？何日休说，只说她整整暗恋了那个老师三年，没想到毕业前夕老师却一口拒绝了她，她感到绝望，就选择了跳江。赖子紧接着问，遗书上没提那个老师的名字吗？何日休说，没有，连那个老师姓什么也没提，她好像在有意保护那个老师。

我有些好奇地问，她为什么要选在白沙洲那里跳江？何日休考虑了一下说，也许那个老师曾经带她去白沙洲上玩过吧。遗书上写到了洲上的景物，白色的沙滩，白色的柳枝，还有白色的芦苇花。

这天下午的麻将打得很平和，到吃晚饭的时候，只有我输了两千块钱，皮子和赖子每人赢了一千块。何日休开始赢的后来都输了，算是不输不赢，白打了一个下午。不过，这对何日休来说已经是很好的结局了。

捞尸队一直没有打电话给何日休。吃过晚饭，我让何日休主动打电话到那边去问一下情况。但是，何日休打了许久，那边却没人接听。后来，我建议何日休再亲自去白沙洲看看。他开始不想去，犹豫了好半天，最后还是答应去一趟。

4

傍晚七点钟，何日休离开卓刀泉麻将馆去了白沙洲。他一走，我就提出退房回家休息。可是，我刚喊服务员来结账，政治系的大和打电话来了。一听是大和的声音，皮子和赖子立刻亢奋起来，放大嗓门问，你在哪里？大和说，我在天河机场，一个小时就可以回到学校。皮子和赖子说，你直接到卓刀泉来吧，我们正三缺一呢。

放下手机，我猛然觉得大和今晚来卓刀泉麻将馆有些不妥。因为，何日休从白沙洲办完事后还会到这里来。以前，何日休与大和之间有点儿过节。我担心他们两个见面后会感到尴尬。

去年夏天，何日休突然从武汉调往汕头，很多人都感到匪夷所思。我们这所大学是一所全国名校，而何日休去的那所学校，却是一所毫无名气的职业学院。俗话说人往高处走，可是，何日休的这次调动不管从哪方面讲，都有点水往低处流的味道。众所周知的原因是，汕头的那个学院能解决何日休的职称问题。他一去就是教授，连评都不需要评。然而，人们只知其一却不知其二。事实上，除了职称，何日休的调动还另有原因。

如果仅仅为了职称，那何日休早就调走了。据我所知，早在四五年前，就有好几所三流大学想以教授职称为条件调何日休了。有深圳的，有珠海的，还有海口的。但何日休一直都没有为之所动。作为何日休的朋友，我知道他对职称这玩意儿既看重又不看重。有一次，我还劝他说，既然别人无条件地给你教授，你不妨就调去吧。何日休却断然对我说，职称都是假的，学问才是真的，我才不会因为职称随便调走呢。

谁也没想到何日休后来会突然调往汕头。刚听到这个消息时，我压根儿都不相信。我很快找到了何日休，当面问他，听说你要调走，是真的吗？何日休一脸无奈地说，是真的。我瞪大眼睛问，为什么？何日休苦涩地笑笑说，还不是为了职称！他说完就把脸扭到一边去了，不让我看见他的表情，好像有什么难言之隐。我马上问，日休，你肯定还有其他原因，能告诉我吗？何日休犹豫了一会儿，想跟我说什么，但他张开嘴巴又闭上了。

何日休临走之前，我请他吃了一顿饭。那天只有我们俩，我要了一个小包间，还点了一瓶酒。

吃到一半时，我又提到了调动的事。我说，你不是一直都不在乎职称的吗？何日休当时已经有点醉了，他打个酒嗝说，我不在乎，可我的老婆在乎啊！他说着把筷子使劲往桌子上一拍，酒杯都弹起来了。我愣着眼睛问，你这话是什么意思？何日休又喝了一口酒，然后提高嗓门说，她说我再混不上教授，就和我离婚！

我一怔说，她怎么会说这种话？何日休这时把嘴伸到我的耳边，小声对我说，有人想勾引我老婆！我大吃一惊问，谁？何日休说，一个年轻的教授，和我老婆一个系。我问，到底是谁？何日休犹豫再三说，算了，我不想说他的名字，反正他也没把我老婆勾到手。

当时，我一点儿也没想到勾引何日休妻子的人会是大和。其实我应该猜到他头上去的。何日休的妻子在政治系办公室工作，大和是政治系最年轻的教授。直到何日休夫妇双双调往汕头之后，我才听说大和曾给何日休的妻子发过勾引短信。我还听说，何日休拿着他妻子的手机去找过大和，两个人还差点动了手。

大和这天的动作真快，不到八点钟就来到了卓刀泉麻将馆。他剃了一个时尚的板寸头，显得非常精神。皮子问他，项目跑到了？大和得意地说，跑到了，还是个重点项目呢。赖子问，那你下半年就可以当博导了？大和笑笑说，应该没问题吧。我这时斜着眼睛问，你这次跑项目花了多少钱？大和想了一下说，十几万块吧，不过上面还会作为项目经费再拨十万块给我。

我们很快打起麻将来。打了一盘，皮子忽然问大和，你今天带了多少钱？大和说，我这水平还需要带钱？实话告诉你们，我的钱都在北京用了，身上最多还有一千块。赖子说，一千块钱谁跟你打？你想空手套白狼？大和说，放心，我输多少开多少，不会欠你一分。

大和的手气真叫好，一上场就连续赢了几个大和。打了不到一个小时，他居然赢了近五千块。皮子和赖子都输了，嘴上也不再说什么了。

我这次打麻将一直分神，心里老想着何日休。九点钟的样子，包房外面的走廊上响起了一串脚步声。我想可能是何日休，便立刻起身出了包房。我出门一看，果然是何日休。

何日休已经快到包房门口了。我快步上前拦住了他。不过，我没有马上跟他提到大和，而是先问了尸体打捞的情况。

你的小姨妹找到了吗？我关切地问。

何日休摆着头说，没有。

怎么还没找到？我焦急地问。

何日休长叹一声说，打捞船把那一片搜了好几遍，连一根头发都没找到。

沉默了一会儿，我又问，那你打算怎么办？何日休说，如果还要继续打捞，他们说就必须扩大搜索范围，还要我再加几万块钱，并且还不能保证找到。我说，你是不是准备放弃？何日休点点头说，是的，我不想再折腾了。停了一下，何日休又说，其实我一开始就不主张捞尸，小姨妹选择跳江，自然有她的道理。她选择的是水葬，希望永远与水为伴，遨游长江，甚至奔向大海。我们应该尊重她的选择。要不是她姐姐坚持要捞尸，我也不会这么远跑到武汉来。

我觉得何日休越说越玄了，便赶紧把话题转到了大和身上。我说，日休，你今晚最好换个地方。何日休一愣问，怎么啦？我轻声说，包房里有一个你不好意思见面的人。何日休问，谁？我说，政治系的大和。何日休顿时浑身一颤，好像脚下发生了地震。但他很快就镇定下来了，抬头对我说，不怕，我没什么不好意思见他的！

何日休说完就推门进了包房，我拉都没拉住。大和一眼认出了何日休，脸上蓦然变得通红。我站在何日休和大和中间，感到有一种说不出的别扭。

我以为大和一见到何日休就会立刻退场。但我想错了。大和的心理素质真是不错，他像一个变脸演员，一下子就把红脸变成了白脸。大和先给何日休笑了一下，接着招个手说，想比一下牌技吗，何教授？何日休愣了一会儿，取下头上的遮阳帽，使劲扔在旁边的沙发上，然后直视着大和说，比就比，我难道怕你不成？他说完就一屁股坐在了我的位子上。

何日休一上场，大和便提出加码。大和对皮子和赖子说，何教授是从南方钱堆里来的，我们升为一番牌二十块怎么样？没等皮子和赖子回答，我赶紧摆手说，千万别升，还是一番牌十块，日休这次来武汉花钱太多，经不起打大了。但是，我话刚说完，何日休就拍着他身上的黄挎包说，二十就二十，反正也不捞尸了，有本事，你们把我包里的钱都赢去。

我因为没有位子，看他们打了两盘就告辞了。临走时，我拍着何日休的肩说，你们打，我回家备一下课。出门后，我又回过头说，日休，你少打一会儿就休息，这几天也把你累坏了。我说着还给他挤了一下眼睛。

夜里十二点，我备完课正准备上床睡觉，皮子给我打了个电话。皮子惊慌地说，老李，快来卓刀泉，这里要出事了。我问，什么事？赖子在一边说，你来了就知道了，赶紧来呀！

我赶到卓刀泉麻将馆，这里只剩下了皮子和赖子。我问，他们两个呢？皮子说，大和赢了钱跑了。赖子说，何日休输了钱走了。我问，大和赢了多少？皮子说，三万多块吧。我又问，何日休输了多少？赖子说，黄挎包里的钱都输光了，少说也输了三万多块。

沉默了一会儿，我又问，他们两个没发生矛盾吧？皮子说，吵过几句，但没动手。我问，为什么吵？赖子说，何日休一输完，大和站起来就要走。何日休想赶本，就不让他走。大和这时讥笑说，你身无分文，还怎么赶本？于是他们就吵起来了。

我接着问，后来呢？皮子说，大和走后，何日休好半天没说话，像是气蒙了，额头上的青筋都鼓起来了。我又问，何日休怎么也走了？赖子说，大和走了十几分钟，何日休的妻子从汕头打了一个电话来，问尸体找到没有。何日休说没找到，还说不打算找了。他妻子一听很恼火，在电话中劈头盖脸把他骂了一通。接完妻子的电话，何日休就走了。我问，他没说要去哪儿吗？皮子说，他没说，我问他这么晚了还去哪里，他什么话也没说就走了。赖子补充说，何日休出门时把遮阳帽和黄挎包都带走了，看样子他不会回来了。

听了皮子和赖子的描述，我突然感到头皮发紧，心慌得厉害。

接下来，我就赶紧拨何日休的手机，但他关机了。一听手机中的女声说我拨的用户已经关机，我的背上立刻沁出了几颗冷汗，一种不祥之兆一下子笼罩了我。

第二天早晨，我从武汉出版的一份报纸上看到了一条消息，说有一个不明身份的男子在深夜跳入了长江，江边留下了一顶长檐遮阳帽，还有一只旧得不能再旧的黄挎包……

电话亭

1

李通的电话亭位于这所大学的西门口，从远处看上去像一只秃鸟。除了电话业务，李通还兼着卖点报刊。没人来打电话时，他一般都龟缩在亭里看报纸或杂志；一旦有客人光顾，他便马上把他的头从那个橱窗里伸出来。这个时候再看，李通就好像是那只秃鸟吐出来的一截舌头。

星期二的上午，十点钟的样子，一男一女来到了电话亭前。那男的长个鹰钩鼻，李通一眼就认出了他。他叫匡乃吉，五年前曾在这所大学读过在职研究生。当时，李通在研究生院门口开了一个复印社，匡乃吉经常来找他复印书刊，所以对他的鹰钩鼻印象很深。但是，匡乃吉已经不认识李通了。这不奇怪，李通只是一个从农村进城打工的高中生，谁会记得他呢？

刚看见匡乃吉，李通还有点激动，想跟他热情地打个招呼。一见匡乃吉对自己一点反应都没有，李通马上就冷了，赶紧把到了嘴边的话缩了回去，装作不认识匡乃吉。

匡乃吉头发往后面梳，西装革履，打红色领带，胳肢窝里还夹一个真皮小包，一看就是个在官场上混的人。凭李通的经验，像他这种打扮的人，身上随时都带着手机，一般是不会在电话亭打电话的。他以为匡乃吉要买报纸。

"想买张报纸看看？"李通探出头问。

"不，"匡乃吉对李通笑笑说，"我想向你打听一个人。"

这时，那个女的朝电话亭走了一步，掏出一元硬币交给李通，买了一张《武汉晚报》。递报纸的时候，李通看见她的手又白又嫩，还戴着钻戒。顺着她的手往上看，李通的眼睛一下子睁圆了。李通发现，与匡乃吉一起来的女人竟是个大美女。

"对不起，"过了好一会儿，李通才回过神来问匡乃吉，"你要打听谁？"

"一个叫白夜的教授，你知道他住在什么地方吗？"匡乃吉问。他把声音压得很低，显得有点神秘。

事情真巧，李通正好认识白夜。更巧的是，他还知道白夜住哪栋楼。白夜是社会学系的教授，还是博士生导师，就住在西门里面的那栋博导楼上。那是一栋复式楼，据说每户都有两百多平方米，豪华得跟皇宫似的。白夜经常在晚饭后来电话亭买报纸。他是一个喜欢与人交流的人，有时候还主动找人说话。时间一长，李通就和白夜混得很熟了。白夜名气大，身上的头衔也多，外面不时有人来学校找他帮忙。在李通的印象中，差不多每周都有人找他打听白夜的住址。

但是，李通却没马上把白夜的住址告诉匡乃吉。他仔细观察了一下，发现匡乃吉另一只手上还提了一个鼓鼓的礼品袋，估计装的是名烟名酒。很显然，匡乃吉也是来找白夜帮忙的。

你想考白教授的博士？李通有点好奇地问。不是，我已经博士毕业了。匡乃吉摇摇头说。李通停了一下又问，那就是想找他评职称时投你一票？匡乃吉有点得意地说，也不是，我早就评上正高了。

李通正要继续往下问，那个美女忽然把报纸举到匡乃吉眼前，指着其中一版说："你看，笔试的时间已公布了，这个星期天就考。"

"时间好紧啊！"匡乃吉边说边皱起眉头问李通，"你能告诉我白夜教授住哪里吗？"

李通见匡乃吉焦急万状，就不再卖关子。他快步从电话亭走出来，转身指着博导楼，一五一十把白夜的住址告诉了他。

弄清白夜的住址后，匡乃吉扭身就离开了电话亭，连谢谢也没跟李通说一声。他走得很快，脚底像安了轮子，一眨眼就进了西门。那个美女穿着高跟鞋，怎么也走不快，紧走慢赶还是落下一大截。

"快点，朱小尔！"匡乃吉停在门内喊了一声。

朱小尔突然停下来说："干脆你一个人去吧，我就在这里等你！"

"不行！"匡乃吉严肃地说，"你不去怎么行？"

"唉！"朱小尔抱怨说，"真是烦死我了！"

朱小尔一边叹气一边朝匡乃吉追上去。李通两眼直直地盯着她，发现朱小尔从后面看上去也很美。她的身材好极了，蜂腰，屁股翘得像个鼓，两条腿子细长细长的。看着朱小尔，李通抑制不住地想到了白夜。他想，白夜看到朱小尔后，说不准眼珠子都会掉出来。

白夜是个好色之徒。这一点李通早就发现了。每次来电话亭买报纸，只要碰到有点姿色的女人，白夜总要盯着别人看，目光直溜溜的，还一边看一边伸出舌头舔嘴。有一次，白夜出来时手上拿了一个茶杯，买好报纸，正准备喝一口茶，一个漂亮女生来电话亭打电话。白夜顿时看傻了眼，连茶杯从手上往下滑都不知道。直到听见砰的一声，他才发现手上的茶杯不见了。低头看时，他的茶杯已粉身碎骨。

匡乃吉和朱小尔很快走出了李通的视线。他们可能已进入博导楼了。虽然李通没弄清他们要找白夜帮什么忙，但他预感到，这个忙白夜肯定会帮。李通想，白夜一见到朱小尔这样的美女，你要不让他帮忙他还不依呢。李通觉得，匡乃吉有可能使的是美人计。

李通猜不出朱小尔与匡乃吉是什么关系。她看上去才三十出头，比匡乃吉小七八岁，也可能是他老婆，也可能是他秘书，还有可能是他情人。这年头，谁知道呢？

2

白夜以往来电话亭，差不多都在晚饭后，七点到八点之间。这段时间打电话的人特别多，有时还排队。他们大都是暂时买不起手机的大学生，偶尔也有几个民工。买过报纸，白夜总要扫一眼那些等着打电话的人。要是发现了漂亮的，他就会找李通要一只塑料凳坐下来，一边假装看报纸，一边欣赏美女。

这天白夜提前来了。李通看看表，还不到六点。白夜五十七八岁的样子，长相一般，却很注意形象。头发染过，远看黑油油的；但不能近看，近看会看见耳朵附近有几撮白毛。

"白教授这么早就吃过晚饭了？"李通奇怪地问。

"还没有，"白夜把嘴凑近李通的耳朵说，"有美女请我共进晚餐呢！"

李通发现白夜很兴奋，眼皮都笑皱了。正要问一问美女的情况，李通一低头看见了白夜手上的礼品袋。这是匡乃吉上午送去的吧？李通盯着礼品袋问。白夜一愣问，你怎么知道？李通说，还是我给他指的路呢。白夜说，好巧啊！

过了一会儿，白夜压低声音问："你看见和匡乃吉一起去的那个美女了吗？"

"看见了，"李通说，"她叫朱小尔。"

"对，朱小尔！"白夜咂咂嘴说，"啧啧，真是个大美人啊！像从天上下来的！"

这时来了一个打电话的民工，李通和白夜就中断了说话。民工把电话拨通后，李通听见了几句，好像是打给农村姑妈的，要姑妈一定帮他介绍个媳妇，还说寡妇也行。打完付钱时，李通认真打量了民工一眼，发现他少说也四十开外了。民工走后，李通望着他的背影说，这么大岁数了还打光棍啊！

白夜没听见李通的话，他的心还在朱小尔身上。民工一走，白夜就用神秘的口吻问李通："你知道今晚是谁请我吃饭吗？"

李通想了想说："不会是朱小尔吧？"

"嗬，还真让你猜到了！"白夜拍着李通的肩说，"她请我去欧式一条街吃西餐呢！"

白夜说着，口水已在嘴里打转了。李通这时又注意到了白夜手上的礼品袋，眨眨眼问，你要把礼品退给别人吗？白夜恍然大悟说，嗨，你不说我还差点忘了，我正要请你帮忙呢。

一听说帮忙，李通就想白夜准是又要让他帮着卖烟卖酒了。白夜的嗜好不多，一不吸烟二不喝酒，只是对美女情有独钟。以前别人送他的烟和酒，几乎都是李通帮他转卖了。李通有个朋友，在水果湖附近开了一家烟酒商店，专门回收好烟好酒。李通正这么想着，白夜已把礼品袋递到了他手边。还是老规矩，你卖出去后留五十块钱自己花。白夜说。

这时有人来电话亭买报纸。白夜也买了一张，嘴里自言自语地说，这地方出租车真少！他说完找李通要了个凳子，然后坐下来，一边看报纸一边等出租车。

白夜看报纸有点心不在焉，不住地抬头朝马路上张望。这会儿是出租车司机交班时间，所以车很难打。加上西门在一个小巷子里，来这里的出租车更少。白夜突然说，我要是有两个翅膀就好了。李通问，想上天吗？白夜说，不，一下子飞到欧式一条街去！

李通暗笑了一下问，匡乃吉为什么不派专车来接你？白夜迟疑了一会儿说，他不知道我和朱小尔一起吃饭！李通一脸坏笑说，原来你们是秘密幽会呀！白夜脸一红说，算是吧！沉吟了片刻，李通突然问，朱小尔和匡乃吉是什么关系？白夜歪着头说，我也说不好，匡乃吉介绍是他爱人，但我又没看他们的结婚证，谁能肯定呢？

这时终于来了一辆出租车。李通赶紧去帮着拦，里面却坐着客人。司机说，他把客人送进学校后马上会出来。白夜连忙跑上去说，我在这儿等你，你可一定要来！司机说没问题，要他放心。白夜却不放心，伸手掏出十块钱塞给司机，说是先付订金。司机一笑说，这位老先生，比年轻人约会还急！

订好了车，白夜终于松了一口气。这时候，李通猛地想到了匡乃吉。

"匡乃吉找你帮什么忙？"李通悄悄地问。

白夜犹豫了一下说："武汉市要公开选拔几个副局长，他报了名。"

"他找你辅导是不是？"李通神情古怪地说，"考试题肯定是你出的。"

"嘘！"白夜马上用手挡住李通的嘴，拉下脸说，"这可不能瞎说，属于机密呢！再说，我也没出题。"

李通扑哧一笑说，看把你吓的，我又不会说出去。白夜吞吞吐吐地说，我吓什么？我又没参加出题！李通立即换一种口气说，好，好，你没出题，是我瞎说行不行？听李通这么说，白夜才镇静下来。

五分钟后，那辆出租车从西门出来了。白夜迅速跑上去，不等停稳就拉开了车门。司机批评说，你这样太危险了！白夜像小学生承认错误一样说，对不起，我下不为例。

出租车开动时，李通对白夜挥个手说："祝您老人家开心！"

白夜扭头一笑说："借你的吉言！"

出租车走远后，李通把白夜交给他的礼品袋打开看了一下，里面装着两条黄鹤楼烟和两瓶茅台酒。李通默默地计算了一下，发现这几样东西少说也值两千块。李通想，白夜这种人真划得来，随便给人辅导一下就是好几千块，而且还有美女请吃饭！而自己呢，一天到晚守着电话亭，辛苦得要死，一个月下来也挣不到两千块钱。这么一对比，李通突然有点伤感，心里酸溜溜的。

晚上九点钟，李通刚把这天没卖完的报纸清理好，白夜突然回到了西门。他回来还是打的出租车，没人送他。李通开始一愣，不相信从出租车上下来的是白夜。白夜六点多才出去，李通认为他不应该这么快就回来，怎么说也得拖到十点钟以后。

白夜情绪看上去不太好，与出去时判若两人。李通小心地问，没碰上朱小尔？白夜说，碰上了，她还比我先到呢。李通接着问，共进晚餐了吗？白夜说，进了，她请我吃意大利烤牛排，七成熟的，还一起喝了一瓶法国红葡萄酒。李通偏着头想了一下说，是不是朱小尔有点放不开？白夜说，谁说的？她开放得很，穿着吊带衫，连乳沟都看得一清二楚，她的乳沟实在是深，我真想扑在那里哭一场！

李通愣着眼睛问："既然这样，那你为什么不高兴？"

"都怪那个该死的电话！"白夜愤愤地说，"我们本来说好吃了饭去东湖边上散步的，没想到正要起身时，朱小尔突然接到了一个电话。"

"谁打的电话？"李通问。

"不知道，我问了一下她没说，只说出了一点急事，她必须马上离开。唉，真是太扫兴了！"白夜唉声叹气地说。

李通安慰白夜说，你也别太难过，以后还有机会的。白夜伸了一下脖子说，是的，朱小尔走的时候，还一再对我说后会有期呢！我说，既然她留下这话，你就再约她嘛。白夜说，我会约的，朱小尔真是太性感了！

3

星期四早上八点钟，李通的电话亭刚开张，白夜就从西门里面出来了。与他一起出来的还有他的夫人蓝老师。蓝老师是这所大学政治系的副教授，刚满五十五岁就退休了。女人没男人经老，蓝老师比白夜小好几岁，但李通总觉得她看上去比白夜年纪大。

白夜手里拖了一个拉杆箱，看样子要出远门。李通探出头问，白教授又要去外地讲学呀？白夜说，不是，蓝老师要去广州儿子那里住一段时间，我送她去火车站。他说话时笑容满面，表情有点像一九四九年的人庆祝解放。

李通已经帮白夜把那包烟酒卖了。他赶紧从包里找出那叠钱，从中抽出五十，然后把其余的给白夜送过去。一千九百块，你点一下。李通说。白夜接过钱，还没来得及点，就来了一辆出租车。不点了，我相信你！白夜说。他说完就和蓝老师上了出租车，很快往火车站去了。

九点钟不到，白夜又打出租车回到了西门。当时，有个说方言的男生正在电话亭打电话，还有人要买报纸。李通随口说，白教授这么快就回来了！因为有点忙，李通说完就忙自己的，没顾上与白夜多说什么，也没工夫看他。

李通以为白夜下车后就直接回家了，直到忙完直起身来，才发现他没走。白夜静静地站在电话亭前，好像在等着和李通说点什么。白夜双手不空，一手提着点心，一手提着水果。

李通扫了一眼水果袋，发现白夜买的水果全是新上市的，都特别贵。有一种樱桃，有荸荠那么大，听说是从台湾空运过来的。李通曾在市场上问过价，一百块钱一斤，他听说后吓了一大跳。

白夜的心情很好，看上去比送蓝老师走时还要好。他笑着对李通说，你今天生意不错嘛！李通苦笑一下说，不错什么呀，挣一天的钱也不够买一斤樱桃！白夜没想到李通会这么说，略微有点尴尬。沉默了一会儿，白夜说，其实这种樱桃并不好吃，酸得要命！李通马上问，不好吃，那你买这么多干什么？白夜一下子语塞了，不知道再说什么好。

过了许久，白夜才小声对李通说："告诉你，我是买了招待客人的。"

"招待谁？"李通问。

白夜神秘兮兮地说："你猜！"

"肯定是朱小尔！"李通想了一下说。

白夜顿时开心极了，猛击李通一掌说，你真聪明！李通接下来问，约好了吗？白夜点头说，约好了，她一会儿就到我家里来！李通开个玩笑说，真有你的，蓝老师刚走，你就在家里找美女幽会！白夜瞪了李通一眼，没再说什么，只甜甜地笑了一下就乐颠颠地回家了。

朱小尔是十点钟的样子坐出租车来的。她这天穿的是旗袍，车门打开后，李通先看见一条白花花的腿从车上伸了出来，然后才看见朱小尔。

李通觉得朱小尔穿旗袍很有味道，屁股包得紧紧的，有点像舞台上拉的大提琴。朱小尔下车后，先掏出一块小镜子照了一下脸，然后就往西门里面走了。旗袍的衩儿开得很高，差不多要到朱小尔的大腿根了。李通想，白夜看了说不定要晕过去。

这天电话亭的生意确实不错，每隔几分钟就有人来打电话。有些人的电话还打得时间挺长，一次打十几块的话费。但是，李通却有点心神不宁，总要时不时地扭头朝博导楼那边看。有时客人喊他收钱，一连喊几声他都听不见。其实，李通压根儿看不到什么，博导楼上的每一个窗户都拉着窗帘，他连里面的人影也看不到。李通只能望着博导楼想入非非。

快十一点的时候，李通又把目光投向了博导楼。他想，朱小尔到白夜家将近一个小时了，如果再不出来，她就有可能在他那儿吃午饭，如果吃午饭就可能喝酒，如果喝酒就可能喝醉，如果喝醉就可能倒在沙发上……

李通正想到关键处，一辆红旗轿车开到了电话亭旁边。车刚停稳，门就打开了，出来的居然是匡乃吉。虽然他这天戴了一副墨镜，但李通还是很快认出了他。他的那个鹰钩鼻实在太有特点了。

看见匡乃吉，李通的眼睛陡然黑了一下，同时还为白夜捏了一把冷汗。李通想，匡乃吉无疑是来找朱小尔的，看来他已经怀疑上白夜。如果他冲进博导楼抓住了什么的话，那白夜可就麻烦了。

但是，匡乃吉下车后却没去博导楼。他把墨镜取下来捏在手上，然后朝那里随便看了两眼。这让李通感到有点奇怪。李通想，他也许还拿不准吧？把目光从博导楼上收回来后，匡乃吉朝电话亭走了过来，老远就跟李通笑了一下。

李通以为匡乃吉是来向他打听朱小尔，心里还在犹豫是否告诉他。可是，匡乃吉来后却闭口没提朱小尔，只说要买一张报纸。报纸有十几种，李通问他要什么报。他说随便，说完把一元硬币丢在报摊上。

买好报纸，匡乃吉又折身回到了车那里，接着就钻进车里去了。他一进去就把报纸摊在方向盘上，像模像样地看了起来。不过，匡乃吉看报纸并不专心。李通发现，他每隔两分钟就要把头伸出来朝博导楼看一次。他好像在等朱小尔。

十一点半，匡乃吉再次来到了电话亭。当时正有一个女大学生在打电话，所以李通就没理匡乃吉。李通听出女大学生是从农村来的，电话好像是打给她的邻居，她请邻居转告她爹，让她爹这个月不必再寄生活费来，说她自己做家教已把生活费挣够了。直到女大学生打完电话，李通才与匡乃吉打招呼。

"那张报纸看完了？是不是再买一张看看？"李通怪声怪调地问。

"不，我手机没电了，想来你这儿给我单位打个电话。"匡乃吉说。

李通愣了一下，做梦也没想到匡乃吉还会照顾他一笔生意。打吧。李通指着电话对匡乃吉说。

匡乃吉拿起话柄后却迟迟不拨号码，眼睛直直地看着李通。李通马上明白了匡乃吉的意思，是希望他回避一下。开了几年的电话亭，李通这点经验还是有的。你打吧，我去旁边透口气。李通说。

匡乃吉的电话打得很快。李通刚到电话亭旁边伸了两个懒腰，匡乃吉就喊他收钱。

你真快呀！李通一边找零钱一边说。匡乃吉说，给单位上的同事打个招呼，让他不要等我吃午饭了。就说这么两句话还不快？

匡乃吉打完电话又回到了车里。他没再看报纸，一进去就把报纸扔到了窗外。然后，他又把墨镜架在了那个又弯又尖的鹰钩鼻上。

十一点四十分，也就是匡乃吉把电话打出去十分钟以后，李通看见朱小尔突然从西门出来了。匡乃吉也看见了她，连忙按了一声喇叭。朱小尔听到喇叭声，马上朝车跑了过去。

匡乃吉的车技不错，朱小尔一上去，他就把车开跑了，中间只隔了几秒钟。车跑得很快，李通一眨眼，它就无影无踪了。

红旗轿车开走后，李通一个人愣了好半天。他不知道白夜和朱小尔的这次幽会到了哪一步。李通想，白夜有可能已经心想事成，也可能好戏还没开始。其实这两种结果与李通都没关系，他也说不清自己到底希望看到哪一种。李通只是好奇心比较强，有点吃辣萝卜操淡心。

4

一连几个晚上，白夜都没来电话亭。李通不禁有点盼他。他倒不是指望白夜来买他的报纸，主要是想打听一下他和朱小尔幽会的情况。一直盼到星期六，李通才好不容易把白夜盼来。

白夜是上午九点多钟来的，手里拄着一根拐杖。几天不见，白夜一下子苍老了许多，面黄肌瘦，眼窝下陷，连走路都歪歪倒倒了。

李通惊奇地问，白教授这是怎么啦？白夜有气无力地说，病了！李通问他什么病。白夜说他也不知道是什么病，只觉得心慌意乱，四肢乏力，吃也吃不下，睡也睡不着。李通问，看了医生吗？白夜说，我这就是去医院的。

电话亭这会儿没生意，李通就喊白夜坐一下，让他歇口气再去医院。坐下来后，李通很快把话题转到了朱小尔身上。

"你病成这样，朱小尔没来看看你？"李通试探着问。

"你再不要提她了！"白夜惊恐地说。脸一下子变得乌黑。

李通顿时愣住了，不知道白夜和朱小尔之间到底发生了什么事。过了许久，李通忍不住问，是不是朱小尔要弄了你？白夜摆摆头说，不是，朱小尔很清纯，又很崇拜我，她怎么会耍弄我呢？李通又问，那就是匡乃吉欺负你了？白夜又摆头说，也不是，他一心一意在忙考试，也没有工夫欺负我！李通有点迷糊地说，这就奇怪了！

沉默了许久，李通非常恳切地说："白教授，你能告诉我究竟是为什么吗？"

白夜考虑了一会儿说："好，我可以告诉你，但你千万要为我保密。"

李通拍着胸脯说："说吧，我一定守口如瓶！"

白夜压低声音说："公安局盯上我了！"

李通听了大吃一惊，两颗黑眼珠一下子不见了，眼眶里只剩下两大块眼白。不会吧，你又没犯法，公安局盯你干什么？李通疑惑地问。白夜说，我说的是真的，公安局的人都给我打电话了。他说话声音颤抖，好像还惊魂未定。

"电话？公安局的电话？"李通莫名其妙地问。

"是的！"白夜回忆说，"星期四上午，也就是我把朱小尔约到家里的那天，我们先吃水果，接着又吃点心，一边吃一边喝酒。一瓶酒喝完的时候，朱小尔已有点醉了，头一歪就躺在了我家沙发上。朱小尔躺下来更好看，我终于知道了什么叫睡美人。她的大腿从旗袍衩儿里露出来，白得就像景德镇的瓷器。我忍不住说，我真想摸摸你的腿啊！朱小尔醉眼蒙眬地说，想摸就摸呗。就在我把手伸到她的大腿根时，公安局的人把电话打到了我的手机上。"

李通赶紧问："电话中怎么说？"

白夜说："打电话的是个男的，开口就说他是公安局的，接着就问我是不是白夜。我说，我是白夜，你找我有什么事？他说，据我们调查，你经常勾引良家妇女。请你以后注意点，否则你吃不了兜着走！"

"后来呢？"李通迫不及待地问。

"后来我就吓死了，立即让朱小尔离开我家。"白夜说。

"朱小尔马上就走了？"李通问。

"开始她不想走，她喝醉了，想在我那里多躺一会儿，还说没关系，让我别害怕。但是，我怎么能不害怕呢？说实在的，我那会儿连魂都没有了。我对朱小尔说，求你快走吧，我们的事到此为止！见我这么央求，朱小尔才跌跌撞撞地从我家出去。"

白夜讲到这里，电话亭来了一个打电话的人。白夜撑着拐杖站起来，对李通说，你忙吧，我去医院了。李通说，那你去吧，路上走慢点。走出西门口这条巷子就是一家大医院，这所大学的老师差不多都在那里看病。白夜拄着拐杖，缓缓地朝医院去了。

看着顾客拨电话的时候，李通不禁想到了白夜接到的那个神秘电话。他总觉得这件事情有点蹊跷，怀疑那个电话不是公安局打的。

与此同时，李通还陡然想到了匡乃吉那天在电话亭打电话的情景。一想到匡乃吉，李通心里不由咯噔响了一声。接着，一个大胆的猜想就像一只野兔刹那间蹿上了他的心头。李通想，会不会是匡乃吉冒充警察给白夜打了那个电话呢？这个猜想让李通感到非常激动，他好像有了那么一点揭秘的快感。

李通想，要是白夜没删除那个电话就好了。他想，如果能从白夜的手机上找到这个电话亭的号码，那他的猜想就可以得到证实了。

大约过了一个小时，白夜从医院转来了。他拎了几包中草药，它们像钟摆一样在他手上摆来摆去。白夜离电话亭还有十几米远，李通就跑步迎了上去。

"你带手机没有？"李通开口就问。

"带了，你问这干什么？"白夜愣着眼睛问。

李通把手伸向白夜说，把你手机给我看看。白夜开始不想把手机给他看，疑惑地问，我的手机有什么好看的？李通想了一下说，我想看看那天给你打电话的是哪个公安分局？李通这样说，白夜才把手机掏出来交给他。

接过手机，李通很快按了一下已接电话键。往后翻了两页，一个熟悉的电话号码突然跳到了李通眼前。这个号码正是电话亭这部座机的。李通接下来又看了一下通话时间，是上午十一点过五分打的。李通眯着眼睛回忆了一会儿，发现时间也恰好吻合。

"哈，太好了！"李通突然兴奋地叫了一声。

白夜也跟着兴奋起来，忙问："查出是哪个分局了？"

"那个电话根本就不是公安局打的。"李通说。

白夜两眼一轮问："那是谁打的？"

"匡，乃，吉！"李通一字一顿地说。

白夜一听就晕了，身体像狂风吹树一样朝一边倒。如果不是李通眼疾手快将他扶住，白夜非倒在地上摔个脑震荡不可。李通把白夜搀到电话亭前坐下，给他喝了半瓶矿泉水，他才清醒过来。

清醒过来后，白夜不可思议地问，怎么会是他呢？李通说，的确是匡乃吉。他说着又打开手机，让白夜自己看，还把他那天看见的情况都告诉了白夜。白夜听了原委，又一次晕了。这一回他晕得更厉害，闭着眼睛，头歪在肩上，看上去像是有人在他脖子上砍了一刀。

将近过了十分钟，白夜才把眼睛睁开了一条缝。

"妈的！"白夜先骂了一声，然后咬牙切齿地说，"早知道他是这么个东西，我真不该给他讲什么题目！"

白夜说完就强撑着走了。他说他要赶快回家煎中草药喝。走了好远，李通还听见白夜在骂骂咧咧。

5

这天中午，李通刚吃完盒饭，白夜又来到了电话亭。李通开始一愣，不相信站在面前的是白夜；睁大双眼仔细端详，没错，确实是这所大学社会学系的白夜教授。他的气色看上去比上午好多了，看来那些中草药的效果还不错。

"你怎么这会儿有空来？"李通有点诧异地问。

"我来你这儿打个电话。"白夜说，说着就把目光投到了电话上。

李通提高嗓门问，你来我这儿打电话？白夜支吾着说，我家座机欠费，手机又出了点毛病。这时正是吃午饭的时间，电话亭这里只有李通和白夜，显得十分安静。李通问，给谁打电话？白夜说，打给蓝老师，让她在广州多住段时间，不要牵挂我。白夜边说边拿起了电话。

白夜拿着电话没立即拨号。李通马上对他笑笑说，你慢慢打吧，我去旁边垃圾桶丢一下饭盒。白夜说，去丢吧，这儿我帮你看着。

从电话亭出来后，李通却没有马上去垃圾桶那里。他绕到电话亭后面站下来，憋着呼吸偷听白夜打电话。李通的好奇心的确有点强。他怀疑白夜的这个电话不是打给他夫人的，所以就想证实一下。白夜果然不是给蓝老师打电话，他说话时还故意憋了一种江浙口音。

"据可靠消息，白教授临时换了考试题。"白夜用吴侬软语说。

李通一听到这句话，拔腿就朝垃圾桶跑了。他边跑边想，白夜这个电话毫无疑问是打给匡乃吉的。

从垃圾桶回到电话亭时，李通看见白夜已挂了电话。找到蓝老师了吗？李通佯装不知地问。白夜面无表情地说，找到了，她采纳了我的意见！李通暗暗一笑想，真是一只老狐狸啊！

白夜一付电话费就走了。走进西门后，李通才发现白夜这次出门没拄拐杖。看来，他的病情确实已经大有好转。

这天下午，电话亭的生意十分清冷。一个人坐着无聊，李通就随手抓了一张《武汉晚报》看了起来。在第二版上，他看到了一则关于选拔副局级干部的公告，公布的是考试时间。一看到这则公告，李通很快就想到了匡乃吉。他想，匡乃吉明天也要参加考试了。

事情说起来真有点巧，下午三点钟，李通刚看完那张报纸，一辆红旗轿车开到了电话亭旁边。李通觉得这辆车很眼熟，正想不起来在哪里见过，匡乃吉从车里下来了。匡乃吉下车后，马上绕过去开了另一扇车门，接着就下来了朱小尔。

朱小尔这天打扮得像个时装模特，看上去更加妖娆了。朱小尔下车后，匡乃吉又回到车上，很快把车开走了，将朱小尔一个人丢在了这里。

后来，李通看见朱小尔走着猫步朝西门里的博导楼去了。

堵嘴记

1

事情从表面上看都是由一串项链引起的。

林知寒教授那天上午有两节研究生的课，他将和他的研究生们讨论文学与人性的问题。他的夫人尹琛副教授这天没课，她一吃过早饭便开始清理卧室。虽然家里雇了保姆，但尹琛不喜欢外人到她卧室里去。她一直都是自己收拾卧室。林知寒的课在九点钟开始，八点半，他拎着一只包正要出门，尹琛突然从卧室跑出来叫住了他。

尹琛慌慌张张地说，我放在床头柜里的那串珍珠项链不见了！林知寒说，是吗？尹琛说，是的，就是你上次去海南岛开会给我买回来的那一串。尹琛显得很焦急，一边说一边用两道怪怪的目光看着林知寒。林知寒说，我没拿，也许是你放错了地方，你再好好找找吧。尹琛马上变了口气说，如果你没拿，那就肯定是邬枣偷了！她的语言很干脆，有一种不容置疑的味道。

邬枣就是他们家的小保姆，这会儿出去买菜了。

林知寒本来是侧身面向大门站着的，这时却突然转了一下。他转过来正面对着尹琛，用十分严肃的口吻说，你刚才这种话是不能随便乱说的，这涉及一个人的名誉和尊严。尹琛陡然提高声音说，我这怎么是随便乱说？家里就这么几个人，你没拿，那不明摆着是她偷了吗？

尹琛生得白皮细肉，秀气的鼻梁上架着一副白色眼镜，平时看上去是一个斯斯文文的知识分子。而现在，林知寒发现她突然变了一个人，变得有点儿像乡下的泼妇了。

林知寒本来想好好劝一劝尹琛的，但一看表已经快到九点了，于是就说，你先别激动，等我上课回来再说吧。他说完就匆匆忙忙开门出去了。林知寒上课从来不迟到，他是一个很有责任感的教授。

大约十一点钟的样子，林知寒上完课，从文学院回到了他居住的这个小区。

正要进入小区的大门，林知寒听见有人低沉地叫了一声林老师。喊声是从大门旁边传来的，林知寒扭头看去，竟是他们家保姆邬枣站在那里。邬枣穿着一件碎花棉袄，手上提着一只破旧的旅行包。一年前，邬枣就是穿着这件棉袄，提着这个旅行包来到林知寒家里当保姆的。林知寒开始差点没认出邬枣来，因为邬枣自从来到他们家就没再穿过这件棉袄了。林知寒让尹琛给她买了几套好一点的衣服，她平时都打扮得像一个城市姑娘。

林知寒认出邬枣后不由一怔，他不明白邬枣为什么又恢复了这身装束。正在纳闷时，邬枣低着头朝林知寒走了过来。林老师，我在这儿等你半天了！邬枣说。她说着抬起头来看了林知寒一眼，林知寒这时候才发现邬枣满脸是泪。你怎么啦，邬枣？林知寒惊奇地问。邬枣马上又把头低下去了，她突然哭了起来，哭得很伤心，两个肩头一耸一耸的。邬枣，你到底怎么啦？林知寒上前一步问。邬枣边哭边说，尹老师把我辞了！她说完忍不住抽泣了一声。

林知寒立刻想到了那串项链。他想可能都是那串项链惹的祸。林知寒顿时有些迷糊了，不知道该对邬枣说点儿什么。邬枣这时又把头抬起来了，她张大两只泪眼，一眨不眨地望着林知寒说，林老师，我求你一件事！林知寒问，什么事？邬枣说，求你给尹老师说一声，不要把我的事情说出去，要是说出去让我老家的人知道了，那我就没脸在这个世界上活了！林知寒突然觉得胸口堵得慌，嗓口也被什么东西卡住了，让他说不出话来，他只好给邬枣点了点头。

邬枣看见林知寒点了头就又把头低下去了，低着头离开了。

林知寒呆呆地站在小区门口，望着邬枣一步一步朝马路对面那个公交车站走去。邬枣穿着的那件碎花棉袄又短又薄，呼呼作响的寒风吹得邬枣东倒西歪。林知寒看着邬枣的背影，心里隐隐作痛。他想追上去送邬枣上车，顺便给她一点儿路费。可是，林知寒刚迈出两步，一辆公交车就到站了。他看见邬枣很快上了那车。公交车开走的时候，林知寒的眼睛陡然黑了一下，同时还滚出两颗泪来。

林知寒回到家里时，尹琛正在厨房里洗菜。自从雇了保姆后，尹琛就再没做过厨房里的活，所以林知寒就有了一种太阳从西边出来的感觉。以往回家，林知寒进门后总要先给尹琛亲切地打个招呼，但他这天例外了。林知寒一进门就质问尹琛，你为什么把邬枣辞了？尹琛说，她是一个贼！林知寒马上问，你有证据吗？尹琛扔下手中正洗的菜，快步走到林知寒身边，用手指着自己的脖子说，铁证如山！尹琛这天穿的是一件红色高领毛衣，林知寒定睛一看，发现毛衣的高领上挂着一串珍珠项链。你在哪儿找到的？林知寒问。尹琛用一种近似得意的口吻说，在邬枣那个破旅行包里！林知寒听了心里一沉，好半天没能说话。

过了许久，林知寒用一种非常遗憾的声音自言自语地说，邬枣为什么要这样呢？他一边说一边朝书房里走。走到书房门口时，林知寒又说，她为什么要这样呢？他边说边使劲地摆头，仿佛头上落满了雪或霜，他要把它们摆下来。

林知寒一个人在书房默默地待了好半天。他傻傻地坐在书桌前，却什么书也看不进去。后来，他随手拿起了一张武汉出版的小报。报上的一则社会新闻一下子抓住了林知寒的眼睛。一位在制鞋厂上班的打工妹，下班时偷偷地将一双鞋子塞进了自己的衣服。走出车间大门时，老板的眼线发现了她衣服里面的秘密，便当着众人将那双鞋子从她衣服里面扯了出来，还大声地骂了一声贼！事发当天，那个打工妹就跳楼自杀了！

林知寒看完这则新闻，额头上顿时冒出了一层冷汗。报上的打工妹让他立刻想到了邬枣，他感到不寒而栗。林知寒一想到邬枣再也坐不住了，于是迅速地走出了书房。

尹琛已经做好午饭，并且把饭菜端上了餐厅的桌子。在餐桌上，林知寒端着饭碗迟迟不动筷子，眼睛出神地注视着墙上的一幅乡村油画。尹琛说，快吃吧，愣着干什么？林知寒把目光收回来，盯着尹琛的脸说，我求你一件事。尹琛说，你说吧。林知寒说，邬枣偷项链的事，请你千万不要说出去，我们应该为她保密。尹琛抬起头来问，为什么？林知寒说，树有皮，人有脸，如果说出去了，邬枣以后怎么做人？她今年才十九岁，以后的路还长啊！

尹琛突然把头勾下去了。她默默地吃菜，不紧不慢地嚼着，蔬菜在她的牙齿上发出沉闷的声音。过了片刻，尹琛猛地扬起头来，苦笑着对林知寒说，对不起，我已经打电话告诉你表弟了。

林知寒一听就傻了眼，接着就愤怒了，两眼冒火，脸色青乌。他用筷子指着尹琛的嘴巴说，你的嘴怎么这么长？！

尹琛被林知寒吓得一愣。林知寒一向是个温文尔雅的人，从来没有发过这么大的火。尹琛忽然觉得林知寒今天有些陌生。

林知寒稍稍平静下来后，便命令尹琛马上给表弟打电话，让他不要对任何人透露邬枣被辞的原因。林知寒话音未落，尹琛就连忙用自己的手机拨打表弟的手机。但遗憾的是，表弟的手机关机了。林知寒顿时就急坏了，因为他知道表弟只有手机这一种联系方式。林知寒立刻放下碗筷，站起身来，对尹琛说，我只好亲自去找秦文高了！

2

林知寒那天是坐一辆出租车从武昌去汉口找秦文高的。

秦文高就是林知寒的表弟，老家在襄阳一带。秦文高从前在襄阳经营一个缝纫铺，后来嫌缝纫铺收入少就想到武汉来赚大钱。五年前，秦文高抛妻别子一个人来到汉口，在汉正街附近开了一个服装批发部。林知寒每年都要去看望表弟几次。秦文高的生意做得并不大，因此也没赚到多少钱。不过秦文高是一个热心快肠的人，特别乐于助人，邬枣就是他帮忙雇请的。

出租车经过长江大桥时，林知寒听见蛔虫在他肚子里怪叫了一声，他这才想起还没有吃午饭。他猛然感到有些饿。出租车司机可能也忙得没顾上吃午饭，他一边开车一边吃着葱油饼干。饼干被牙齿咬碎后散发出来的气味不住地往林知寒鼻子里扑，这让他越发感到饥饿难忍，胃里的酸水一股一股地从他嗓口那里涌了上来。司机听见了林知寒吞口水的声音，便抽出几块饼干递了过来。你也来一块吧。司机。林知寒忙说，谢谢，我不饿！他嘴里这么说着，一只手却不由自主地朝那几块饼干伸了过去。然而，司机并没有看见林知寒的那只手，他的眼睛始终盯着前面的路。听林知寒说不饿，司机就把那几块饼干收回去了，并马上塞进了自己嘴里。林知寒顿时觉得非常难堪，脸一下子红齐耳根，心想幸亏没有别人看到这一幕。

那一天塞车厉害，林知寒坐的出租车开了一个多小时才到汉正街。下车后，林知寒一边朝秦文高的服装批发部跑一边对自己说，见到表弟后，把邹枣的事一叮嘱完就到旁边那家拉面馆去吃拉面！林知寒知道秦文高服装批发部旁边有一家兰州人开的拉面馆，那里的牛肉拉面特别好吃。林知寒这么想着，浑身上下猛然变得热乎乎的。

但是，林知寒一到批发部门前心就凉了。他看见批发部的铁门严严地关着。旁边的拉面馆倒是开着门，刚从锅里捞起来的拉面热气腾腾。但林知寒这时候已经毫无心思吃拉面了，他甚至没有一点儿饥饿的感觉。正在揉面的老板问林知寒，你吃面吗？林知寒说，不，我是想打听一个人。老板问，谁？林知寒指着身后紧闭的铁门说，我的表弟秦文高去哪里了？拉面馆的老板说，哦，你是秦老板的表哥呀，秦老板上午十点半的样子被派出所的人带走了。林知寒大吃一惊问，我表弟怎么啦？拉面馆的老板说，这我就不清楚了，只知道是被市场派出所的警察带走的。

林知寒七弯八拐找了将近一个钟头才找到市场派出所。走进派出所大门时，他感到双腿有些发软，仿佛是自己犯了什么事一样，心里油然生出一种又酸又苦的滋味。林知寒刚进门，一个值班的警察就拦住了他。你是来报案的吗？警察问。不，我是来找一个人的。林知寒小心翼翼地说。警察冰冷地问，找谁？林知寒颤巍巍地说，秦文高，听说秦文高被你们带到这里来了。那个警察一听到秦文高的名字突然变得兴奋起来，马上换了热情的声音问，你是给秦文高送罚款来的吗？林知寒说，不，我是来找他说一句话的，我有一句非常重要的话跟他说。警察听林知寒这么回答，刚才的兴奋顿时就烟消云散了。不行，秦文高的罚款不交齐，任何人不能和他说话。警察说。他又恢复了冰冷的声音。林知寒迷茫了一会儿，然后用试探的口气问，秦文高要交什么罚款？警察瞪了他一眼说，你又不能帮他交钱，问这么多干什么？林知寒想了一下说，你先告诉我，说不准我可以帮他一把，秦文高是我的表弟。警察犹豫了片刻说，秦文高前天到一个发廊去嫖过娼，是我们抓到的一个小姐把他供出来的。按照治安处罚条例，我们要罚秦文高四千块钱。他目前只交了三千块，还差一千块。林知寒听说后先是露出半脸苦笑，接着伸手从口袋里掏出钱包看了看，然后问，如果我帮他补交一千块钱，你们就能放他吗？警察说，可以。

秦文高从拘留室出来时显得灰头灰脑的，头发和胡子长得像野草，似乎好长时间没有剃过也没有洗过。林知寒差不多有两个月没见到秦文高了，发现他在这段时间里苍老了许多。秦文高在林知寒面前感到很难为情，眼睛始终不敢正视林知寒，走路时一直盯着自己的脚尖。走出派出所后，秦文高说，这一千块钱，我下个月一定还给你！林知寒说，还钱是小事，我看你还是早点儿把你老婆从襄阳接到武汉来吧。

从派出所到批发部的路上，林知寒有好半天没有说话。潜伏已久的饥饿感又一次朝他袭来，他实在没有说话的力气了。关于邬枣的事情，林知寒好几次张口欲说，但每次话到嘴边就没有了声音。林知寒心想，看来只有等到坐在拉面馆一边吃牛肉拉面一边与秦文高说了。

但是，林知寒到底没有忍住，离面馆还有一里多路，他就强打着精神说了起来。其实林知寒要对秦文高说的话就是他对尹琛说过的那番话，他只需要重复一遍就行了。林知寒刚开始说的时候，秦文高还在埋头走路，后来说到关键处，秦文高突然停住不走了。与此同时，秦文高还惊叫了一声。完了！他是这么叫的。

我已经告诉左小芹了！秦文高惊叫之后说。林知寒的身体在秦文高的叫声中剧烈地摆动了好一会儿，看上去就像一根风中的茅草。如果不是秦文高及时将他扶住，那他早就一头栽在马路上了。

左小芹是谁？林知寒靠着秦文高的肩膀问。秦文高说，她是襄阳一个开服装店的，每个星期都来我这儿进一次货。上午表嫂给我打电话时，左小芹正好在我批发部里，所以我就把郧枣的事一五一十地告诉了她。哦，对了，郧枣就是左小芹从襄阳那边给我介绍来的。林知寒迫不及待地问，左小芹现在在哪儿？秦文高说，她坐中午的一趟班车回襄阳了。林知寒一听更急了，脸色白得像蜡。过了一会儿，林知寒又问，你有她的电话吗？林知寒说，没有，每次都是她跟我联系，再说我们也很少打电话。

林知寒这时不知道从哪里突然来了一股猛劲，他一把推开了秦文高。一个男人的嘴居然也这么长！林知寒用手指着秦文高的嘴说。他显得无比愤慨，脸都有些变形了。过了许久，林知寒才稍稍平静一些，他这时抬起头来朝西北方向看了一眼，然后无可奈何地说，看来我还得去一趟襄阳。

3

天快落黑的时候，林知寒坐上了一趟从汉口开往襄阳的卧铺汽车。一开始他打算坐火车的，但火车上的卧铺票都卖完了，他不愿意在车上坐四五个小时。可是一走进这辆卧铺汽车，林知寒就后悔了，车里又挤又乱，还有一种刺鼻的脚臭味。有那么一刻，林知寒还产生了退票下车的念头，但一想到郧枣临走时求他保密的那种眼神，一想到报上那则关于打工妹跳楼自杀的新闻，他就把这个念头打消了。林知寒想，他必须抢在明天八点左小芹的服装店开门之前到达那里，只有这样才能不让左小芹把邺枣的事情说出去。

卧铺汽车快开动时，乘务员为了检票把车内的灯开了一会儿。林知寒这时从衣服口袋里掏出了一张女人的照片。这张照片是秦文高提供的，照片上的女人就是左小芹。左小芹是一个三十出头的少妇，大眼睛，高鼻梁，皮肤很白，看上去颇有几分姿色，美中不足的是下嘴唇稍稍有些长。林知寒本来提出要秦文高与他同行的，但秦文高实在走不开，于是就找到了一张左小芹的照片。秦文高还把左小芹那个服装店的地址写在了照片后面。

与林知寒邻铺的是一个二十几岁的小青年，一看就是个打工仔。开车之前，打工仔坐在铺沿上看车外的风景。车开动后不久，他便脱下鞋子躺在了卧铺上。打工仔脱下的是一双劣质旅游鞋，他刚脱的时候林知寒就闻到了一股恶臭，更要命的是，打工仔居然把他脱下来的旅游鞋放在了林知寒的铺位前面，林知寒差点被那种恶臭熏昏过去。林知寒心想，如果这样熏到襄阳，我非被熏死不可。他于是就对打工仔说，喂，小伙子，你能不能把你的鞋子换个地方，我实在受不了这种气味。打工仔一听就火冒三丈，马上坐起身来说，受不了这种气味你就去坐小轿车，我的鞋子只能放这儿！他边说边做着手势，看样子随时准备动手打人。林知寒开始还准备自己给那双旅游鞋挪个地方的，一看打工仔这架势，两眼顿时就蒙了，心想算了算了，君子不吃眼前亏。后来他只好用手捂着自己的鼻头。

那天林知寒从家里出门时太急，只在毛衣外面披了一件风衣。再说，当时他一点儿也没想到还要连夜前往襄阳。晚上的气温比白天至少要低四五度，卧铺汽车刚一开出市区，林知寒便感到浑身发冷。车窗上的一块玻璃破了一个大洞，那洞又正好对着林知寒的脖子，外面的冷风直往车内灌，这就更让林知寒觉得寒冷了。叠放在铺上的那床脏兮兮的毯子，林知寒上车时压根儿都没想碰它一下，后来实在冷得难受，他也只好扯开了盖在自己身上。尽管这样，林知寒还是觉得冷，身体在毯子下面不停地颤抖。

邻铺的那个打工仔倒是一点儿也不怕冷，他身上只盖着自己脱下来的那件棉袄，铺上的那床毯子被扔在一边动也没动。林知寒无意中看见了那床闲置的毯子，心想如果将它也盖在身上，那肯定会暖和许多。但他又想，自己刚才还和打工仔发生过矛盾，现在怎么好意思盖别人的毯子呢？这么一想，林知寒就不再对那床毯子抱什么幻想了。

夜越来越深，气温越来越低，林知寒越来越冷，他的两排牙齿已经开始打起架来。邻铺那个打工仔可能是听到了林知寒牙齿打架的声音，他动了一下，然后抓起那床毯子朝这边递了过来。怕冷就盖上。打工仔说。林知寒看着递过来的毯子，一股暖流顿时涌遍全身。他毫不犹豫就接过了毯子，一接过来就盖在了自己身上。身上多了一床毯子，林知寒很快就不觉得冷了。这时，他扭过头去，深情地对打工仔说了一声谢谢。

次日早晨七点半钟，林知寒便找到了左小芹的服装店。他买了一个烧饼，站在服装店的铁卷门前面一边啃一边等左小芹。八点过五分，一个穿仿皮大衣的女人朝服装店走了过来，女人肩挂一只小包，走着猫步，仿佛一个时装模特。林知寒一眼就认出她是左小芹，现实生活中的左小芹比照片上的左小芹显得娇艳一些，娇艳中藏着一种精明。

你是左小芹吧？我等你多时了。林知寒主动上前打招呼。左小芹一怔，机警地扫了一眼问，你怎么认识我？林知寒赶紧说出了秦文高，并作了简短的自我介绍。左小芹听了说，哇，你就是大名鼎鼎的林教授啊！她马上打开店门，把林知寒请进了服装店。

林知寒一进门就迫不及待说到了邬枣。当林知寒要求左小芹为邬枣保密的时候，左小芹突然高声大嗓地说，林教授你这是何必呢？像邬枣这种偷偷摸摸的人，她自己都不要脸，你还管她什么荣誉和尊严？告诉你吧，林教授，我最恨那种手脚不干净的人了，去年我店里请了一个丫头，趁我不注意偷了一件毛衣，我一发现就把她赶走了，还把她偷毛衣的事告诉了她家里的每一个人，我就是要让这种人无地自容！听了左小芹这番话，林知寒脸上的肌肉陡然就僵硬了。左小芹也发现了林知寒脸上的变化，忙问，林教授，你脸色怎么这么难看？林知寒没有回答她，心想面对这样一个女人，还能说什么呢？说什么都是对牛弹琴，白费口舌。左小芹倒是一个挺细心的女人，她盯着林知寒的脸继续问，林教授，看你的脸上黑一块白一块的，是不是衣服穿少了？

左小芹刚才的这句话让林知寒双眼陡然一亮。他马上抬头去打量挂在墙上的那些服装。昨天出门太匆忙，衣服带少了。林知寒一边看一边说。后来，他把眼睛停在了一件羊绒衫上。那件羊绒衫样式和颜色都不错，但林知寒一眼就看出是假货。左小芹的眼睛也很快盯上了那件羊绒衫，嘴里问道，林教授想买一件吗？林知寒朝那件羊绒衫走过去，摸了一把问，多少钱？左小芹眨了眨眼说，本来卖五百块的，看在林教授的面子上，我只收四百块。林知寒暗自笑了笑说，不，我还是出五百块，不过我有一个条件。左小芹双眉一挑问，什么条件？林知寒说，为邬枣保密！左小芹愣了一会儿说，哈哈，原来是这样啊！林知寒这时已经掏出钱包数了五百块钱放在手里，催问说，你答应我这个条件吗？左小芹望着钱点点头说，好吧。看见左小芹点了头，林知寒的心情立刻轻松起来，仿佛一块石头落了地。

林知寒从服装店出来时，没有把他花五百块钱买的那件假货羊绒衫穿在身上。他把它拿在手里。白天的气温有所回升，他已经不怎么觉得冷了。这时有一辆出租车从远处开过来，林知寒伸手做了一个拦车的动作。他准备先去火车站，然后坐火车返回武汉。明天是星期四，他还有两节研究生的课呢。

可是，林知寒正要上出租车，左小芹突然叫了他一声。林知寒回头看时，左小芹已经追到他身边来了。他发现左小芹满脸通红，手里还捏着一百块钱。怎么，你反悔了？林知寒惊异地问。对不起，林教授，昨天晚上我已经把邬枣的事告诉我侄女张玖了。左小芹低着头说，边说边把一百块钱朝林知寒递过来。林知寒没有接钱，他又气又恨，半天说不出话来。

过了好一会儿，林知寒才问，张玖现在在哪儿？左小芹说，她一清早就坐班车回南漳了，她家在南漳县的三棵松村。邬枣也是三棵松那地方的，她和张玖是初中同学，我就是通过张玖才认识邬枣的。林知寒听后，狠狠地瞪了左小芹一眼，愤愤地说，又是一个嘴长的人！

4

从襄阳到南漳县城的班车倒是挺方便，几乎半个小时就有一趟。林知寒到达南漳汽车站时，左小芹的表叔石在水已经开着他的三轮车等在车站门口了。在林知寒从襄阳出发的时候，左小芹就给石在水打了电话，让他在汽车站截住张玖，如果没能截住，就开三轮车带上林知寒朝着三棵松方向去追。

林知寒一眼就认出了石在水。石在水的眼睛和左小芹描述得一模一样。左小芹对林知寒说，我表叔的两颗眼珠深深陷在眼窝里，看上去就像电视上经常出现的那些土耳其人。林知寒一下车就看见了石在水，他的一双眼睛果然与众不同。

石在水一见到林知寒就遗憾地说没截住张玖，他怪左小芹的电话打晚了半个小时。林知寒听后果断地说，那我们赶快去追吧，一定要想方设法抢在张玖回到三棵松之前把她追上！

从南漳县城到三棵松不通汽车，一条凸凸凹凹的机耕路上只能跑拖拉机和三轮车。城郊的那一段路还算平坦，石在水把三轮车开得很快。可是，出城不久路面就糟糕透了，三轮车东倒西歪，跑得简直比蜗牛还慢。林知寒急得不行，用乞求的口吻对石在水说，你能不能开得快一点儿？石在水苦笑着说，我已经把油门踩到底了。

路边上有几个来来往往的行人，林知寒不住地把头伸出去打量他们。每当看到一个二十岁左右的姑娘，他都要问石在水这人是不是张玖。后来石在水说，林教授，你的眼睛不要东张西望，你的眼睛一东张西望，你的身体就会动来动去，你的身体一动来动去，我的车子就会左右摇摆，我的车子一左右摇摆，那我这个司机就没法开了。林知寒不无忧虑地说，如果我不看，错过了张玖怎么办？石在水说，这你放心，张玖是我看着长大的，我闭着眼睛都能认出她来。

三轮车在机耕路上走了将近一个小时，他们也没有看见张玖的影子。而且路面越来越坏了，有时三轮车能弹起半尺高来。当三轮车弹起来又落下去的时候，林知寒就感到浑身像散了架。突然，石在水把三轮车停住了。林知寒慌急地问，怎么啦？石在水一边下车一边难为情地说，不好意思，我要去厕泡尿。他说着就走下机耕路，径直朝下面走，一直走到一个稻草垛旁边才停下来。林知寒想，左小芹这位表叔真是怪，厕泡尿居然跑这么远！林知寒看过表，发现石在水厕一泡尿来回花了五分钟。

石在水厕尿回来后继续把三轮车往前开。可他没开出半里路又停下了。对不起，林教授，我又要厕尿了。石在水一脸歉意地说。林知寒有些不满地问，你不是刚厕吗？石在水苦笑一下说，真是不好意思，我的膀胱不好，颠簸不得，一颠一簸就想厕尿。他说着又下了车，接着又朝路下面走。林知寒赶紧喊住了他，说，你就近厕吧，跑那么远干什么？我们要抓紧时间追张玖呢。石在水面有难色地说，对不起，我在生人面前厕不出来。他说完还是朝路下走去了。望着远去厕尿的石在水的背影，林知寒想，看来是难得追上张玖了！他这么想着，心里顿时乱糟糟的，有一种七上八下的感觉。

正如林知寒预感的那样，他们没能在路上追上张玖。三轮车又开了半个小时，三棵大松树便出现在林知寒的眼前。三棵松到了！石在水说。三棵松树下面有一块宽广的土场，林知寒看见那里聚集着一大群人。人群中间站着一个高个子女孩，穿着一件绿毛衣，围着一条红围巾，林知寒觉得她有一种鹤立鸡群的味道。那个女孩正在对周围的人说着什么，说得眉飞色舞，唾沫像白蛾子一样不住地从她的嘴里飞了出来。石在水指着女孩对林知寒说，她就是张玖！

林知寒一听说那个女孩是张玖，便感到情况不妙。没等三轮车停稳，林知寒就跳了下来，然后发疯似的朝张玖跑过去。然而，一切都晚了，张玖刚才把邬枣的事情全给乡亲们说了。林知寒听见乡亲们已经开始议论邬枣了。大家七嘴八舌，说三道四，有表示遗憾的，有表示谴责的，有表示讽刺的，更多的则是对邬枣人格的侮辱。林知寒听着听着，感觉心里好像有针在扎，难受得要命。后来，林知寒听见了一串尖利的号哭。

那串尖利的号哭是从不远处一间黑瓦房里传过来的，它像刀子一样让林知寒心惊肉跳。聚在松树下的人们也听见了这串号哭，他们顿时停止了议论，然后一窝蜂似的朝那间黑瓦房跑了过去。林知寒也随着人群跑过去了。

一到黑瓦房门口，林知寒便看到了惊心动魄的一幕。他看见一个四十七八岁的男人正举着一根洗衣服用的棒槌在猛打一个身穿碎花棉袄的女孩。那个女孩就是邬枣。邬枣在棒槌下尖利地号哭着。

别打了！林知寒一步冲上去，夺过了那个男人高举的棒槌。

围观的人群都呆住了，所有的眼睛都看着林知寒。邬枣也看见了林知寒，她的两颗眼珠陡然一亮。

那串项链不是邬枣偷的！林知寒大声地告诉大家。

邬枣的眼珠更亮了。围观的人们这时都把目光投到了邬枣身上。他们重新打量着邬枣。

那串项链是我送给邬枣的！林知寒接着说。

这时候，邬枣的眼珠已经亮得像两盏灯了。

后来发生的事情仍然与那串项链有关。林知寒回到武汉的第二天，尹琛接到了一个匿名电话。她没有把电话内容告诉林知寒，只说马上要和林知寒离婚。

红丝巾

1

邱风教授那天从武汉天河机场回到这所大学的时候，已经是下午四点多钟了。按说，他可以直接回家休息，根本没必要去教研室。他住的地方离学校大门很近，车子进门后往左一拐就到了。可是，邱风出差时忘了带钥匙，妻子吴雨当时又不在家。她在学校宣传部工作，没事也要等到五点半才能下班。因为无法进门，邱风只好让司机把他送到文学院大楼。他所在的美学教研室位于文学院二楼，助教小米每天都坐在那里读书或者写作。邱风决定先到教研室里待上一会儿，顺便处理一下这段时间的信件和报刊，然后等吴雨下班后与她一道回家。

邱风是六天前离开武汉去苏州的，他去那里参加一年一度的全国美学年会。一周没到教研室，邱风的桌子上堆满了信件和杂志。在坐下来处理之前，邱风给吴雨打了一个电话，说他已到单位，等会儿一起回家。吴雨在电话那头说，知道了，我下班后去叫你。吴雨的声音很大，小米听见后马上收包要走。邱风问，你今天怎么走这么早？小米诡谲地一笑说，好让你和夫人亲热呀！邱风说，我们老夫老妻的，早就亲热不起来了。

邱风读完信件正要拆看杂志时，吴雨来到了美学教研室门口。她这天穿了一件貂皮大衣，脚上笼着长筒皮靴，看上去像电影中经常出现的那些国民党要员的太太。邱风直直地看了吴雨一会儿。一星期没见面，他的目光多少有些兴奋。进来坐会儿吧，等我把这些杂志扫一眼就走。邱风说。吴雨就走进了教研室，又高又尖的皮靴后跟在地板上踏出清脆的响声。

吴雨走到沙发前坐下后，邱风顺手把刚刚拆开的一本服装杂志递给了她。吴雨平时最爱看这类杂志，并在这些杂志的引领下紧紧追赶时装的潮流。呀，好漂亮的围巾啊！吴雨一翻开杂志就这么惊叹了一声。

吴雨一说到围巾，邱风忽然就想起了这次出门给吴雨买的礼物。他立刻起身走到门边的旅行箱前，快速从箱子里取出了一条红色的丝巾。这是我从苏州丝绸博物馆给你买的！邱风边说边把红丝巾递给吴雨。吴雨伸手接的时候，邱风又说，据说这是用国内最好的蚕丝制成的，出口过十几个国家呢。

吴雨接过红丝巾后没显出什么激动，只平淡地说了一声谢谢。这让邱风有些失望。其实邱风是非常希望吴雨激动一下的，要么惊喜地叫唤一声，要么马上把红丝巾围到脖子上。但吴雨没有这样，她要紧不慢地打开塑料包装，将红丝巾扯出来冷冷地看了两眼，接着就顺手把它放在了沙发的拐手上，然后继续欣赏那本服装杂志。

不过邱风也没有感到特别沮丧，因为这种情形早在他的意料之中。事实上，吴雨已经有好多年没有因邱风的礼物而激动了。原因要说起来也很简单，主要是邱风给吴雨买的礼物太多了。打从结婚开始，邱风就坚持每次出差给吴雨买一件礼物，小到几百元的拎包，大到几千块钱的皮草，二十多年来，邱风已记不清给吴雨买过多少礼物。结婚的头几年，邱风每次出差回来将礼物拿给吴雨时，吴雨总是激动不已，有时又叫又跳，欢呼雀跃；有时一头扑进邱风的怀里，又是抱又是亲；有时还突然心血来潮，主动把邱风往床上拖。邱风特别喜欢看吴雨那种激动的样子，每当吴雨激动起来，他都感到无比欣慰，心里有一种莫可名状的自豪感。可是时间无情，随着岁月的流逝，吴雨后来就渐渐地不会激动了，不管邱风给她买回多么贵重的礼物，她都显得平静如水。

邱风拆看杂志时并不是很专心，他偶尔会扭过头去看吴雨一眼。吴雨仍然在看那本杂志，埋着头，显得全神贯注。放在她手边的那条红丝巾分外醒目，可她却视而不见。邱风心里顿时生出一丝不快，仿佛伤感突然来袭。回过头来再看杂志时，邱风再也看不清上面的内容了。这时，他猛然想到了在苏州买红丝巾的情景。他们那天坐一辆豪华中巴车去参观丝绸博物馆，中巴车在博物馆大门外就停下了，然后他们步行了很长一段路才到达展览厅。邱风开始不知道博物馆里还有丝绸出售，所以他下车时把装钱的那个小包放在了车上。在展览厅里，邱风意外地发现了一条非常漂亮的红丝巾，可他身上没有钱。他本想先找人借钱把它买下来，然后到了车上再还上，但他一向矜持，张了半天也没能把嘴巴张开。后来，邱风决定去车上拿钱。他是跑去跑回的，从车上拿了钱回到展览厅时，他已累得面红耳赤，气喘吁吁。买下红丝巾的时候，同行者中有人怪笑着问他，是给情人买的吧？邱风说，哪里，是买给老婆的！

邱风又扭头看了一眼吴雨，发现她的眼睛还盯在那本服装杂志上。邱风突然有点儿后悔，后悔自己不该劳神费力地给吴雨买那条红丝巾。事实上，邱风几年前就想过出差时不再为吴雨买什么礼物，但他这个人心太软，心想已经买习惯了，害怕突然不买了会让吴雨心里难受，所以他就一直坚持着为吴雨买礼物。当然，邱风也一直在盼望着吴雨能够重新因为他的礼物而激动。哪怕激动一点点也好啊！邱风心里这么想。

吴雨终于翻完了那本服装杂志。老邱，我们该回家了。吴雨一边说一边从沙发上站了起来。她好像坐累了，起身后夸张地伸了一个懒腰。邱风早已没心思看杂志。他答应说，是该回家了。他说着就开始收拾桌子上的东西。等邱风收拾好桌子，吴雨已经夹着那本服装杂志走出了教研室。她站在门外对邱风说，我把这本杂志带回家里去看。邱风略带讽刺地说，怎么？一遍还没看够？吴雨听出了他的话外之音，故意拿腔拿调地说，服装杂志嘛，我百看不厌。

邱风起身要出门的时候，眼睛无意间朝沙发上看了一眼。他一眼看见了那条红丝巾，吴雨将它遗忘在沙发的拐手上了。红丝巾看上去真红，像一团火炙痛了邱风的双眼。他难受地闭上了眼睛。

吴雨等得有些不耐烦了，在门外催了起来。快走吧，老邱！吴雨说。邱风慢慢地睁开眼睛，又朝沙发上的红丝巾看了一眼。红丝巾可怜地搭在沙发的拐手上，让邱风感到一阵心疼。吴雨肯定是忘了！邱风默默地对自己说。她绝对不是故意的！他又这样告诉自己。邱风这么说过后，心里稍微好受了一些。

邱风想提醒吴雨一下，让她回来把红丝巾戴上。但他话到嘴边又吞回去了。后来，邱风朝沙发走过去，捡起红丝巾，将它放进了自己办公桌的抽屉里。

2

这所大学的每一栋大楼都配有一名清洁工，他们大都来自农村。文学院大楼的清洁工是一个三十多岁的女人，瘦瘦的身材，瘦瘦的胳膊，脸也是瘦瘦的。她因为脸瘦，所以两个眼睛显得特别大，看人时猛地一睁，会让人觉得有两扇窗户在面前突然打开。老师们不知道她的名字，听成天坐在文学院大门口的那个门卫称她祝师傅，大家也就跟着喊她祝师傅。门卫不会说普通话，声调很不准，祝师傅也可能是朱师傅，还有可能是竹师傅。只有邱风教授对她的称呼与众不同，他没有叫她师傅，而是把她称作小竹。他觉得小竹叫起来有那么一点儿诗意。

从苏州回到武汉的第三天上午，邱风有两节西方美学课。他有一个习惯，每次上课前都要先到教研室坐那么一会儿，然后等上课钟响了再去教室。邱风那天进入文学院大楼时，正碰上小竹在清扫从一楼通向二楼的楼梯。

小竹平时总穿一套深灰色的衣服，打扮得非常朴素，或者说有点儿老气横秋。她很文静，见了人只是点个头，或者淡淡地笑一下，很少听见她与人说话。这天，小竹仍然穿着那套深灰色的衣服，看上去与以往没什么不同。与以往不一样的是，小竹这天一见到邱风就开口说话了。她先喊了一声邱老师，然后充满感激地说，谢谢你那天送我报刊！邱风开始一愣，不知道小竹在说什么，后来想了一下才记起十天前的一件事来。那天邱风在教研室清理过期的报刊，正碰上小竹在打扫门口的走廊，他就把一堆没用的报纸和杂志随手给了小竹，让她拿去当废纸卖。事情过去这么多天了，邱风没想到小竹还记在心里。他回答小竹说，一堆破报旧刊，不值得你感谢的。

邱风走进教研室，发现小米早在那里读书了。他还发现他的办公桌上放着几个苹果。苹果又大又红，乍一看像是刚刚吹起来的彩色气球。邱风以为苹果是小米放的，就问小米为什么请客。小米说，这是那位清洁工送给你的。邱风一怔问，小竹为什么要送苹果给我吃？小米说，她说你送过她旧报刊。邱风突然明白了，会心地一笑说，原来是这样！过了一会儿，邱风又说，难怪她刚才在楼梯上说谢谢我呢，这个小竹！他说完又会心地笑了一下。

武汉的冬天，寒风刮得厉害。邱风在教室给学生上课时就能听见呼呼的风声。他还看见窗外的梧桐树树叶纷纷。

下课后走出文学院大楼时，邱风又看见了小竹。她正在忙着清扫文学院门口的落叶。邱风一看见小竹就停住了脚步，站在文学院门口的台阶上，用直直的目光注视小竹。风还在拼命地刮着，小竹的头发在风中胡乱飘舞。小竹没有围围巾，飕飕的冷风像长了腿一样直往她脖子里钻。小竹显然感到了寒冷，她使劲地往衣服里缩脖子。邱风看见小竹的脖子越缩越短。后来，小竹只好把衣领竖起来，想让衣领帮她挡住寒风，但衣领毕竟太软弱了，寒风一下子就把它吹倒下去。

要是有一条围巾就好了！邱风看着风中的小竹想。就在这时，邱风猛然想到了那条被妻子遗忘的红丝巾。一想到那条红丝巾，邱风的双眼便豁然一亮，像是两盏灯被突然点燃。邱风迅速转身进了文学院大楼，接着就上了二楼的美学教研室。

邱风再次从文学院大楼出来的时候，他手上多出了一样红色的东西，看上去像一道温暖的火光。邱风直接走到了小竹身边，发现她已经冷得浑身发抖。小竹。邱风轻轻地叫了一声。小竹从落叶中抬起头来，嘴唇都变乌了。她静静地看了邱风一会儿说，是邱老师呀！

邱风没有马上把红丝巾给小竹，他先说到了那几个苹果。你的苹果我吃了，味道真甜！邱风说。小竹有些不好意思，赶紧低下头说，买太少了，只能算是一点儿心意！邱风这时把眼睛移到了小竹的脖子那里，说，这么冷的天，为什么不围一条围巾呢？小竹的身体颤了一下，说，我们农村人很少围围巾的。小竹的话音未落，邱风把红丝巾递到了她面前，说，我这儿有一条丝巾，送给你围吧！小竹顿时一惊，立刻扬起头来，用两只圆溜溜的眼睛一眨不眨地看着邱风。她没有接红丝巾，似乎觉得自己是在做一个梦。快围上吧，今天的风太大了！邱风说。他说着就把红丝巾塞进了小竹的手中。

邱风把红丝巾一塞给小竹就转身走了。走出很远后，邱风回头看了小竹一眼。小竹这时候还愣愣地站在那里，眼睛望着邱风。邱风说，小竹，快把丝巾围上吧！小竹没说话，只是给邱风点了点头。她一边点头一边把红丝巾围在了脖子上。

看着小竹脖子上的红丝巾，邱风浑身顿时感到一热，心里同时滋生出一种前所未有的美感。

3

吴雨一直都没提到那条红丝巾，她似乎将它忘得一干二净了，简直像是从没在她的生活中出现过一样。这真让邱风感到不可思议。事实上，邱风心里还是希望吴雨偶然之间想起那条红丝巾的，这样会说明他在她心里多多少少还有一席之地。即便在把红丝巾送给清洁工小竹之后，邱风仍然还是希望吴雨能想起它来。他想吴雨如果想起了它，他会如实地把红丝巾的去向告诉她的。遗憾的是，吴雨连做梦都没提到那条红丝巾。

邱风也想过吴雨如此健忘的原因，他想可能主要还是她围巾太多的缘故吧。吴雨在家里有一个围巾专柜，各种各样的围巾挂了十几个衣架，有全毛的，有丝绸的，有奇长的，有超短的，有鲜艳的，有素雅的，有国产的，有进口的。吴雨几乎每天都要换一条围巾。有一天早晨上班之前，吴雨打开围巾专柜对着镜子试围巾时，邱风悄悄地走到了她身后。邱风别有用心地问，还想添一条围巾吗？他以为这么一问会让吴雨陡然想起什么来。但吴雨却想都没想就脱口回答说，除非遇上特别好的。邱风听了心里一凉，马上从吴雨背后离开了。

小竹自从围上了红丝巾就像突然变了一个人，她一下子年轻了许多，也漂亮了许多。以前，小竹在文学院大楼里做卫生时，很少有人注意她，她就像一只丑小鸭，没人愿意多看她一眼。打从脖子上多了一条红丝巾，投向小竹的目光就多了起来，她像是一夜之间变成了一只白天鹅。小竹的性格也随之发生了变化，她突然变得大方开朗了，每当遇到人都要主动和对方打招呼，说话的声音也响亮起来，脸上还一天到晚挂满笑容。

邱风不是每天都有课，所以并不经常到文学院大楼里去，因此他碰到小竹的机会就比较少。小米倒是每天都能见到小竹，于是邱风从小米嘴里听说了不少有关小竹的事情。有一天，小米对邱风说，小竹现在成了文学院大楼里的美人了，差不多人见人爱啊！邱风问，何以见得？小米说，以前除了你送她一些没用的报刊，再没有别人送过。可如今，好多人都争先恐后地送她报刊呢，有一次她收了满满一小车，少说也要卖上两百块钱。邱风听了高兴地说，这好啊，大家都学会关怀底层了！

一个星期三的下午，邱风正在美学教研室给研究生上课，一道红影突然在门外闪了一下。他觉得那道红影像那条红丝巾。邱风马上把课暂停下来，跑到门口去看，果然看见小竹躬着腰在用拖把拖走廊。邱风刚到门口，小竹就看见了他。她见到邱风后有点儿紧张，脸一下子红到了耳根下面。邱老师在上课呀！小竹直起腰来说。她围着那条红丝巾，脸在红丝巾的衬托下显得十分生动。邱风走到小竹跟前说，你好勤快啊！小竹说，我们农村人，不勤快怎么行呢？

站了五分钟的样子，邱风决定回教研室接着上课。你忙吧。邱风对小竹说。他说完正要转身，小竹急忙地叫了一声邱老师。邱风问，你有事吗？小竹用手揪着红丝巾的一角，深情地说，邱老师，你送我这么好的丝巾，我真不知道怎么感谢你！邱风说，感谢什么呀？只要你喜欢就好！小竹激动地说，我太喜欢这条红丝巾了，一个人的时候还偷着照镜子呢！邱风听小竹这么说，心里顿时感到甜滋滋的，仿佛喝了一罐子蜂蜜。过了一会儿，小竹又说，邱老师，我过两天打算回老家一趟。邱风问，回去有事吗？小竹张开嘴想说什么，却欲言又止了。

三天之后，武汉落下了入冬以来的第一场雪。雪落得很厚，校园里到处白花花的，像是铺上了一层白棉被。这天上午，邱风又有两节本科生的课。他的课排在三四节，下课时间应该是中午十二点，但邱风这回拖堂了，一看见窗外白雪皑皑，他就激情异常，一口气就讲到了十二点半。等邱风下课从文学院大楼里出来时，门口已经看不见什么人了，显得无比寂静。

邱风慢慢走下门口的台阶，准备独自踏雪回家。刚下完台阶，一条红丝巾突然映入邱风的眼帘。邱老师，你总算下课了！说话的是小竹，她脖子上的红丝巾在这雪天里分外醒目。邱风一愣问，怎么？你在这里等我？小竹点点头说，是的，我等你快一个钟头了。邱风看见小竹手里拎着一个蛇皮口袋，忙问，你等我有事？小竹还没回答，那个蛇皮口袋里陡然发出一声鸡叫。邱风听了一惊问，你拎的是什么？小竹脸一红说，我从老家给你拎来了一只土鸡。

小竹边说边把蛇皮口袋递向邱风，鸡这时又在口袋里面叫了一声。邱风却没接，他摆摆头说，我不要，你留着自己吃吧！小竹有点为难了，想了想说，你要是不要这只鸡，那我就把红丝巾还给你！

她说得很认真，说着已经把一只手伸到了脖子下面，做出要解红丝巾的样子。邱风慌了，赶忙说，别这样，我收下你的鸡还不行吗？小竹高兴地说，这还差不多！她边说边笑了一下，笑得脸上亮堂堂的，像是贴了一层透明的糖纸。

邱风接蛇皮口袋时猛然想起了什么，两眼一亮问，小竹，那天你说要回老家，是专门回去给我拎鸡的吗？小竹轻轻地点点头说，是的，我实在不知道怎么感谢你！邱风说，一条小小的丝巾，其实不值得你这样感谢的！小竹沉默了一下说，虽然只是一条丝巾，可它让我全身都觉得温暖，有这样一条红丝巾围着，这个冬天我都不会感到冷了！听小竹这么说，邱风一下子傻了眼，他一点儿也没想到小竹会说出这样一番话来。沉吟了一会儿，邱风颤着嗓音说，哎呀，小竹快成诗人了！听到邱风的赞美，小竹立刻感到有点儿不好意思，赶紧低下头说，邱老师，你别笑话我啊！

邱风又谢了小竹一遍，然后说自己该回家了。我爱人还等我吃午饭呢。他对小竹说。邱风刚走出两步，小竹追上来问，邱老师住哪里？邱风说，学校大门附近。小竹兴奋地说，我住在大门外面。邱风马上说，那我们可以同路啊！小竹犹豫了一下说，你还是先走吧，我等会儿再走。邱风问，为什么？小竹红着脸说，我一个农村来的清洁工，和一个大教授走一起多不合适啊！邱风一笑说，哈哈，你怎么会这样想？邱风接着又说，快走吧，小竹！他说着还伸手在小竹肩上拍了一下。

路上已经结了一层薄冰，邱风和小竹并排走着，脚下发出破冰的声音。邱风边走边问小竹，你成家了吧？小竹说，是的，我已经三十六岁了。邱风又问，你丈夫在老家？小竹说，他也来武汉打工了，在学校大门外摆了一个烤红薯的炉子。过了一会儿，邱风接着问，你们有小孩吗？小竹说，有个女儿，在老家跟着爷爷奶奶读书呢。

蛇皮口袋里又发出一声鸡叫。邱风望了一下口袋说，你真不该送我鸡的，留在老家下蛋多好！小竹说，老家鸡多呢。她又说，我专门给你拎了一只乌皮鸡，你杀了煨汤喝吧，乌皮鸡的汤补脑。邱风说，谢谢你呀，小竹！

这时起了一阵风，将小竹脖子上的红丝巾吹起了一角。邱风说，小竹，你围这条红丝巾很好看！小竹说，我丈夫也这么说。邱风想了一会儿问，你丈夫知道这丝巾是谁送你的吗？小竹低下声音说，不知道，我说是我自己买的。邱风这时说，其实这条丝巾是我出差时给我爱人买的，可她不喜欢。小竹扭过头来问，她知道你送给谁了吗？邱风摇头说，我没告诉她，反正她不喜欢嘛！

他们不知不觉就走到了学校大门口。分手时，邱风朝大门外看了一眼，果然看见大门的左边摆着一个烤红薯的炉子，一个脸膛黝黑的小伙子正从炉子里掏出一个热气腾腾的红薯。

4

邱风按小竹说的，把那只土鸡煨了汤，一连喝了几餐。鸡汤的味道真是不错，家里好几天都异香弥漫。吴雨也说鸡汤好喝，喝的时候不停地咂舌头。邱风感叹说，在城市里能喝到这么纯正的土鸡汤，真是难得啊！吴雨喝完汤，一边用餐巾纸擦嘴角一边问，这只土鸡是哪儿来的？邱风想了一下说，一个研究生从老家农村拎来的。吴雨警惕地问，是男生还是女生？邱风说，当然是男生。

喝土鸡汤的第四天，吴雨突然来到了文学院大楼。那天邱风在教研室给研究生举行一个专题讲座，中途休息时，邱风走到教研室的阳台上去透气，一低头就看见了吴雨。她穿着一件淡黄色的新款羽绒服，很引人注目。邱风问，你怎么来啦？吴雨扬起头来说，我给文学院分党委送一份宣传材料。她说着就快步进了文学院大门。文学院分党委在一楼，吴雨进门向右一拐就到。

吴雨进门不久，邱风看见小竹来到了文学院大门口。她仍然围着那条红丝巾，远看上去似一抹火红的朝霞。文学院是一栋古老的建筑，色彩灰暗，给人一种沉重的感觉。小竹围着红丝巾一出现，文学院顿时有了一道亮色，整个大楼似乎也变得生动起来。

在阳台上大约站了五分钟，邱风回到教研室继续进行讲座。他这天讲的专题是《美感与移情》。邱风是一位知名的美学家，这几年一直致力于美感研究，还出版过一本名为《美感心理探险》的学术专著，在国内美学界产生了广泛影响。邱风的口才也很好，讲课总是滔滔不绝，口若悬河，旁征博引，抑扬顿挫。讲到关键处，邱风给研究生们提了一个问题，要求大家思考一下后给予回答。他刚把问题提出来，教研室的门突然被人敲响了。敲门声很重，研究生们都愣住了，所有的眼睛都转到了门那里。

小米也在听讲座，还负责录像。邱风看了小米一眼说，你去看看谁在敲门。小米坐得离门很近，一起身就开门出去了。一会儿，小米回到教研室，径直走到了邱风身边。小米在邱风的耳朵旁小声说，是你爱人找你。邱风说，她不知道我有讲座吗？小米说，她说找你有急事。

邱风迅速走出了教研室，出门后回过头对大家说，你们先思考刚才的问题吧。

吴雨站在教研室外面的走廊上，焦急地等待着邱风。邱风一出门，吴雨就冲了上来。邱风问，什么事这么急？吴雨迫不及待地问，你上次去苏州给我买的那条红丝巾呢？邱风不由一惊，他实在没想到吴雨会问到这个问题。稍微平静下来后，邱风反问吴雨，你怎么会突然想到那条红丝巾？吴雨有些不耐烦地说，你别绕舌，赶快回答我，那条红丝巾到哪里去了？邱风狡黠地一笑说，我不是交给你了吗？你怎么来问我呢？吴雨说，我把它忘在你教研室了，后来肯定是你把它收起来了。邱风摇头说，我没有，交给你之后我就没管它了。吴雨突然厉声说，骗人！你收起来后把它送给了别人，别以为我什么都不知道！

邱风暗自吃了一惊。他想，听吴雨这口气，她肯定是碰到了小竹，并认出了她脖子上的红丝巾。邱风心里突然有些紧张。吴雨这时用手指头点着邱风的鼻子说，你老实告诉我，到底把红丝巾送给了谁？邱风的心一下子乱了，他不知道如何回答吴雨。有一刹那，邱风曾想说出小竹，他想说出来也没什么。但他最后还是没说，话到嗓口又缩回去了。邱风知道吴雨是个醋坛子，如果真的说出来，她十有八九要给小竹难堪。邱风想，人家小竹是无辜的啊！

邱风决定保持沉默。他对吴雨说，这事以后再说吧，研究生们还等着我呢。他说完就转身进了美学教研室。进门后回头关门的时候，邱风听见吴雨在走廊上说，你不说我也会查出来！她的声音很大，走廊那头发出一串轰鸣的回声。

邱风本来想接着把讲座进行到底的，但他开口讲了几句就讲不下去了。他发现他的心已经乱了方寸。后面的时间，邱风让研究生们自由讨论，他自己坐在那里心事重重。十二点还差一刻，邱风便宣布提前下课了。以前，邱风可是从来没有提前下过一次课的。

研究生们刚走，邱风也拎起包离开了教研室。他拖着沉重的双腿，慢慢地移动着身体，一边走一边东张西望。邱风显然是在寻找小竹，他急于想知道吴雨是否找过她。邱风真希望小竹安然无恙。可是，穿过长长的走廊，绕下弯弯的楼梯，一直到走出文学院大门，邱风连小竹的影子都没看到。

在文学院大门口的台阶上，邱风一个人默默地站了许久，心里七上八下，忐忑不安，四顾茫然。后来，邱风走到门卫身边，问，你看到清洁工小竹了吗？门卫说，她今天提前走了，好像有什么事。邱风听了，心马上往下一沉。

后来一连好多天，邱风一直都没有见到小竹。大约过了四五天的样子，文学院门口又出现了一个新的清洁工。新来的清洁工也是个女的，身体很胖，皮肤很黑，她躬腰拖地的时候，邱风会联想到一只猩猩。就在这天，邱风又向门卫打听小竹，门卫说小竹辞职了。邱风问，她干得好好的，为什么要辞职？门卫说，谁知道呢。

这天上完课，邱风走到学校大门那里后没有像往常那样直接回家，他径直走出了学校大门。邱风还记得小竹的丈夫在大门外烤红薯卖，他想找他了解一下小竹的情况。可是，那个烤红薯炉不见了，那个脸膛黝黑的小伙子也不知去向。邱风走到一个小烟摊前问，那个烤红薯的小伙子哪里去了？卖烟的说，他呀，带着老婆回老家了！邱风问，他们为什么要回老家？卖烟的说，听说那女的和一个大学教授好上了，烤红薯的小伙子一气之下还打了她呢！

邱风一听就晕了，差点一头栽在地上。

主席台

1

接到皮眺从北京打来的长途电话，朱自明高兴得差点发了疯。皮眺说，朱老师，你要请的诗人叶文先生，我总算帮你请到了。我们明天上午就从北京飞武汉。叶文先生明天下午在汉口有一个新书签售活动，他答应晚上去你们学校做报告，你先做好准备吧。皮眺那边的电话还没挂，朱自明就忍不住尖叫了一声。太好了！他是这么叫的。朱自明的叫声有点儿像那些球迷们在进球时发出的那种声音。

皮眺的电话是星期四夜晚十点多钟打来的，当时朱自明的妻子宋英正在伏案备课，她是这所大学附中的老师，灯光将她备课的姿态投映在墙上，看上去宛若一张耕田的犁。朱自明的尖叫声肯定是吓坏了她，墙上的那张犁陡然颤动了一下，然后就伸直了。宋英很快回过头来瞪了朱自明一眼，她瞪朱自明的眼神和平时一样，目光中充满了无法掩饰的冷漠与轻蔑。不过朱自明没有在意宋英这样瞪他，因为宋英这样瞪他已经是家常便饭了。朱自明说起来是一个有点儿窝囊的男人，虽然在大学里教书，但由于许多复杂的原因，他快五十五岁了还只是一个副教授，因此大家都对他不屑一顾，不仅他的同事们不把他放在眼里，就连他的妻子宋英也有些瞧不起他，所以她动不动就用那种怪怪的目光瞪朱自明。起初宋英这样瞪他时，朱自明心里还挺难受，但时间一长也就习惯了。

朱自明扔下电话就朝他儿子朱甘房间里跑，因为皮眺的这个电话说到底与朱甘有关。

朱自明结婚太晚，朱甘才十四岁，还在读初中。也许是父子之间的年龄悬殊的缘故吧，朱自明与朱甘在外面同行的时候，别人总以为朱甘是朱自明的孙子。不过朱自明对儿子比自己小这么多倒是挺高兴的，因为年幼无知，朱甘对社会上的许多事情都还不太懂得，比如对朱自明的职称什么的。正因为如此，朱甘至今还没有蔑视过朱自明。相反，朱甘还认为他的爸爸是一个颇有水平的人。朱自明经常给朱甘讲一些古今中外的传奇故事，有时候还给他背诵一些诗词歌赋，所以朱甘一直在心目中对朱自明保持着一种钦佩，甚至可以说是崇拜。这对朱自明来说非常重要，他常常在极度悲观的时候安慰自己说，这世界上总算还有一个人看得起我！

当然，朱甘也有一些对朱自明不太满意的地方，比如朱自明从来没有坐过主席台。朱甘有好几个同学的父亲都是朱自明的同事，他们都混得比朱自明好，有的是领导，有的是教授，还有的是富翁，他们经常出席各种会议，轻而易举就可以到主席台上就座。这所大学有个电视台，每周星期六晚上都要在电视上的某个频道里插播半个小时的校园新闻。朱甘本来是不太愿意看电视的，但他却对每一期的校园新闻情有独钟，差不多每期必看。有一个晚上，朱甘一边看着校园新闻一边把朱自明喊到了电视机前。当时电视上正在播放一个学术会议的实况，主席台上坐了六七个人，其中有三个是朱甘同学的父亲，同时也是朱自明的同事，他们昂首挺胸地坐在上面，台下无数双明亮的眼睛都仰视着他们。摄影记者偶尔也将镜头对着台下的观众扫一扫，在观众席的第二排，朱甘看见了朱自明，他正在尽情地鼓掌。校园新闻结束后，朱甘转头望着朱自明说，爸爸，你什么时候也能坐一次主席台就好了！朱自明猛然脸红了，一时不知道说什么。朱甘没有注意到朱自明的表情变化，继续说，我的同学的爸爸，好像都坐过主席台。那天晚上，朱自明几乎一夜无眠。次日早晨，朱自明用布满血丝的眼睛望着朱甘说，儿子，坐主席台还不容易吗？爸爸过些时间一定坐上主席台让你看看！朱甘拍手跳脚地说，太好了，你要是也坐一次主席台，同学们就不会在我面前那么神气了！

大约在一个半月之前，朱自明所在的当代文学教研室主办了一次规模不大的学术交流会，会议在文学院学术报告厅举行，除了从南京请来的那位讲学的专家外，与会者全是本校文学院的师生。主席台上可以坐七个人，当代文学教研室只有六个老师，朱自明心里就想，这次我有可能坐主席台了。那次的会议是由教研室主任胡求之教授主持的，在报告开始前的五分钟，胡求之便陆陆续续把一些人朝主席台上请，他先请了那位来自南京的专家，接着又让教研室里所有具有教授职称的都坐了上去，这样一来，主席台上就只有两个空位了。这时，坐在台下的老师只剩了两个副教授，一个姓蒋，另一个就是朱自明。过了一会儿，胡求之将目光投到了姓蒋的身上，他招了一下手说，蒋老师，你也上主席台坐吧。姓蒋的老师很快上去了，坐在了主席台最西头。朱自明想，胡求之接下来就会将目光朝他投过来，然后也让他上主席台。他一边想一边目光炯炯地注视着主席台最东头的那个空位。但是，胡求之却迟迟没叫朱自明的名字，并且眼睛也没朝他看一下。朱自明有些着急了，他觉得这个机会对他来说太难得了，于是就鼓足勇气走到了胡求之的面前。朱自明说，胡主任，你为什么不让我坐主席台？胡求之说，主席台上座位太少。朱自明说，不是还有一个空位吗？胡求之说，院长说他开完另一个会有可能赶过来，所以我们必须给他留一个位子。沉默了片刻，朱自明又问，那蒋老师为什么能坐主席台？胡求之说，哦，是这样的，南京的专家是蒋老师联系请来的，所以也应该让他坐主席台。听胡求之这么一说，朱自明便无语了，他软软地垂下了头。胡求之似乎觉察出了朱自明的不快，便说，朱老师，如果你有那个本事请一个名人来我们这儿讲学，我也一定让你上主席台坐一坐。

就在那次学术会议之后，朱自明在武昌火车站意外地遇到了他十几年前教过的学生皮眺。皮眺大学毕业后先在武汉一所中学任教，不到两年便辞职南下在深圳做生意去了。三年之后，他又北上进了北京。朱自明虽然十几年没见过皮眺，但对皮眺的情况早有耳闻，听说他在北京与朋友合伙办了一家文化开发公司，其中有一个项目就是介绍名人作报告。在火车站候车大厅，一个西装革履打扮的年轻人朝朱自明走了过来，没走拢就喊了一声朱老师。朱自明已经认不出皮眺了，他在皮眺自报家门之后才猛然想了起来。朱自明奇怪地问皮眺，你是怎么一眼认出我的？皮眺指着朱自明的上衣说，你这件中山服我太眼熟了。如果我没记错的话，这件中山服你已穿了十几年了吧？师生俩寒暄了一阵之后，朱自明便灵机一动要皮眺帮他请个名人作报告。皮眺说，这没问题，朱老师提个人选吧。朱自明从前写过几篇关于叶文诗歌的评论，于是就说，能请到诗人叶文吗？皮眺说，没问题，包在学生身上吧！他说着还拍了一下胸脯。

朱自明进入朱甘的房间时，朱甘已经做完了家庭作业，这会儿正在床上清理他的存款。朱甘有三个存钱罐，平时都把硬币朝里面塞。朱甘存钱有一个目标，他说存到了一千块就去买一个学习机。他已经存了三年，三个存钱罐似乎都满了。这晚做完作业后朱甘想，说不定已存到一千块了呢。为了证实他的猜想，朱甘将三个存钱罐的硬币都倒在了床上。朱自明进门后朝床上看了一眼，发现满床都是钱。朱甘双膝跪在地上，两只手伸在床上一枚一枚地清钱，他差不多已清了三分之二了。

朱甘知道朱自明进了他的房间，但他却装作毫无察觉，仍然全神贯注地清点着他的钱。朱自明几次想打断朱甘，想尽快将皮眺的电话说给他听。但朱自明最后都忍住了，他一直等到朱甘数完最后一枚硬币才开口说话。存了多少钱？朱自明问。告诉你一个好消息，已经有九百多块了，再存几个月就可以买学习机了！朱甘兴奋地说。朱自明说，我也要告诉你一个好消息！他没有一口气把话说完，只说了一句就停住了，像是要故意吊朱甘的胃口。朱甘急忙问，什么好消息？是不是你要坐主席台了？朱自明微笑着说，是的，我明天晚上就要坐主席台了！他说着拍了一下朱甘的肩，然后继续说，儿子，后天晚上你就有可能从电视上看见你爸爸坐在主席台上的情景了！朱甘激动地说，哇塞！他还把两只手呈八字形张了一下。朱甘接下来说，到时候我要让我的同学们都看一看这一周的校园新闻！

2

　　朱自明接到皮眺电话的那个晚上激动得一夜没睡着。一想到明天晚上就要坐主席台，他浑身上下的每一块肉都处于亢奋状态，仿佛喝了什么兴奋剂一样。朱自明已经多年没有这么激动过了，他觉得人在激动时的那种感觉真是美妙。朱自明这一夜想的事情几乎都与坐主席台有关。他想他应该去理发店吹一下头发，最好让理发师帮着做一个发型。他还想从理发店出来后就去买一套像样的西服，再配上一条大红的领带，这样坐在主席台上就会醒目一些，校园新闻的摄影记者也许会因此多给他拍几个特写镜头。朱自明接下来还想到了自己的坐姿，因为他从前一次主席台也没坐过，每次开会都坐在台下观众席上一边倾听一边记笔记，所以就养成了弯腰勾头的习惯，他想明天晚上坐上主席台之后，一定要把腰挺起来，一定要把头抬起来，一定要有一个坐主席台的样子。后来，朱自明又想到了文学院的院长丁秋雨，他觉得自己明天一早就应该到丁秋雨家里去一趟，一是把自己请到著名诗人叶文的这个喜讯向他作个汇报，他想丁秋雨听到这个喜讯后一定会非常高兴的，说不定还会因此对他这个一向默默无闻的人突然刮目相看；二是请丁秋雨安排全院教师都去听报告，并请丁秋雨亲自主持叶文的报告会，这样会议的规格就会大大提升。朱自明是闭着眼睛想这些事情的，等他睁开眼睛时，窗外已经大亮了，他还看到了一线耀眼的曙光。

　　丁秋雨住在博导大楼里。他是一个年轻有为的学者，年龄比朱自明小十几岁，但他三年前就评上了博士生导师。丁秋雨是去年当上院长的，在此之前他是分管科研的副院长。在主管科研期间，他最大的政绩就是策划了每周一次的名人讲坛。所谓名人讲坛就是每周从校内或校外请一个名人来做学术报告。名人讲坛的影响很大，它让文学院的学术气氛空前活跃起来了。这些成绩理所当然应该归功于丁秋雨，在换届选举时，丁秋雨正是因为这一点而击败其他对手一跃成为院长的。

朱自明按响丁秋雨家的门铃时，丁秋雨还没起床。不过朱自明这天也太早了一点，他抵达丁秋雨家门口时才六点过十分。丁秋雨的夫人穿着睡袍为朱自明开了门，她一边开门一边打着哈欠。女主人对朱自明这么早前来造访显然很不高兴，她不冷不热地让朱自明一个人坐在沙发上，自己一扭身就径直回了卧室。约摸过了半个钟头，丁秋雨才来到客厅。朱自明发现丁秋雨已经洗漱打扮过了，领带打得非常标致，头发梳得一丝不苟。丁秋雨向来是一个注重仪表的人，不论在什么场合都像一个时装模特。朱自明见到丁秋雨马上欠着身子站起来，毕恭毕敬地喊了一声院长，他在丁秋雨面前有点儿像个小学生。丁秋雨给朱自明打了一个手势，示意他赶快坐下，然后说，朱老师这么早来找我，肯定是有什么重要的事，你说吧。丁秋雨边说边在朱自明对面的一把高椅上坐了下来。

　　丁秋雨坐的那把高椅实在是高，朱自明坐在沙发上仰着头才能看清对方的眼睛和鼻子。等到把事先想好的话都说完之后，朱自明感到自己的脖子已经僵硬了。丁秋雨听朱自明说话时是将左腿翘在右腿上的，朱自明说完的时候，他把右腿翘到左腿上去了。丁秋雨咳了一声，然后说，朱老师呵，你身为一个普通的老师，能这么关心文学院的工作，作为院长，我要深深地感谢你。但不巧的是，按照院工会的计划，这个周末我们文学院的全体教工要去洛阳春游，今天晚上就出发，火车票全都买好了，时间冲突啊！朱自明的心陡然往下一沉，有一种胃下垂的感觉。他随即将他那颗仰了半天的头也垂下去了。过了一会儿，朱自明又抬起头望着丁秋雨说，丁院长，能不能把春游朝后推迟一周？你不知道，我请到著名诗人叶文是多么不容易啊！丁秋雨摇摇头说，这恐怕不行，车票已经订好了，退票很难的；再说，洛阳的牡丹花花期很短，再过一周可能就只能看到牡丹叶了。丁秋雨说到这里，朱自明的脖子马上就软了，他觉得他的脖子像是被人砍了一刀，脖子上的那颗头于是就一下子歪到了肩膀上。

　　朱自明不知道自己是怎样从丁秋雨家里出来的。丁秋雨住在三楼，朱自明从三楼下来后站在博导大楼门口久久不知所措。后来，朱自明一抬眼看见了初升的太阳，太阳又圆又红，像一个刚刚点燃的灯笼。接下来，朱自明就看见了那栋高大的研究生楼。研究生楼可以说是这所大学里最高的建筑，那轮初升的太阳看上去仿佛就躲在研究生楼的楼顶上。整个研究生大楼都被阳光染红了，平时的白楼现在突然变成了一栋红楼。朱自明看着那栋研究生楼，眼睛顿时睁大了一圈。他忽然想到了一个人。

朱自明想到的这个人是文学院研究生会的主席施来恩，他就住在那栋研究生楼里。朱自明与施来恩比较熟悉，施来恩过去经常带着一群研究生去参加文学院举办的学术会议，有好几次朱自明就和施来恩坐在一起。朱自明一想到施来恩双眼便豁然一亮，他想他有必要去找一下施来恩。朱自明这么想着就开始朝研究生楼那边走，他的腿和脚比刚才从博导大楼下来时有劲多了。太阳的光芒越来越红，路上也被阳光普照了，朱自明觉得自己是走在一条大红的地毯上。

事情也巧，朱自明刚到研究生楼门口，一个穿着运动衣的小伙子正从楼里跑了出来。朱自明一眼认出了他。施来恩，你去跑步呀？朱自明惊喜地说。施来恩也认出了朱自明，他马上停下来问，朱老师这么早来这里干什么？朱自明于是就说起了叶文来学校做报告的事。他说，我本来是想请叶文给我们文学院的老师做报告的，顺便邀请一些热爱诗歌的研究生去听。没想到文学院这个周末要组织春游，老师们都要去洛阳看牡丹花，所以我就来找你了。我初步估计了一下，文学院的研究生加起来将近有两百人吧，我想请你这个主席出面组织一下，让他们今晚都到文学院学术报告厅去听叶文的报告。叶文是我国当代很有影响的诗人，他的报告对你们研究生肯定会有很多启发的。朱自明一边说，施来恩一边点头。朱自明刚说完，施来恩就转身要回研究生楼。朱自明问，怎么，你不去跑步了？施来恩说，时间太紧，我必须马上去通知大家，不然到时候就找不到人了。施来恩说完就跑进了研究生楼。

朱自明离开研究生楼时，心情比刚才从丁秋雨家里出来时好多了。人的心情一好就会联想到许多东西，朱自明这会儿猛然想到了两句古诗，一句是山重水复疑无路，另一句是柳暗花明又一村。他这么想着，心情就变得更好了。太阳渐渐升高，阳光更加灿烂，朱自明心想，今天的天气真好啊！

离开研究生楼不到一刻钟，朱自明忽然听见背后有人高声喊他。他停住脚步回头一看，原来是施来恩正一边喊他一边朝他狂奔而来。施来恩跑得很快，他一眨眼就到了朱自明跟前。对不起朱老师！施来恩脚没站稳就气喘吁吁地说。怎么啦？朱自明不由一愣。施来恩说，真是不凑巧，今天晚上武汉人才博览会开幕，研究生们都要去那里找工作，所以……朱自明的眼睛猛然一黑，好像有人朝他劈头盖脑泼了一瓶墨水，他看见太阳也一下子变黑了。朱自明顿时感到有些头昏目眩，差点儿歪倒下去。路边有一个石凳，朱自明赶紧坐在了石凳上。

约摸过了十分钟的样子，文学院分管学生工作的副书记肖淑女从食堂买早点回家，经过这里时发现了朱自明。朱自明当时脸色苍白，嘴唇青乌，像一个患了重病的人。肖淑女由于长期做学生工作，所以心细而热情。她停下来问朱自明怎么啦，朱自明就有气无力地说了原委。肖淑女显然是一个思路开阔的人，朱自明刚说完，她就说，嗨，有这么一个著名诗人来做报告，还怕没有听众吗？朱自明语气沉重地说，老师们要去洛阳看牡丹，研究生们要去博览会上找工作，还有谁来听叶文做报告？肖淑女这时把早点从右手换到左手后说，朱老师，你去校园里贴几张海报，欢迎大学生都去听，说不定到时候还要把学术报告厅挤破呢。听肖淑女这么一说，朱自明立刻把他那弯如虾米的腰直起来了。他沉吟了一会儿说，嗯，这倒是个好办法！朱自明说完就站了起来，身子骨陡然硬朗了许多。他微笑着对肖淑女说了一声再见，然后就匆匆忙忙地朝着一个文具商店走去。朱自明打算先去文具店买几张红纸，然后再去请一个懂书法的人写海报。朱自明刚走出几步，肖淑女在身后喊了他一声。朱自明转过头，正要问肖淑女有什么事，肖淑女说，海报我去帮你弄吧，我家楼下有个电脑服务社，他们做的海报非常吸引人。朱自明听了十分感动，一股暖流迅速涌遍他的全身。朱自明说，肖书记，那我该怎么感谢你呢？肖淑女说，感谢什么？这也是文学院的工作嘛。肖淑女说完就走了，朱自明望着她远去的背影，眼眶里禁不住有了泪花。

这一天朱自明没有课。吃过早饭后，他央求宋英给他一千块钱，说要去买一套西服和一条领带，还要去理发店整理一下头发。但宋英没有给他一千块，只给了他五百块。家里的钱一直都由宋英管着，朱自明没有一点儿财权，每次用钱都要跟宋英说好话。因为只要到了五百块钱，朱自明就没有去校外的大商场，他先去学校南门商店买了一套劣质西服和一条没有商标的领带，然后又到学校东门那个理发店洗了一个头，并让理发师在他的头发上洒了一层定型的什么水。从理发店出来时，朱自明看见校园里的一面墙上贴着一张十分醒目的海报，走拢去一看，正是宣传叶文报告会的。朱自明顿时心头一喜，心想肖淑女做事真是迅速啊！再往前走的途中，朱自明又看见了好几张关于叶文的海报，朱自明就自言自语地说，看来今晚听报告的人绝对不会少。

文学院的学术报告厅在文学院那栋大楼的二楼。上午十点钟，朱自明去了文学院，他想把报告厅落实一下。刚到文学院门口，朱自明正碰上肖淑女慌慌张张从文学院里出来，看上去一脸忧愁。肖淑女一见到朱自明就说，不好了，出了新情况！朱自明心头一紧问，怎么啦？肖淑女说，香港的刘德华今晚在武汉体育馆举行个人演唱会，我担心大学生们都会跑到那儿去。朱自明一听，额头上顿时冒出一层冷汗来。他心慌意乱地问，这可怎么办？肖淑女皱着眉头说，我正准备去找你呢，你赶紧另想办法吧，海报肯定是起不到作用了。朱自明急得团团转圈，他一边转圈一边用手扯自己的头发，好像是要从头发里扯出一个办法来。肖淑女勾头站了一会儿，然后抬头抱歉地笑笑说，朱老师，实在对不起你，我这回真是没办法了！她说完便转身进了文学院。

肖淑女走后，朱自明更加焦急。他停止了转圈，呆呆地站在那里，看上去差不多有点儿痴呆了。食堂管理科的科长刘顺风就是在这个时候来到文学院门口的。刘顺风正在中文系进修本科，所以经常到文学院来。看见刘顺风，朱自明的眼睛马上闪出了两朵火花。朱自明问，刘科长，我们学校一共有几个食堂？刘顺风说，五个。朱自明又问，五个食堂有多少工人？刘顺风说，将近两百吧，具体数字我也不清楚。朱自明这时朝刘顺风走近一步，笑笑说，刘科长，我曾经给你们这个进修班上过一学期的课，也算是你的老师了，老师现在有个事想请学生帮忙，你能答应吗？刘顺风是一个很讲义气的人，他马上说，只要老师开口，学生一定办好！朱自明伸手在刘顺风的肩上拍了一下说，好，那我就说了，今晚七点钟，请你组织一百五十个食堂工人到文学院学术报告厅听报告。刘顺风愣了一会儿问，老师不会是开玩笑吧？朱自明非常严肃地说，老师怎么会给学生开玩笑呢？这忙你可一定要帮啊！刘顺风于是一拍胸说，请老师放心，学生一定照办。

3

朱自明这一天忙得连中饭也没顾上吃。学术报告厅由一个六十多岁的老头看守着，他除了开门锁门之外，其他什么也不能做。整整一个中午，朱自明都在布置学术报告厅，他一个人忙活了将近两个小时。朱自明把大部分时间都花在了主席台上，铺台布，摆席卡，试话筒，调灯光，最后还买来一盆花放在主席台中央。布置完毕，朱自明没急着走下主席台，他在属于他的那个位置上坐了许久。虽然又累又饿，但朱自明一坐到主席台上就不感到累也不感到饿了。

下午两点钟，皮眺打响了朱自明的手机，说他和叶文先生已到天河机场，让朱自明放心。皮眺还问到晚餐如何安排，朱自明正不知道怎么回答，皮眺说他们干脆在汉口吃过晚餐再过武昌来，朱自明犹豫了一下说，那好吧。皮眺最后提到了录像的事，他说叶文先生希望复制一盘留作纪念。一说到录像,朱自明就坐不住了,他慌慌张张地走下主席台,一边快步朝那守门老头走一边自言自语地说,差点儿忘了大事!到了守门老头身边,朱自明开口就问摄像找谁?守门老头说,这要去找学校电视台的摄像记者。守门老头在这个学术报告厅守门已经五年多了,他掌握了许多与这个学术报告厅有关的事情。朱自明正要出门去学校电视台,守门老头叫住了他。朱老师,你不能空手去的。守门老头说。朱自明回头愣愣地问,还要带什么?守门老头没正面回答,只伸出两个指头做了一个捋钱的动作。朱自明一惊说,还要收钱?守门老头说,如果是学校安排的报告会,他们肯定不收钱,但各个院系自己组织的报告会,不表示一下他们是不会来摄像的,即使有时来摄了像也不会在电视上播出。朱自明沉思了片刻说,原来是这样啊!过了一会儿,朱自明又问,一般要表示多少?守门老头说,少说也要一千块吧?

学术报告厅门口有一个宽敞的过道。朱自明从报告厅出来后,一个人在过道上徘徊了半个钟头。毫无疑问他是被那一千块钱难住了。后来,朱自明想到了教研室主任胡求之,胡求之手头掌管着当代文学教研室的学科经费,朱自明认为应该去找他申请这笔钱。他还临时决定邀请胡求之来主持今晚的报告会。

朱自明去找胡求之时,胡求之正在家里收拾旅行包。朱自明开口就说,胡主任,今晚我联系到著名诗人叶文来给我们做报告,我想请你去主持一下。胡求之扭头斜了朱自明一眼说,老朱呵,这么大的事,你怎么不早给我通个气?朱自明连忙解释说,对不起,胡主任,我一直到昨天深夜才得到答复,所以……胡求之说,你说你对不起我,那我也就对不起你了,今晚的报告会你自己张罗吧,我要去洛阳春游。他边说边往旅行包里塞毛巾。朱自明沉默了一会儿,然后走到胡求之身边说,既然胡主任要去春游,那我就只好自己主持了。不过,我想请胡主任能给我拨一千块钱。胡求之很快将脸转过来,睁大双眼注视着朱自明问,你要一千块钱干什么?朱自明垂下头说,我想请学校电视台的记者来摄个像。胡求之一时无语了,两只眼睛睁得更大，眼珠子像要掉出来。朱自明没注意胡求之的表情，他降低声音继续说，胡主任，说一句不好意思的话，我还从来没坐过主席台呢，所以我就想摄个像，到时候请电视台放出来，好让我儿子看一眼！胡求之的两眼越睁越大了，看上去就像两只刚从鸡屁眼里生出来的鸡蛋。接下来胡求之十分夸张地笑了一声，然后伸出一只手指着朱自明说，花一千块钱摄个像，我看你是神经病！说完，胡求之又夸张地笑了一声。朱自明觉得胡求之的笑声像刀子一样刺痛了他，他难受极了，于是迅速离开了胡求之的家。

　　从胡求之家出来，朱自明径直去了附中。附中就在这所大学内，朱自明十分钟之后就到了附中门口。宋英恰巧这天下午没有课，朱自明很容易就找到了她。宋英当时正在办公室和另外两位女老师聊天。她一见到朱自明就问，你找我有事吗？朱自明点点头说，有事。宋英用对学生说话的口吻对朱自明说，有事快说，我还要改作业呢。朱自明微微笑着说，我们到办公室外面去说好吗？宋英坏声坏气地说，你这人真讨厌！来到办公室外的楼梯口，朱自明绕了好大一个弯子才说到钱上。宋英听了惊异地问，什么？你要花一千块钱去摄个像？朱自明说，是的，求你就给我一千块钱吧，以后我再不找你要钱了！宋英用鼻孔哼了一声说，我看你是神经病！宋英说完便转身回了她的办公室，像扔垃圾一样把朱自明扔在了楼梯口。朱自明一个人在楼梯口站了许久。有一刻他的眼睛真想流几滴泪，但他咬着嘴唇忍住了，没让它们流出来。

　　朱甘就在这个附中上学。快要走出附中大门时，朱自明猛然想到了他的儿子朱甘，于是停下脚步，扭身朝朱甘所在的教室看了一会儿。尽管朱自明没有看见儿子，但他心里还是猛地涌起了一丝温暖。就在这个时候，朱自明的脑海里陡然闪现出了三个存钱罐。

　　后来，朱自明就神速地回了一趟家。从家里出来后，朱自明去了校内的一家银行。从银行出来后，朱自明便径直去了学校电视台。电视台专门负责摄像的那个记者穿着一件布满口袋的马夹，头发烫得卷卷的，看上去有点儿像外国人。朱自明把摄像记者悄悄地叫到了门外的走廊上，简短地交代了几句之后，便把一个信封递给了他。摄像记者毫不推辞就接过了那个信封，接着就塞进了马夹上面的一个口袋里。

第二天晚上，每周一次的校园新闻和往常一样按时播出了。朱自明和朱甘早早地就坐在了电视机前。叶文做报告的新闻安排在节目的倒数第二条，因为主席台上人少，朱自明所坐的位置就特别显眼。他和著名诗人叶文紧挨着，由于他穿着一套白西服，打着一条红领带，所以他看上去比叶文还要引人注目。朱甘在观看的过程中始终兴奋不已，每当出现朱自明的特写镜头时，他都禁不住欢呼雀跃。看着儿子如此狂喜，朱自明便有了一种从未体验过的满足与自豪，他无比高兴，简直有点儿心花怒放了。

校园新闻结束之后，朱自明马上对朱甘说到了存钱罐的事。朱自明说，儿子，你存钱罐里的九百五十块钱我拿去急用了，等我一有钱就及时还给你。

朱自明话音未落，朱甘刚才看电视时的满脸喜悦顿时就烟消云散了。他有点儿不相信朱自明的话，就赶忙跑进了他的房间。但他很快就从他房间里出来了，朱自明看见他出来时一脸怒气。你把我的钱拿去干什么了？朱甘问。朱自明犹豫了一会儿，便把实情告诉了朱甘。他以为说出了实情朱甘就会火气顿消。但让朱自明遗憾的是，他刚说完，朱甘就跳起来骂了一句。我看你是神经病！朱甘是这么骂他父亲朱自明的。

保卫老师

1

父亲从老家来到武汉的那天下午，我的导师林伯吹教授正在给我们这群研究生上课。事先我不知道父亲要来，一点也不知道。他给了我一个突然袭击，让我有点猝不及防。

父亲这是第一次来武汉，坐了七个小时的长途客车。在汽车站下车后，父亲到电话亭给我打过电话，希望我去接一下他。但我上课时把手机关了，他打了好几遍都没打通。幸亏父亲在过去读过一年私塾，认识几个字，他顺着路牌边走边问，花了两个钟头总算找到了我们学校。到学校后，父亲先去研究生宿舍楼找我。没见到我，他又跑到门卫那里去问，费尽周折才打听到我上课的地方。父亲找到我的时候，已是下午四点多钟，真是难为他老人家了。

我们在伦理学教研室上课。林伯吹给我们讲中国伦理教育史。课间休息时，好多人都出去上卫生间。和我同寝室的刘楚是第一个跑出去的，他好像被尿憋急了，出门时用手按着小腹。我也打算到外面透一口气，刚要出门，林伯吹突然喊住了我。他要我给他的茶杯加点水。教研室里有饮水机，我刚给林伯吹把茶杯加满，有人在门口喊了我一声。

"映山，外面有个老头儿找你。"喊我的是刘楚，他一边喊一边对我招手。

我赶紧走到了教研室门口。门外是一条走廊，我看见父亲站在走廊的一根圆柱子旁边，手上提着一个化肥口袋，看上去像一个捡垃圾的人。

看到父亲，我陡然愣住了，好半天没跟他打招呼。父亲来得实在有些突然，我一点心理准备都没有，一时反应不过来。这天是阴天，走廊上光线黯淡，父亲的脸显得很黑。但是，父亲一见到我脸就亮了一下，好像我在他面前划燃了一根火柴。我知道，父亲是见到我以后高兴成这个样子的。遗憾的是，我却一下子也高兴不起来。

我疑惑地看着父亲，不知道他为什么来武汉。眼下正值春耕季节，按说父亲应该在村里忙着栽秧，要是没特殊事情，他肯定不会在这个节骨眼儿上出门。父亲显然不是来看我的，他从来就不是一个儿女情长的人。再说，春节我是回老家过的，一家人在一起生活了四十多天，直到上个月初才和父亲分别。

愣了好半天，我朝父亲走近一步问："爹，你怎么来了？"

父亲这时把那个化肥口袋提到了胸前，先对着我的眼睛晃了两下，然后激动地说："我买到麂胯了！"

一听父亲说到麂胯，我立刻就恍然大悟了，同时还想到了我的导师林伯吹教授。我终于弄明白了父亲突然来武汉的原因，原来他是给林伯吹送麂胯来的。

2

麂胯是我老家那里的方言，就是麂子的腿。在我老家一带，麂子被看成是最好的野味，肉质细腻，味道幽香，麂胯因此也就成了人们馈赠的最好礼品。而且，麂子很稀少，猎人们运气不好的时候十天半月也打不到一只，所以越发显得珍贵。如果不是特殊的关系，我老家的人是舍不得买麂胯送礼的。

在我的印象中，父亲好像只给他的私塾先生送过麂胯。他的私塾先生姓范，瘦高瘦高的，像一根竹，下巴上留一撮山羊胡。父亲每年都要给私塾先生送一条麂胯去。有一次，父亲送麂胯把我也带去了，我发现他对私塾先生毕恭毕敬。不过，那位私塾先生在我十岁那年就去世了，从此父亲就再没给别人送过麂胯。

去年秋天，我考上了林伯吹的研究生。接到通知书的当天晚上，父亲就去了猎人张子冲家。他说要去买一条麂胯，好让我上学时送给老师。但父亲那次没买到，张子冲说打麂子的季节还没到呢。空着手回来时，父亲有点抱歉地对我说，等到过年吧，过年的时候我一定买一条麂胯，让你过年后给老师带去！

年底回家，我进门还不到五分钟，父亲就跟我说起了麂胯。父亲说，他已经把买麂胯的订金给了张子冲，张子冲保证到时候送一条麂胯来。我迟疑了一下说，其实没必要给老师送礼。父亲马上瞪我一眼说，谁说的？学生一定要尊敬老师！过完年，父亲问我哪天走，我说正月十六。日子定下来后，父亲就三天两头朝张子冲那里跑，叮嘱他无论如何要在元宵节之前把麂胯送来。

正月十五的傍晚，张子冲总算来到了我们家。可是，他来时手上没提麂胯。父亲焦急地问，麂胯呢？张子冲说，实在对不起，我年后一连上了三趟山，连根麂子毛也没碰上。父亲一听就傻了眼，有点不高兴地问，没有麂胯，你来干啥？张子冲满脸歉意地说，我来把订金退给你。他说着把一百块钱放在父亲面前。父亲却没看那张钱，而是目光直直地看着我，好半天不说话。

第二天，父亲送我去公路边搭车，一路上都默默无语。一直到班车快来的时候，父亲才开口对我说，麂胯，我一定会想办法给你买到的！我苦笑了一下说，爹，你就别再买了，大学里不兴给老师送礼的。父亲没听我的，又自顾自地说，我就不相信买不到一条麂胯！我又苦笑一下说，爹，你真的别买了，我的老师不一定爱吃这东西呢。父亲还是没听我的，继续说，等买到了麂胯，我亲自给你送去！

那天父亲说完最后一句话，班车突然开过来了。当时我以为父亲只是随便说说，谁想到，他真把麂胯提到武汉来了。我觉得父亲真是淳朴得可爱，还有点可笑。他让我哭笑不得。

父亲这时又把那个化肥口袋提起来对我晃了一下，兴奋地说："这条麂胯，是我托人在外村买到的，整整八斤呢！"

"真是重啊！"我感叹说。我的声音有点低沉，显得有气无力。

父亲接下来还想说麂胯，我却赶快把话头岔开了。我用埋怨的口气问他，为什么从家里走时不打个电话？父亲狡黠地笑了一下，说他怕事先打了电话我不让他来。沉默了一会儿，我又问父亲吃过午饭没有。他说吃过，下车时在车站门口吃了两个包子。

课间休息只有十分钟。我扭头朝教研室看了一眼，发现里面已安静下来，林伯吹又要开始讲课了。我打算请个假，送父亲去我的寝室歇着。父亲却拦住了我，说什么也不让我耽误课。我跟父亲说，这研究生的课，一两节不听不要紧。父亲马上批评我，说这可不行，要尊敬老师啊！他说他自己在外面转转，等我下了课再一起去寝室。父亲的态度很坚决，我只好又进教研室听课了。

进门后，我回头看了父亲一眼，发现他把提在右手上的化肥口袋换到了左手上。那条麂胯的确有点重，我想父亲的右手肯定是提疼了。

3

我的导师林伯吹教授是一位伦理学家，出版过好几本著作，名气颇大。我当初就是冲着他的名气才考他的研究生的。其实，林伯吹的学问并不怎么样，有点名不副实。不过这都是我当了他的学生才知道的。林伯吹的课讲得也不好，东扯西拉，浮光掠影，喜欢玩花拳绣腿。

林伯吹上课还爱拖堂。那天，他足足拖了半个钟头。我心里挂着父亲，早就坐不住了。下课出来已是黄昏，我看见父亲还站在走廊的圆柱子旁边，好像一直没挪动过，只是那个化肥口袋又换到了他的右手上。

我以为父亲早等得不耐烦了，但他没有，甚至连疲惫都看不出来。父亲的气色看上去很好，好像一直处在激动和兴奋中。我是第一个走出教研室的，一出门就拉着父亲要去寝室。可父亲没有马上走的意思，他扭着脖子，两眼直直地望着教研室门口，仿佛在寻找什么。

我正感到奇怪，父亲突然回头问我："映山，刚才讲课的是你的林教授吗？"

我顿时愣了一下，没立即回答。迟疑了片刻，我问父亲："你问这干啥？"

父亲晃着手中的化肥口袋说："要是林教授的话，你就赶紧把这麂胯送给他！"

我犹豫了一会儿，对父亲摇摇头说："不是，不是林教授。"

父亲听我这么说，感到很失望，刚才还亮堂堂的眼睛突然黯淡下来，人也像是一下子矮了一截。

我之所以跟父亲说假话，是因为我压根儿就不想送林伯吹什么礼物。我和林伯吹之间，怎么说呢？丝毫没有父亲和他的私塾先生那种感情。而且，林伯吹也不值得我送他礼物，更不值得送麂胯。林伯吹虽说是我的老师，但他在很多方面都不像个老师，没有老师的样子。说实在的，我一点也不尊敬他。

一听说讲课的不是林伯吹，父亲就不再朝教研室门口看了。他挪动脚步，开始跟着我向走廊外边走。父亲走在我后面，低着头，什么话也不说，只是不住地叹气。

看见父亲这个样子，我真想把实情都告诉他。但是，我刚张开嘴巴就赶快闭上了。我猛然意识到不能在父亲面前说林伯吹的坏话。在父亲的心中，老师一直是那么神圣，我怕父亲听我说了林伯吹的坏话会一时接受不了，还担心他的精神会一下子垮掉。所以，我不能说，我必须为了父亲而保卫老师的形象。

4

走了五分钟，我和父亲来到一个十字路口。这里是校园的中心地带，有个大花坛，附近还有一家杂货商店。我想去杂货店买包烟，就让父亲站在花坛边等我一会儿。父亲平时没什么爱好，只是有时候抽支烟解闷。

我买烟没花多长时间，去来还不到十分钟。可是，当我从杂货店回来时，父亲却不在花坛边了。我一下子慌了神，马上跳到花坛上四处张望。这时天色已经昏暗，路灯却还没亮起来。我的眼睛在川流不息的人群中找了好半天，连父亲的影子也没见到。

直到路灯亮了以后，父亲才回到花坛边。父亲是一路小跑着回来的，那条装麂胯的化肥口袋不停地拍打着他的小腿。他已经跑得有点累了，气喘吁吁。

"你刚才干啥去了？"我用责怪的语气问。

"我去追一个人了！"父亲说。他显得很欣喜，脸上红彤彤的。

我一愣问："你去追哪个了？"

父亲眉开眼笑地说："你的林教授！"

我一下子紧张起来，眼皮像死鱼那样翻了一下。父亲以前虽然没见过林伯吹本人，但他从我带回家的书上见过林伯吹的照片。林伯吹下课回家也要经过十字路口，我想父亲肯定是碰巧认出他了。我本来不打算让父亲和林伯吹见面的，没想到他们这么轻而易举就见上了。要是早料到会发生这样的事，我真不该在这十字路口给父亲买烟。

父亲没注意到我的表情，只顾兴高采烈地讲他追林伯吹的经过。我刚去杂货店买烟，一个人戴金边眼镜的人就来到了十字路口，手上拎着一只黑皮包。父亲一看见他就觉得眼熟，并马上想到了照片上的林伯吹。那个人走得很快，父亲正想上去问他是否姓林，他已经匆匆走过了花坛。父亲于是就追那个人。追了一百多步，父亲追上了那个人。那个人在路上遇到了一个熟人，便停在一盏路灯下和熟人说话。他们说话时，父亲在附近听了一会儿，他听见那个熟人不停地叫林老师。

我赶紧问父亲："你和他打过招呼吗？"

父亲说："没有。林教授和那个熟人一直在说话，我插不上嘴。"

听父亲这么说，我才松了一口气。我这时把买的烟朝父亲递过去，让他抽一支。父亲接过烟却没兴趣抽，看也没看就塞进了衣服口袋。父亲的心思一直在林伯吹身上，他说林伯吹可能还在那盏路灯下，要我赶紧把麂胯送给他。父亲显得有点性急，说完就拉住了我的一只胳膊，使劲把我往花坛对面那条路上拽。

我实在不情愿去给林伯吹送麂胯，但我一时找不到合适的理由搪塞父亲，所以只好硬着头皮跟着父亲走。

林伯吹果然还在那盏路灯下，正和一个人手舞足蹈地说着什么。那人的脸被林伯吹的头挡着，我看不清他是谁。离他们还有几十步远，我突然停了下来。父亲回头问我，你怎么不走了？我想了一下说，别人正在说话呢，这会儿送礼不好。父亲说，那就等一下再送上去吧。

事实上，我是不希望父亲和我一起去给林伯吹送麂胯。林伯吹待人接物一向缺乏人情味，经常让人的脸没地方搁，我害怕父亲和他正面接触时会遇上尴尬，这样父亲就太受打击了。

我总忘不了刘楚给林伯吹送猪蹄的那件事。刘楚也是林伯吹的研究生，春节返校时，他从鄂西老家给林伯吹带了一只猪蹄。一天晚上，刘楚亲自把猪蹄送到了林伯吹家里。猪蹄用柴火熏过，看上去有点黑。林伯吹见到猪蹄后，不但没说感谢的话，反而还说猪蹄太脏了。林伯吹皱着眉头问，这么脏的东西能吃吗？刘楚不知道怎么回答，马上起身告辞了。林伯吹家住四楼，刘楚下到一楼时，正碰到楼上有人朝下面扔东西。那包东西扑通一声落在刘楚跟前，把他吓了一跳。刘楚开始还以为是垃圾，弯腰一看才发现是一只猪蹄。

刘楚那晚回到寝室给我讲这件事时，眼圈都红了。他说，那只猪蹄他们家过年都没舍得吃。刘楚还说，他拎着这只猪蹄前后转了三次车呢！刘楚讲完后，我好久都说不出话，心想幸亏父亲没买到麂胯。

父亲的眼睛一直在看那盏路灯下面。他这时自言自语地说，他们的话说得好长啊！我马上趁机说，要不，这麂胯干脆改天再送吧？父亲却说，还是等着，他们总要说完的。父亲这么说，我就不好再说什么了。

又过了一会儿，我对父亲说："爹，你在这里等着，我一个人把麂胯送上去。"

父亲一愣问："为啥不让我一起去？我想见一下你的林教授，还想对他说几句感谢话呢！"

我找个理由说："你就别去了，爹！当着你的面，人家不好意思收礼。"

父亲想了想，然后勾下头说："那好吧。"

我从父亲手里接过化肥口袋，快步走到了林伯吹身边。我终于看清了和林伯吹说话的人，原来是伦理学系的副教授祁波。他们的话我听到了几句，有所大学想通过祁波请林伯吹去作一场报告。林伯吹基本上答应了，时间和内容也已经敲定，只是报酬还没谈妥。祁波说，两个小时两千块，还车接车送，人家够大方了。林伯吹说，再加五百块吧，我是博士生导师呢。祁波有点为难地说，那我再跟他们商量一下。林伯吹扶一下眼镜说，要是不加，我就不去了！

听着林伯吹这么讲价，我不禁感到有些后怕。我庆幸没让父亲一起走拢来，否则他就知道我的导师林伯吹教授是多么爱钱了。

祁波先发现了我，问我有什么事。我说我给林老师送点东西。林伯吹马上扭过头问，送什么？我提起化肥口袋，小声对他说，我父亲千里迢迢给你送来了一条麂胯，请你无论如何要收下。林伯吹的目光很快投向了化肥口袋，冷冷地瞅着，好像不想要。我不等林伯吹拒绝又慌忙说，不管怎样，请你一定暂时收下，我父亲就站在附近，你要不收，他会伤心的！我一边说一边回头看了一眼父亲，父亲果然睁大两眼看着我们。过了好一会儿，林伯吹才抬起头对祁波说，你先代我收下吧。祁波说，好的，等会儿吃过饭我帮你拎到家里去。

送出麂胯，我麻利地回到父亲身边。父亲开口就问，你怎么把麂胯送给别人了？我说，是别人主动要帮林老师提一下。父亲听了说，这还差不多。

5

我把父亲带回寝室时，刘楚已经去食堂吃晚饭了。我想先让父亲洗把脸，然后再出去找个好点的餐馆，请父亲吃一顿。

这个寝室只住着我和刘楚两个人，显得很宽敞。床也挺大的，我打算晚上就让父亲跟我一起睡。上次刘楚的哥哥来，就是跟刘楚一起睡的。我们都属于穷学生，能省点钱就省点钱。父亲一听说晚上和我睡一张床，开心极了，马上从椅子上坐到了我的床上，还像孩子似的抬起手在床上拍了两下。

寝室对面有个盥洗室。我很快找好脸盆和毛巾，还有半块香皂，让父亲尽快去洗一下。可是，父亲却坐在我床上迟迟不起身，好像没听见我刚才的话。我有点奇怪，走到床前一看，才发现父亲原来是被我放在床头的一张报纸迷住了。那是武汉出版的一份晚报，上面有一篇关于我的导师林伯吹教授的报道，还配着他的彩色照片。

"啧啧，你的林教授真是了不起，还上报了呢！"父亲一边看一边赞叹。

我没接父亲的话茬，催促说："快去洗吧，洗了好出去吃饭。"

"哎呀，今天没能当面感谢一下林教授，真有点儿遗憾啊！"父亲说完又叹了一口长气。

我提高嗓门说："快洗脸去吧，爹！出去晚了就没饭吃了。"

我接下来又催了好几遍，父亲才依依不舍地放下报纸去盥洗室。临出门时，他嘴里还念叨着林伯吹。父亲出门后，我把那张报纸收起来了，塞进了抽屉里。我读过报纸上那篇写林伯吹的文章，一多半都是不实之词。听刘楚说，写这则报道的记者有事求过林伯吹，他们之间有交易。刘楚是个消息灵通人士，他经常能收集到与林伯吹有关的新闻。

父亲刚出门，刘楚就回来了。刘楚进门时眉飞色舞，好像又有什么新闻要告诉我。果不其然，刘楚进门后连碗筷都没来得及放下就讲起来了，而且又是关于林伯吹的。

不久前，林伯吹和他指导过的一位博士合写了一本书。那本书定稿时，林伯吹的名字挂在博士前面，没想到等书印出来的时候，林伯吹的名字跑到博士后面去了。林伯吹一下子气坏了，马上跑到出版社去兴师问罪。出版社却把责任一股脑推到了博士身上，说是博士校对时改变了署名顺序。林伯吹一听气得更厉害，连鼻血都气出来了，用了一筒卫生纸才止住。接下来，林伯吹就去找博士算账。博士早已料到会有这一天，提前就做好了应对准备。林伯吹质问博士，你为什么把你的名字放到我前面去了？博士字正腔圆地说，因为这本书的大部分内容是我写的，我的名字本来就应该放在你前面！林伯吹顿时气疯了，破口大骂道，你不要脸！博士毫不示弱，回骂道，你才不要脸呢！

刘楚讲的时候，一手拿碗，一手拿筷子，讲一会儿就用筷子敲一下碗，有点像说书人。他讲得绘声绘色，我听得连眼睛都不眨一下。到了关键处，刘楚却突然停住了，好像要故意吊我的胃口。我迫不及待地问，后来呢？刘楚说，后来听说他们闹到法院去了。

这时，门口有人咳了一声。我扭头一看，只见父亲端着脸盆呆呆地站在那里。我顿时大吃一惊，心想不好了，父亲可能把刘楚讲的都听到了。

"爹，你站这儿多久了？"我惊慌地问。

"有一会儿了。"父亲说。他的脸色有些沉重。

听父亲这样回答，我一下子紧张极了，心里忐忑不安，额头上出了一层冷汗。父亲进门后，我竟然没理会他，像傻了一样。幸亏刘楚热心快肠，他赶忙接过了父亲手中的脸盆，还给他倒了一杯水。

父亲接过水没顾上喝，愣愣地望着刘楚，问他刚才说哪个不要脸。父亲这么一问，我心里陡然轻松了一点，心想谢天谢地，但愿父亲刚才没听出刘楚说的是林伯吹。父亲一问，刘楚就准备回答他。但我没让刘楚回答出来，他刚要开口，我飞快地给他挤了个眼神，然后抢先回答了父亲。我对父亲说，刘楚说的是两个泼妇。父亲说，难怪不要脸呢！

刘楚感到莫名其妙，一头雾水地看着我。但我当着父亲的面又不能给他解释什么，只好又给他挤了个眼神。

寝室里不能久待了，我决定赶紧带父亲出去吃饭。刘楚一直用奇怪的目光看着我，我担心再待下去会露出破绽。刘楚向来是个直肠子，又快嘴快舌，牙齿有点管不住风，我真怕他嘴巴一张说出林伯吹的名字。

我和父亲刚走到门口，刘楚喊了我一声，问我们是否还回来住。我说吃了饭就回来。刘楚意犹未尽地说，好，一会儿你回来，我再接着给你讲他们上法院的事。刘楚这话一出口，我的心不由一紧，好像被什么扯了一下。就在这一刹那，我突然改变了主意。我停下来，回头对刘楚说，我考虑了一下，我们还是在外面住。刘楚疑惑地问，为什么？我想了一会儿说，我父亲打鼾。

父亲陡然一愣，小声嘀咕说，我不打鼾呀！我没搭父亲的话，快速离开了我和刘楚的寝室。

6

樱桂楼是离我们学校最近的一个酒店，吃住玩一条龙，价格也不是太贵。从研究生宿舍楼出来后，我直接把父亲带到了东门外的樱桂楼，打算和父亲吃饭后就住在这里。

这地方我来过一次。去年冬天，林伯吹牵头召开了一个全国性的伦理学研讨会，我在这里打了两天杂。酒店一共五层，一楼是服务总台，餐厅在二楼，三楼是歌厅和棋牌室，客房在四楼和五楼。上二楼之前，我先到一楼总台开了个房间。这里的客房一向紧张，我担心吃过饭没地方住。

拿到房卡后，我们就上了二楼。这是晚上七点左右，正是吃饭的高峰，餐厅差不多都坐满了。我和父亲在人群和餐桌之间穿梭似的来回找了好半天，好不容易才在最西头的一排屏风前找到了一个空台位。台位紧挨着那排屏风。坐下后，我把屏风认真打量了一眼，发现上面雕龙画凤。服务员很快来点菜了，我打开菜单看了一会儿，点了几个父亲爱吃的，还特别要了一个清蒸武昌鱼。

屏风那边也是吃饭的，从屏风之间的缝隙看过去，那边的环境比这边略好一些，有点像雅座。屏风的隔音效果不好，两边的说话声相互都能听到。说来真是巧，服务员刚通过对讲机把我点的菜传到厨房，我猛地听到了我的导师林伯吹教授的声音。他正在屏风那边跟谁说话。接着我又听到了祁波的声音，原来他和林伯吹也在这里吃饭。而且，他们坐的台位离我和父亲很近，中间仅仅只隔着一块屏风。

我顿时吓了一惊，心跳得怦怦响。我迅速看了一眼坐在对面的父亲，幸亏他耳朵不是太好，还没什么反应，正在埋头喝茶。但是，我的心并没有放松下来。父亲毕竟不是聋子，假如林伯吹一会儿嗓门大起来，他完全有可能听到。

我觉得坐这里太危险了，决定马上换个台位。我很快找到服务员，把我的要求告诉了她。可是，服务员说现在一个空台位也没有了。我想了一下说，那我干脆把菜退掉，到别的地方去吃。服务员却严肃地说，这可不行，菜单下了一律不能退的。她的话音还没落，服务生已经端着一个菜上来了。

我只好无可奈何地回到原位上坐下。父亲早已饿了，很快吃了起来。我却迟迟没动筷子，竖起耳朵听屏风那边的动静。林伯吹和祁波还在你一句我一句地说着，断断续续地，好像在相互劝酒。我从缝隙里朝那边看了一眼，还好，看不见林伯吹的头，只看见了他放在座位上的那个黑皮包。

父亲发现我心不在焉，问我怎么还不吃。我说这就吃，说完就赶紧吃起来。服务生这时把武昌鱼端上来了，我马上给父亲夹了一块。抓紧吃吧！我对父亲说。吃了好早点去休息！我又这样催他。我希望快点结束这个晚餐，尽早离开这个鬼地方，以免夜长梦多。

我们快吃到一半时，林伯吹的声音陡然高了八度。他似乎喝多了，要祁波给他叫个女生来。祁波说，饭都吃完了，叫女生干什么？林伯吹打个酒嗝说，陪我上三楼唱歌！祁波停顿了一下说，我临时到哪里叫女生？林伯吹猛地拍一下桌子说，叫王小影吧，你给她打电话，就说我要她来的！

父亲突然停住了筷子，眼神也愣住了。我顿时心慌意乱，手上的筷子抖了起来。但我没有乱阵脚，心想，必须赶快想个办法把父亲的注意力引开。服务员这时把最后一道汤上来了，我麻利地往父亲碗里舀了一勺，说快喝汤吧！我的声音很大，连我自己听了都刺耳。我想用我的声音把林伯吹的声音压下去。

可是，父亲没喝汤。他眨了眨眼睛，然后小声问我："隔壁说话的人，怎么听上去像你的林教授？"

我大吃一惊。但我很快镇定下来，矢口否认说："怎么会呢？他从来不到这么嘈杂的地方吃饭！"

父亲开始不相信我的话，还把耳朵贴近屏风听了一会儿，一边听一边自言自语地说，奇怪，怎么声音那么像呢？好在林伯吹暂时沉默下来了，父亲什么也听不见。祁波也停止了说话，我估计他正在给王小影拨手机。王小影也是伦理学专业的研究生，长得很漂亮，喜欢穿短装，经常把肚脐眼露在外面。林伯吹每次看到王小影，都要把眼镜摘下来。

听了半天没声音，父亲才端起碗喝汤。他刚喝了一口，祁波又说话了。王小影有事来不了！祁波说。他的声音不大，父亲没听清楚。祁波话音未散，林伯吹突然大骂了一句。她妈个巴子！林伯吹这样怒骂王小影。父亲被林伯吹的骂声惊呆了，差点把碗掉到地上。我一下子紧张不已，心想这一次是骗不了父亲了。

然而，事情却出乎我的预料。谁也没想到，一听林伯吹骂人，父亲反而相信了我。他笑着对我说，还真的不是你的林教授，林教授怎么会这么骂人呢？只有农村的人才会骂出这样的粗话！听父亲这么说，我悬着的一颗心总算落地了。

我们终于吃完了饭。父亲一放下碗筷，我就拉着他匆匆离开了那排屏风。在收银台买单的时候，父亲说他想上个厕所。厕所就在收银台旁边，我指了一下，父亲就自己去了。父亲刚进厕所，我一转身看到了林伯吹和祁波，还看见了祁波提在手上的那只化肥口袋。他们也吃完了，也来收银台买单。一看见他们，我的眼睛陡然睁大了一圈，好像见了鬼。那一刻，我真是害怕极了，手里马上捏了两把汗。

侥幸的是，父亲去厕所的时间比较长。祁波买单也快，钱一交就和林伯吹走了。走到楼梯口那里，他们停了一下。祁波提出送林伯吹回家，林伯吹却拒绝了，说他想一个人去转一转，说完就接过了祁波手上的化肥口袋。等父亲回到收银台时，林伯吹和祁波已走得没影了，总算是有惊无险。

7

我们登记的房间在樱桂楼的五楼。到了房间门口，我才发现这间房不好，因为隔壁就是按摩厅。

厅里亮着粉红色灯光，几个袒胸露背的服务员正翘着又白又长的大腿在里面抽烟。我们一到门口，有个服务员就跑出来了，一边吐烟圈一边喊我们进去按摩。这个服务员穿件吊带衫，乳沟深不见底。父亲一下子傻了眼，目光直直的，像两条冻僵的蚯蚓。我没答应进去按摩，赶紧打开房门把父亲推进了房间。早听说这里有这种活动，但我没想到会这么猖狂。

父亲进门后，好半天没回过神来。他肯定猜到隔壁是干什么的了。房间的隔音效果差，我们能清楚听到服务员们的笑声。我对父亲说，我们换个房间吧。父亲问，为啥？我说，这里太吵了，怕你睡不好。父亲迟疑了一下说，换一个也好！床头有电话，我立即拨通了客房服务中心。可是，对方说所有房间已全部住满。我苦笑着对父亲说，没房间了。父亲说，那就将就一下吧。

这是个标准间，我和父亲可以各睡一张床。洗完澡已是九点多钟，我和父亲躺在床上看了一会电视。快到十点的时候，我猛然想到了一件事。有篇课程论文明天要交，可文章还没结尾。论文在我的电脑里面，电脑放在寝室里。我对父亲说，我必须回一趟寝室，等我写完论文再来陪你。父亲说，有事你去忙吧，我不需要你陪的。

出门的时候，我特意把电视的音量调大了一些，不想让隔壁小姐们的声音过于打扰父亲。

回寝室没用到一个小时，我就把论文写好了。返回樱桂楼时，时间还不到十一点钟。在酒店的大门口，我碰到了我的导师林伯吹教授，他正匆匆忙忙从里面出来。林伯吹出门时低着头，没看见我。我也没跟他打招呼。林伯吹喝酒后喜欢唱歌，我想他刚才肯定是到三楼歌厅唱歌了。

我上到五楼房间时，父亲已经关了电视睡下了。我走路轻手轻脚，害怕把父亲惊醒。其实父亲并没睡着，我刚到床边，他就一下子从床上坐了起来。父亲显得很亢奋，脸上一丝睡意也没有。

"爹，你怎么还没睡着？"我奇怪地问。

父亲有点神秘地说："映山，我刚才发现了一件怪事！"

"什么事？"我连忙问。

父亲把头朝我偏了一下，将嘴贴到我的耳边说："你的林教授来隔壁按摩了！"

我顿时大吃一惊，好像听到了一声惊雷。我好半天说不出话，眼前回放着林伯吹刚才从樱桂楼出门的情景。父亲说的毫无疑问是真的，与祁波分手后，林伯吹肯定是独自去按摩了。但是，我不能在父亲面前默认这个事实，不能让老师的形象在父亲心中轰然倒塌。

沉默了一会儿，我认真地对父亲说，你可能弄错了，林教授一个堂堂的学者，他怎么会来这种地方按摩？听父亲说，我走了不久，他就关了电视准备睡觉，没想到一关电视，就听见林伯吹在隔壁和服务员打情骂俏。开始听到林伯吹的声音，父亲也不相信真的是他。后来林伯吹离开的时候，父亲就打开房间的门，探出头去看了一眼，果然看见从按摩房出来的是林伯吹。

父亲说得有鼻子有眼，我一时哑口无言了，不知道再找什么理由为林伯吹开脱。不过，我没有放弃。过了两分钟，我突然扩大声音说，你肯定弄错了，林教授今晚在家呢，我刚才就是从他家里来的，他一直在家里给我指导论文。

我说得一板一眼，不容置疑。父亲被我说愣了，皱着眉头说，这就奇怪了，按说我不会看错人呀？我说，也许你看见的那个人长得像林教授。父亲说，哪有长得这么像的人？我这时灵机一动说，听说林教授有个弟弟也在武汉工作，他和林教授是双胞胎。父亲琢磨了一会儿说，难怪呢，难怪连说话都那么像！

父亲又被我好不容易骗过去了，我既感到欣慰又感到不安。过了一会儿，父亲慢慢地睡着了，我却久久不能入睡。我在黑暗中想，今天算是把老师的形象保住了，可明天呢？明天还保得住吗？说实话，我有点不敢想明天，一想到明天，我心里就虚。

8

那天晚上我失眠了，直到凌晨四点多钟才朦朦胧胧地睡去。第二天醒来的时候，父亲已经不在房间，我想他可能是到门口抽烟去了。过了好久，父亲还没进房，我便决定出去看看。

我一出门就看见了父亲。他默默地站在门口，手里提着一个化肥口袋。父亲另一只手上拿着一支烟，但没有点燃。看着那个熟悉的化肥口袋，我一下子惊呆了。过了许久，我问父亲，这口袋是从哪儿来的？父亲却没有回答我，只冷冷地扫了我一眼。父亲很快把目光从我身上移到了隔壁按摩厅门口，那里放着一只垃圾桶。我想，那个化肥口袋肯定是父亲从垃圾桶里捡到的。

父亲久久地看着那只垃圾桶，两眼一眨不眨，仿佛看一个怪物。看着看着，父亲的身体突然歪了一下，好像有点支撑不住了。

唱歌比赛

1

每年到了六月，前来请我指导唱歌的人总是络绎不绝，他们把我家的门槛都快踏破了。七月一日是党的生日，很多单位都喜欢在七一前夕举办一场唱歌比赛，以此向党献礼。我是武汉一家歌舞团的艺术总监，曾经指导过许多大型演出，还拿过几次全国大奖。也许是名声在外吧，这几年请我指导唱歌的就特别多，我都有点招架不过来了。

今年，我首先答应了一所大学的人文学院。我这么爽快，并不是这个单位开的指导费比别处高。要说到钱，大学实际上是最吝啬的，他们小鼻子小眼，出手远远不如那些企业大方。我也不是图什么名，这个比赛是学校内部的，演出时了不起请几个省市领导出席，连电视转播都没有。我之所以马上答应下来，是我发现他们特别重视这次活动，出面请我的居然是学院的书记。

书记名叫吕步云，只有四十出头，比我小十几岁。看他这么年轻，我开始还有点不相信，以为他是副书记。看了他的名片，我才发现我怀疑错了，他的确是正的，是人文学院的一把手。

吕步云说话不快不慢，很有分寸感，举手投足也非常稳重，一看就是个党务工作者。但他并不是那种少言寡语的人，有共同语言的时候，他的话也挺多的，还有点心直口快。

在我家客厅坐下来后，我先给他讲了一下我的艺术生涯。我一讲完，他就说起了他的工作经历。他原来是学地理的，研究生毕业后留在地理学院当助教。留校不久，院里的一位学生辅导员被调走了，领导让他补缺，他就忍痛割爱离开了教学岗位。干了两年学生工作后，他当了院团委书记。干了两年团的工作之后，他又当上了院里的总支副书记。三十九岁那年，他被调到了人文学院当了书记，升为正处级。

吕步云介绍自己时，显得很平静，我从他脸上看不到一点得意或者自豪。末了，他对我淡淡地一笑说："时间过得真快呀，一转眼我已在人文学院工作五个年头了。"

相互认识后，吕步云很快把话题转到了唱歌上。据他所说，这所大学差不多每年都要举办一次全校性的唱歌比赛，主题有欢度国庆的，有喜迎元旦的，更多的是庆祝党的生日。学校党委对这种大规模的唱歌活动非常重视，每次比赛时，所有常委都要亲临现场观看。比赛成绩出来后，党委书记还要亲自上台为获得第一名的单位颁奖。

说到这里，吕步云突然停下来，情绪一下子变得十分低沉。我正感到纳闷，吕步云用遗憾的口气对我说，他很惭愧，这么多年来，他们人文学院一次也没得过第一名。他说："作为书记，我真是抬不起头来啊！"

吕步云说完把头低下去了。看得出来，唱歌比赛对他压力很大。我想说句话宽慰他一下，但一时不知道说什么好。过了一会儿，我想对他说，你们是大学，只要把书教好就行了；歌嘛，唱得好坏不重要的！我正要开口说这番话，他却猛地把头抬起来了。

"不过，这次比赛有你指导，我们一定能夺得第一名！"吕步云抬起头说，眼睛直直地看着我，目光炯炯。

吕步云这么一说，我把刚才到了嘴边的话赶紧吞回去了。停了一会儿，我问他们以前参加比赛是否请人指导过。他说请倒是请过，但请的都是本校音乐系的老师，他们经验不足，指导的时候也没有太用心，所以效果不好。我听了不禁暗笑了一下，说我不一定比他们高明。他连忙恭维我，说我与他们显然不同，夸我是大腕儿，还说这次比赛有我指导，第一名他们人文学院拿定了。

接下来，吕步云就跟我讲了一下他的大致想法。人文学院在学校是个大院，人多，男女老少加起来有一百多号。他建议借鉴一下张艺谋的人海战术，尽量多组织一些人上台演唱，一方面能增强艺术气势，另一方面也可以展示一下团结和谐的院风。我认为他这个想法很好，立即表示赞同，进而还提出了大合唱这种演出形式。

吕步云马上说大合唱好，还当场决定从院里拨出一笔钱来购买演出服。他说大合唱必须统一服装，否则达不到理想的视觉效果。他并且还想好了服装的款式和颜色，男的一律着白衬衣，打红领带，女的全部穿红色连衣裙，腰里的带子最好也系红的。我听了高兴地说，我们想到一块儿去了，看来你也是专家呀！他谦虚地一笑说，哪里，我班门弄斧了！

我这时换了一种口气说，统一服装当然好，不过得花一大笔钱。吕步云说钱不成问题，只要能拿第一名，院里是不惜花钱的，八万块不够十万块，十万块不够就十五万块。他的态度很坚决，看来他这次是豁出去了。

后来我们谈到了演唱的歌曲。我问，选哪几首歌比较好？吕步云说，这次学校给比赛定的名称叫红歌赛，看来只能选那些红色经典。我想了想说，唱红歌好，红歌不仅多，而且都很好听，比如《东方红》，比如《春天的故事》，比如《走进新时代》。我话音未落，吕步云突然站起身来，有点激动地说，好，就唱这三首，它们很有代表性！

定好曲目，吕步云就告辞了。我把他一直送下了楼。临别的时候，他紧紧握着我的手说："愿我们的合作圆满成功！"

2

人文学院大楼是一栋仿古建筑，白墙黑瓦，门口还有四根又粗又圆的红柱子。第一次见到这栋楼，我就觉得这地方有着深厚的人文底蕴。

吕步云请我的第二天下午，我就去给他们指导了。这天是星期五，他们定好每个星期五下午进行唱歌训练。训练的地点在人文学院三楼，这里有一个多功能会议厅，不仅有宽敞的舞台，而且音响和灯光都还不错。

我被吕步云带进会议厅时，里面已经挤满了人。我匆匆扫了一眼，少说也有七八十个。我一下子愣住了，不知道他们是来演出还是来开会。更让我奇怪的是，有的已经年近古稀了，脸上的老人斑比荸荠还大；有的身材奇矮，头只挨到旁边那个人的胸脯；有的还怀着身孕，肚子已鼓得像口锅了。

吕步云见我吃惊，连忙把嘴贴着我的耳朵进行解释，说大家听到唱歌比赛的消息后热情都很高，所以来了这么多。站在我身边的一位年轻人，也听到了吕步云的话，马上冷笑一声说，其实好多人都是冲着衣服来的！吕步云听了有点不高兴，悄悄地瞪了他一眼。年轻人很知趣，赶紧闭上嘴，红着脸走了。

过了一会儿，我扭头对吕步云说，人确实多了，我毕竟不是张艺谋，驾驭不了这么多人。吕步云不好意思地笑笑说："人多了你可以砍，砍掉的，我让他们回去就是了。"

我想了想说，可能要砍掉一半，最多只能留五十人，再说，人多了演出效果也不会好。吕步云说没问题，还说一切由我说了算。

我马上开始选人，挑那些身段和相貌都看得过去的。吕步云密切配合我，我看上后伸手指一个，他立刻走上前去叫一个，把他们叫过来站到我身边。花了十分钟的样子，我把人选好了，一共选了五十人，男女各占一半。被我选中的人都欣喜不已，一个个眉开眼笑。他们中间有一个大眼睛女孩，我发现她显得特别兴奋，还给我抛了一个可爱的媚眼。

落选的人明显不高兴，有的把脸拉得老长，有的翘着嘴，还有几个在交头接耳发牢骚。吕步云这时迅速走过去，先打个手势让他们安静下来，然后清了清嗓子开始讲话。他代表学院感谢同志们积极支持院里的工作，说这种饱满的政治热情让他深受感动。但是，由于舞台的限制，这次不能让每个人都登台亮相，十分遗憾。他请求大家原谅，说下次还有机会。

吕步云说得很诚恳，说完就让大家回去休息。可是，那群人却没有离开的意思，挤眉弄眼，议论纷纷，情绪看上去更糟糕了。吕步云突然有点紧张，我看见他的额头上都出汗了。不过，他很快就镇定下来，又给那群人打了个手势。

"同志们，这次比赛，无论唱不唱歌，演出服每个人都有！"吕步云大声说。

吕步云这句话很管用，话一出口，那群人立刻就平静下来了。这还差不多！有人说。就是嘛，听说一套演出服上千块呢！又有一个人说。吕步云这时扭头看了我一眼，很不好意思地对我笑了一下。

那群人陆陆续续地往会议厅外面走。我目送着他们。走在最后面的是一个头发全白的男子，看上去像个退休的人。他走得很慢，三步一回头，好像有点依依不舍。其实这个人的身材和五官都没话说，因为头发都白了，我才没挑他。走到门口时，白发男子陡然停了下来，用一种哀怨的眼神看着我。我与他对视了一下，赶快把眼睛移开了。

在我进行指导之前，吕步云把我介绍了一下。大家差不多都听说过我，吕步云一报我的名字，他们就热烈地鼓掌，搞得我很难为情。鼓掌最起劲的是那个大眼睛女孩，连手都拍红了。其实我也不能断定她究竟是不是女孩，只是觉得她很清纯，看样子像没结婚。

掌声停下来，吕步云又讲了几点要求，然后挥手说："同志们，这次比赛，如果我们院拿下第一名，院里将给每位参加演出的人发奖金！至于金额嘛，我保证每人不少于一千块！"

吕步云说完，掌声又一次响了起来，比刚才欢迎我还要热烈，经久不息，像春天的雷声。

我们首先训练队形。我让大家分成两排，女的站前排，男的站后排。他们很快站好了，并且都主动侧身站成了丁字步，然后昂首挺胸。我发现他们每个人都训练有素，一看就知道是多次参加过唱歌比赛的。

队形站好后，我开始物色领唱。我对吕步云说，大合唱必须要有两个领唱的人，一男一女，他们就好比头羊，当羊群进入草原后，头羊的作用举足轻重。吕步云马上赞成我的意见，还说这两个领唱一定要选好，不但形象要好，而且嗓子也要好。

我和吕步云正商量着，那个大眼睛女孩突然走出队列，一步跨到了我面前。

"老师，你看我行吗？"她扬起脸问我，两个眼睛像两扇打开的窗户。

我上上下下打量了她一番，感觉不错。她不仅身段苗条，而且姿色出众。更重要的是，她有一种艺术气质。

"她叫宋小吟，是新闻系的助教。"吕步云给我介绍说。

宋小吟的形象显然无可挑剔，如果嗓子没问题，无疑是个比较理想的领唱。我扭头看着吕步云问，让她唱首歌听听，怎么样？吕步云小声对我说，先听她唱吧，要是不行，还有别人。听吕步云的口气，似乎还有其他人选。我朝队列上看了一眼，果然看见有几个女士正跃跃欲试。

我让宋小吟独唱一首她最喜爱的歌，她想都没想就唱了那首著名的《太阳最红》。看她这么年轻，我以为她要唱一首流行歌曲，比如王菲的。一听她唱这首老歌，我马上就有了一种莫名的感动。当然，她唱得也挺不错。

宋小吟一唱完，我就说："女声领唱就是你了！"

她顿时欣喜不已，眼睛里还转起了泪花。我这时又看了一眼那几个想出来领唱的女士，她们的脖子猛然缩短了一截。吕步云也看着她们，我发现他的脸上有一丝歉意。我猜想，那几个女士中可能有他更欣赏的人。我连忙对吕步云笑笑说，对不起，我刚才没征求你的意见就定了。吕步云很大度地说，没关系，抓紧选男声领唱吧！

我立即把目光投向后面一排，从左到右逐一打量每个人。刚看了四五个，吕步云忽然对一位中年男子招了一个手说："洪钟，你唱一首歌给老师听听。"

名叫洪钟的男子马上从队列中走了出来。他留一头长发，边走边用手当梳子梳着。他的长发不是一般的长，都垂到肩上了，好像还烫过，我看见有几朵小浪花。吕步云给我介绍说，洪钟是历史系的副教授，一直是文艺活动积极分子，还在武汉电视台表演过诗朗诵。我说，还是先让他唱一首吧。

洪钟用美声唱了《我的太阳》，唱得很投入，还不住地甩他的长发。怎么说呢？他的嗓子的确不错，浑厚，宽广，但他唱得太夸张，缺乏必要的克制，所以我感觉很不好。洪钟唱完后，我好久不说话。吕步云小心翼翼地问，怎么样？我想了想说，独唱还可以，但不适合领唱。吕步云愣了一会儿说，那就换个人吧！

洪钟很快退回到队列中，我看出他多少有点沮丧。接下来，我又让三个男子试了嗓子。遗憾的是，一个都不理想，不是音质不行，就是吐词不清，要么干脆跑调。见我一连否定了三个，吕步云开始紧张起来。

"还有候选人吗？"我问。

吕步云埋头想了好半天，然后抬头说："看来只有邹凯了。"

"邹凯是谁？"我问。

吕步云苦笑一下说："他刚才来过又走了，是中文系的教授，以前领唱过。"

吕步云说完就掏出手机给邹凯拨电话。还好，电话一拨就通了。吕步云让邹凯赶快来会议厅。那边问，什么事？吕步云说，好事！

邹凯不到五分钟就来了，原来竟是那个白发男子。他是跑来的，气喘吁吁，额头上滚着黄豆大的汗珠。吕步云说，我们想让你领唱。邹凯一听就喜晕了，过了好久才说："我不是做梦吧？"

本来，我还打算让邹凯唱首歌试试嗓子的，一看他激动成这样，我就没让他试。再说，他说话感情充沛，字正腔圆，我想他的嗓子肯定不差。

3

第二次去指导唱歌，我是自己开车去的。吕步云本来说好每次都车接车送，但我觉得麻烦，没有自己开车方便。那天担心堵车，我出门早了一点。后来路上没堵，我下午两点就到了人文学院，比约定的时间提前了半个钟头。

一个人往会议厅走时，我想我肯定是第一个到。到了门口，我才发现还有人比我先到了。比我先到的是邹凯，我一眼就认出了那头白发。当时会议厅的门还没打开，邹凯正蹲在门口用红笔校对一本书稿。

"邹教授怎么这么早就来了？"我走上去问。

邹凯赶忙站起来，很客气地跟我点了个头，然后说："我出门时太慌，把表看错了。"

邹凯看上去白发苍苍，一问岁数竟然比我还小，到年底才满六十岁。我感到奇怪，问他岁数不大怎么头发就全白了。他苦涩地笑了一下，说都是这两年急白的，两年以前他的头发好得很，又密又黑，连一根白的都看不见。我越发感到奇怪了，忙问他遇上了什么烦心的事，竟把头发急成这样子。邹凯却突然沉默下来，脸也一下子红了，好像有什么难言之隐。

过了许久，邹凯重重地叹了口气说，其实也不是什么大不了的事。我问，那究竟是什么事？邹凯又低下头犹豫了一会儿，然后抬起头来，有点难以启齿地对我说："为了博导的事！"

我虽然不在大学工作，但对大学里的事却知道不少。博导是博士生导师的简称，既不是职务，也不是职称，但是，大学老师却非常看重，尤其是那些当上了教授的人。他们总觉得博导比一般的教授高一级，因为博导可以带博士学位研究生，更有名，也更有利。更加诱人的是，博导到了六十岁可以不退休，能一直干到六十五岁，这样就更有名利可图了。

邹凯告诉我，以他的资历，早就该当博导了，当年与他一起评上教授的几个人，现在差不多都是博导。要论学术水平，他更应该当博导，那几个当上博导的人，著作和论文都没有他多。

"那他们为什么当上了？"我莫名其妙。

"因为他们都是当官的！"邹凯压低声音说。

我听了很吃惊，没想到大学里还有这种鬼名堂。邹凯见我发愣，以为我不相信他的话，就不点名地讲了那几个人的情况。一个是学校的副校长，一个是科研处处长，一个是人文学院的副院长。他们一边当官，一边教书，被称为双肩挑的人。邹凯说，在他们这所大学里，凡是双肩挑的人几乎都当上了博导。

跟我说话的时候，邹凯拿在手上的那本书稿一直没有合上，好像他随时准备接着校对似的。事实上，他的眼睛每隔一会儿就要朝书稿上扫一眼。书稿很厚，少说也有四百多页。我问是谁的书稿。邹凯说是他自己的，出版社催得很紧，差不多一天一个电话。

"你这么忙，为什么还要来参加唱歌比赛？"我有点疑惑地问。

"唉，还不是为了当博导！"邹凯露出一脸苦笑说。

邹凯告诉我，他下半年还有一次参评博导的机会。如果评上了，他就可以继续干五年；要是还评不上，那他一到年底就该退休滚蛋了。

我关心地问："有希望评上吗？"

邹凯有点神秘地说："这关键看我能不能当上副院长。"

我没听懂邹凯的话，眼睛不停地眨着。邹凯见我一头雾水，索性把一切都透露给了我。人文学院一位分管科研的副院长前不久被调走了，近期院里会增补一位副院长。邹凯已经向院里递交了申请，想竭尽全力争取一下。如果这次能如愿以偿当上副院长，那他下半年当博导就水到渠成了。

邹凯最后对我说，院里的人事权实际上都掌握在总支书记手里，到底让谁去补那个副院长的缺，最终还得吕步云说了算。邹凯这么一点拨，我顿时恍然大悟，一下子什么都明白了。

"好好领唱吧，邹教授！"我会心一笑说，同时还在他肩上拍了一下。

我的手还没来得及从邹凯肩上拿下来，吕步云健步如飞地来了。我看看表，两点半还差五分钟。吕步云热情地给我们打了个招呼，然后说，你们两个好早啊！我连忙说，邹教授来得最早，两点不到就来了！邹凯马上说，应该的，为了院里的荣誉，来早点是应该的！

两点半的时候，上次参加训练的人几乎都到齐了。吕步云先认真地清点人数，一个一个地点名。点完后，吕步云转头对我说，只差两个人了，一个是洪钟，另一个是宋小吟。不过洪钟不再来了，这是吕步云同意了的，因为后来增加了邹凯，洪钟再来队列里就多出一个人。

"宋小吟怎么也没来？她是领唱，不应该迟到呀！"吕步云不高兴地说。

吕步云刚说完，前排中一个口红抹得很浓的女人突然举手问："我能不能先替宋小吟领唱？"

这个女人像是问我，又像是问吕步云。我和吕步云同时侧了一下身体，面面相觑。沉默了片刻，吕步云小声告诉我，刚才主动要领唱的叫唐满彩，是政治系的讲师，三天两头去歌坊练歌，还想上中央电视台的星光大道。

吕步云介绍完，我还没来得及表态，宋小吟突然来了。她好像是飞来的，两腿交叉，双手展开，看起来真像一只鸟。她把披肩脱了拿在手上，身上只剩下一件吊带衫。尽管这样，她还是大汗淋漓。对不起，我来晚了！宋小吟上气不接下气地说。

宋小吟说话时眼睛望着吕步云，但吕步云没搭理她。他转头对我说，可以开始了。我这时看了一眼那个叫唐满彩的女人，她显得十分扫兴，描过的眼圈看上去更黑了。

这次我们集中精力唱那三首红歌，与上次相比唱得好多了，每个人都发挥得很好。尤其是两个领唱，他们全神贯注，激情满怀，每一句都唱得很到位。我在指导的同时还兼做指挥，听大家从太阳升起唱到春天来临，当唱到新时代的时候，我居然感动得不能自已。吕步云也不知不觉进入了角色，他站在我身后，还情不自禁地跟着我挥动着胳膊，像是我的副指挥。

我们一直训练到六点钟才散场。吕步云和我没马上离开，我们留在会议厅又商量了一些具体事情。吕步云说，学校这次比赛的时间可能要提前，初步定在六月份最后一个周五的晚上。我扳着指头算了一下，只剩一次训练时间了。吕步云建议下一次就进入彩排，我马上同意了他的意见。

商量完事情走出会议厅时，我们才发现宋小吟也没走。她一直站在门口等吕步云。我们一出来，宋小吟就对吕步云说："对不起吕书记，我孩子发烧，所以迟到了两分钟！"

吕步云黑着脸，像是要批评宋小吟几句，但他没有，只是让宋小吟以后注意点。宋小吟连忙给吕步云鞠了个躬，说她保证下次不再迟到。她一说完就跑了，跑出去好远才回头给我们说了声再见。

在人文学院门口与吕步云分手后，我一个人开着车回家。快开到学校西门时，我看见前面马路边跑着一个人，看样子有点像宋小吟。我使劲踩一下油门，迅速追了上去，探头一看，还真是她。我赶紧按了一下喇叭，把车停在了宋小吟身边。你要去哪里？我问。儿童医院。宋小吟喘着气说。

儿童医院正好在我回家的路上，我就把宋小吟捎上了。上车后，我才知道她把孩子一个人丢在医院打针。宋小吟的孩子四岁，上幼儿园，中午一点钟突然发起高烧来。接到老师的电话后，她赶紧去幼儿园，打车把孩子送到了学校附近的儿童医院。医生刚把吊针给孩子打上，唱歌的时间就快到了，宋小吟只好丢下孩子，又打车赶到了唱歌的地方。

宋小吟说到这里，我问她爱人为什么不管。她说他去北京读博士后了，双方的老人又都不在武汉。

"那你为什么不打电话请个假？孩子病了是大事！"我说。

"唱歌才是大事呢，我又好不容易得到了领唱这个机会！"宋小吟说。

宋小吟的话听起来让人费解，我摆过头看了她一眼。过了一会儿，我猛然想到了邹凯，于是问宋小吟，你唱歌这么积极，不会也是为了当官吧？宋小吟听了我的话浑身一颤，好像我一下子点到了她的穴位。她扭过头来，用惊异的目光看着我问，你怎么知道？我神秘地笑笑说，我是你肚子的蛔虫！

我没猜错，宋小吟很快向我坦白了她参加唱歌的真实目的。人文学院工会马上要换届，宋小吟想竞选工会副主席。我感到不可思议，问她，工会副主席有什么当头。宋小吟说，别看这个官不大，但当上了好处多得很，比如评个副教授什么的，比普通老师容易多了。我沉吟了一会儿说，你们大学简直成官场了。

在儿童医院门口下车时，宋小吟红着脸对我说，你可别笑话我呀！我说，不会的，适者生存嘛。

4

我再次到人文学院时，那里热闹得像过节一样。服装厂这天把他们定做的演出服送来了，大家正拥在一楼大厅里领。开始秩序很乱，你推我搡，争先恐后，有点像解放初分地主的财产。吕步云大声说，同志们别抢，每人都有，抢什么抢？他这么一喊，厅里才稍微安静一点。

那个叫洪钟的副教授早把服装抢到了手，并当场穿在了身上。大厅左边靠墙有一面镜子，洪钟披着长发对镜试衣时，我还以为是个女人。直到他转过身来，我才发现是个男的。他把领带也打上了，颈子上红彤彤的。洪钟很快离开镜子走到了吕步云面前，一边说着感谢的话，一边给吕步云递上了一支烟。

宋小吟也领到了衣服，随手夹在腋下。我看见她蹙着眉头，好像闷闷不乐。我走过去问，你孩子好了吗？宋小吟摇摇头说，没有，一个星期了还高烧不退。我问，不会是肺炎吧？她说，就是肺炎，已经住院了。我问，谁在医院照护？她说，我自己。我一怔，问她这会儿谁管。她说，她请邻居先帮她看两个小时，一唱完歌她就马上赶到医院去。

两点一刻的样子，大厅里彻底安静下来。那些不参加演出的人都已领了衣服离去，参加演出的人也各自找隐蔽的地方换装去了。吕步云说，这次彩排就像军队上的实战演习，每个上台的人不仅要穿上演出服，还要化好妆，该打胭脂的打胭脂，该画眉毛的画眉毛，该涂口红的涂口红。最听话的是那个叫唐满彩的女人，她很快就把妆化好了，然后扭着腰肢来到吕步云跟前，嗲声嗲气地问，怎么样？吕步云认真看了一番说，很好！

最后领衣服的人是邹凯。大厅里只剩下一件衬衣和一条领带时，他才匆匆赶来。他来的时候，手上拖着一个拉杆箱，肩上还背了一只包。我有点奇怪地问，你要出差吗？邹凯点头说，是的，要去一趟北京。他说火车票已买好了，是今天晚上的，彩排一结束，他直接就去火车站。我问他去北京有何贵干。他说北京一家出版社催他去签一份出版合同。我问，是上次你校对的那本书稿吗？邹凯说，是的，他们想抢在七月上旬出书。

两点半钟，我准时到了楼上会议厅。舞台重新布置过了，灯光五彩缤纷，台前还摆了一溜鲜花，音响也打开了，动听的乐曲像溪水一样缓缓流淌着。大家都换上了演出服，妆也化好了，我一下子认不出他们了。我是说，他们突然比原来显得英俊了，漂亮了，每个人看上去都像艺术家了。

吕步云不知道什么时候也换上了白衬衣。不过他没打领带，而是系了一个蝴蝶结，也是红色的。吕步云的脸比较饱满，白衬衣一穿，红蝴蝶结一系，看上去很像一个熟悉的演员，只是我一时想不起是哪个演员了。就在这个时候，唐满彩激动地叫了一声。

"吕书记好像蒋大为呀！"唐满彩是这样叫的。

唐满彩一叫，大家都跟着叫起来，都说吕步云像蒋大为。吕步云的脸唰的红了，比那个蝴蝶结红得还厉害。我不知道他是高兴还是难为情。

我发现邹凯和宋小吟没跟着唐满彩叫。这是我没想到的。他们还同时回过头瞪了唐满彩一眼，目光中充满了鄙夷与不屑。我不禁对他们有点刮目相看了，还暗暗产生了一丝敬意。

然而，我赞赏的目光还没从邹凯和宋小吟身上移开，他们却突然换了个人似的，也拍起了吕步云的马屁。这是我更没想到的。

　　"吕书记比蒋大为有气质多了！"邹凯说。

　　"也帅多了！"宋小吟说。

　　听他们这么说，我顿时觉得浑身难受，好像起了一身的鸡皮疙瘩。吕步云也感到难受，对邹凯和宋小吟一挥手说，你们别再吹捧我了，让人听了肉麻！然后扭头对我说，我们抓紧彩排吧。

　　我们先把三首歌连起来唱了一遍。这次唱得更好，把大家对党的热爱与忠诚唱得淋漓尽致。稍显不足的是，他们把每一句都唱得过于高亢了，几个该低沉一点的地方没有压下来，其实有些地方唱低沉一点更能体现出对党的深情。我指导了一下，让大家再来一遍。这一遍果然强多了，忽而阳刚，忽而阴柔，抑扬顿挫，效果非常好。

　　中途休息时，我把邹凯和宋小吟叫到一边，单独指导了一下。我说，你们唱得毫无问题，只是脸上的表情要稍作调整。他们问，怎么调整？我说，不能一味地笑，有时要含蓄一点，克制一点，内敛一点，努力处理好露与藏的辩证关系。他们好像听懂了，一边听一边给我点头。

　　指导完以后，我对邹凯和宋小吟说，今天的排练，我尽量提前结束，你们该去医院的去医院，该上北京的上北京。他们听了我的话都很感动，马上异口同声地谢我，目光变得非常柔软。

　　可是，休息刚结束，我正要让大家继续排练时，吕步云突然宣布了一个重要通知。他说，这次红歌赛的时间又提前了。有人问，提前到什么时候？

　　"就在今天晚上！"吕步云庄严地宣布说。

　　会议厅里顿时喧闹起来，像是炸开了锅。有人说，这简直是开玩笑！又有人说，我今晚还有重要事情呢！还有人说，这不是搞突然袭击吗？

　　这个消息实在来得有点突然，连我都感到猝不及防。事实上，我晚上也有个重要安排，一个近十年没见面的朋友来武汉了，我说好请他吃晚饭的。不过，与邹凯和宋小吟比起来，我这个事情也算不了什么。

我抬头看了看邹凯和宋小吟，他们目瞪口呆地站在那里，脸色苍白，好像一下子傻掉了。

吕步云这时伸出双手，往下按了一下说："同志们，大家不要吵了，这次的红歌赛是一项政治任务，一切困难都要克服！事情确实是突然了一点，但对我们院来说并不是一件坏事，相反还是一件好事！你们想，我们已经穿上了演出服，已经化了妆，只等着天一黑就去体育馆比赛了！"

"晚饭呢？难道我们空着肚子去唱吗？"突然有人问。

吕步云正要回答，一个精明的小伙子匆匆走了进来。他径直走到吕步云身边，小声地说了几句什么，然后又转身出去了。小伙子走后，吕步云马上说："刚才办公室肖主任来讲，他已经给大家订好了盒饭，每盒三十块，是最好的盒饭了，还带排骨汤呢！"

听吕步云这么说，大家的情绪才渐渐稳定下来。这时有人提议说，给家里打个电话吧。吕步云想了想说，打吧，再休息五分钟，谁想打电话就打吧。

吕步云话音未散，大家便纷纷掏出了手机，有的打电话，有的发短信，好像这里正在举行一场玩手机比赛。

我看见宋小吟也犹犹豫豫地拿出了手机，但她却迟迟没拨号码。看得出来，她心里非常矛盾。过了一会儿，她终于还是把号码拨了，然后就走到一边去和对方讲话。我想，宋小吟肯定是打给那个邻居的，求邻居再帮她多看几个小时孩子。电话打了一两分钟，她放下手机时，我发现她鼻沟里淌着泪水。

邹凯一直在埋头发短信。等他抬起头来，我走过去问，你决定改日进京了？他苦笑一下说，不改还能怎样？唱歌是政治任务呢！我问，你的火车票怎么办？他摇摇头说，只好作废了，本想找个人去帮我退票的，可发出去的短信一个也没回。也难怪，每个人都忙，谁有工夫帮你跑火车站？他说完又苦笑了一下。

等到电话打完短信发好后，我又指挥大家唱了几遍。五点半的时候，送盒饭的来了，我这才宣布彩排结束。

大家去领盒饭时，我掏出手机，准备给远道而来的朋友打个电话，先给他道个歉，再与他重新约个吃饭的时间。我刚拨了两个数字，吕步云走到我身边问，你今晚没有什么事吧？我说，事先有个安排，不过可以往后推一推。吕步云迟疑了一下说，如果不好推的话，你还是去吧。我有点疑惑地问，那晚上的大合唱谁来指挥？吕步云脸一红说，你看我行吗？我先愣了一下，然后连忙说，行，你当然行！

"那我就赶鸭子上架试试吧！"吕步云用谦虚的口吻说，边说边伸手扶了扶脖子上的蝴蝶结。

5

虽然我无缘亲自参加那天晚上的红歌赛，但我当天晚上就知道人文学院夺得了第一名。喜讯是吕步云用手机传送给我的。他给我打电话是夜里十点钟，当时我正和我的朋友在一个酒吧里推杯换盏。吕步云的声音无比激动，他说他十分钟前刚从学校党委书记手中接过第一名的镀金奖牌。吕步云告诉我，党委书记颁发奖牌时还和他亲切地握了手，握得很紧，把他的指头都弄疼了。

第二天，我收到了人文学院付给我的指导费。吕步云因为党务工作繁忙，没能亲自送钱来，给我送钱的是那位长得很精明的办公室主任。我在彩排那天匆匆见过他一面，当时只知道他姓肖，第二次见面才弄清他的全名，叫肖尧。肖尧送给我一个厚厚的牛皮纸信封，我接过来时捏了捏，觉得不会少于事先说好的那个数。肖尧走后，我打开信封数了一下，吕步云居然还多给了我一千块。

收到指导费不久，我到意大利去了一趟。这一次我出去的时间有点长，差不多跑遍了意大利每一座城市。我回到武汉的时候，已经是九月初了。

回武汉没几天，正巧赶上教师节。在教师节的头天晚上，武汉几所著名高校的大学生联合搞了一场文艺晚会，我糊里糊涂地被拉去当了一个评委。在评委席上，我意外地碰到了肖尧。肖尧这时已被提拔为人文学院分管学生工作的总支副书记，级别由正科升到了副处。

肖尧坐在我旁边。在给节目打分的空隙里，我向肖尧打听起了邹凯和宋小吟的情况。我问，邹凯当上副院长了吗？肖尧说，没有。我心一沉问，为什么？肖尧说，院里觉得他岁数偏大了。我马上问，那他还有可能当博导吗？肖尧说，可能性不大，年底他就退休了！沉默了一会儿，我又问，宋小吟呢？她想竞选工会副主席，竞选上了吗？肖尧摇摇头说，没有。我心里咯噔了一下，赶紧问，她怎么也没选上？肖尧说，院里认为她太年轻了。

文艺晚会进行到一半时，我又问肖尧，那后来谁当上副院长了？肖尧说，一个叫洪钟的副教授。我一愣问，怎么会是他？肖尧说，工作需要嘛。我沉吟了一阵又问，院工会副主席让谁当上了？肖尧说，一个叫唐满彩的讲师，你可能不认识她。我古怪一笑说，怎么不认识，我对她印象深得很。

晚会结束后，即将与肖尧分手的时候，我突然问到了吕步云。

"你们吕书记近来还好吗？"我问。

"他现在已经是副校长了，升上了副厅级。"肖尧说。

我一下子晕了。在迷迷糊糊中，我听见肖尧说，吕步云一直很感激我，当上副校长以后，他还多次说到了七一前夕的那次唱歌比赛。

春天的车祸

1

春天来了，我的导师费甫教授应邀去恩施一所大学讲学。在费甫教授离开武汉去恩施的第七天下午，师母给我打了一个电话，让我五点钟去长途汽车客运站接我的导师。师母在电话中说，老费乘坐的是今天早晨八点从恩施开往武汉的豪华大巴，正点到达武汉的时间是下午五点。当时我正在研究生公寓的宿舍里读书，一看表才下午三点钟，所以就没有着急。我拿着电话问师母，费老师为什么不坐飞机？师母说，老费这人怕死，因为恩施飞武汉的这趟班机出过几次事，他就不敢坐了。我脱口说，其实汽车比飞机出事的概率还要大。师母听了说，是吗？师母的口气突然变了调，我这才意识到刚才的那句话没有说好。师母是一个喜欢听吉利话的人，可我在电话中忽略了这一点。不过，费老师福大命大，坐什么都不要紧的。我赶快补充了这么一句。我想师母听了这句话心里会坦然一点，进而原谅我的信口开河。可是师母并没有原谅我，她用更坏的口气说，人嘛，生死由命，该怎么样是要怎么样的！

长途汽车客运站离我们的大学有四站路，坐出租车只需十五分钟。我那天到达车站是下午四点半，车站工作人员说，恩施开过来的那趟车至少还要半个小时才能进站。我于是就买了一张小报，边看边等。这是一张低俗的小报，除了一些杀人放火抢银行的报道，就是那些关于嫖娼和玩情人的花边新闻。不过这种报纸很适合消磨时光，我在读它的时候不知不觉就过了半个小时。在车站等待恩施那趟车的并不只有我一个人，除了我至少还有四五个。当我把那张一共四版的小报读完三版时，我周围的几个人同时站起来了，他们接着就朝那个出站口跑了过去。我也赶快跑到了出站口，目不转睛地望着一群人提着大包小包从里面走了出来。但我望穿双眼也没看见我的导师费甫教授。在我前面跑向出站口的那几个也没有接到他们要接的人。这时我灵机一动拦住一个最后出站的客人问，请问这趟车是从恩施开过来的吗？那人没有回答，却给我使劲地摇了摇头。很显然恩施的车晚点了，我只好耐心地继续等待。

闲得无聊，我又打开了刚才那张没有看完的小报，接着读第四版。第四版上有一个标题立刻吸引了我：《大学教授爱上了他的女学生》。不过我没有去读这篇文章，而是陡然想到了我的导师费甫教授。费甫教授是国内知名的昆虫学家，他经常应邀到全国各地去讲学，但据我所知，他每次去的都是大城市的名牌大学，地市一级的大学他从未去过。而这一次的恩施之行却非常例外，那边只来了一个电话他就去了，并且还推掉了上海的一个学术会议。更让人犯疑的是，费甫教授以前出外讲学总要带上我，我先读他的硕士接着又读他的博士，他十分器重我也非常喜欢我，但这次去恩施他却没有让我与他同行，这实在让我感到有点儿不可思议。费甫教授独自去恩施后，我一连好几天都在琢磨着他。后来我突然想起来，费甫教授曾经对我说起过他有一个研究生在恩施一所大学里教书，那是一个女学生，是多年以前费甫教授带的一个硕士，说起来还是我的师姐。记得费甫教授是在一次酒后对我讲起这个女学生的，他讲她的时候眼里闪烁出异样的光芒。我还记住了那位师姐的名字，费甫教授说她叫黄鹂，就是两个黄鹂鸣翠柳中的那个黄鹂。一想到黄鹂，我便陡然有了一种猜想，我想费甫教授这次去恩施十有八九是冲着黄鹂去的。

时间一晃又过去了半个小时，而恩施的那趟车仍然没有进站。几个等着接站的人已经沉不住气了，他们开始四处打听。我心里也有点儿着急了，手中的报纸再也看不进一个字。这时，不知是谁惊叫了一声。不好了，出了车祸了！那人这么叫道。我听到惊叫仿佛听到了一声炸雷，脑袋一下子蒙了，接着就感到有两道闪电从我的太阳穴前一划而过。人群中立刻出现了骚动，他们把出站口的一位穿制服的女工作人员团团围住，问她究竟是哪一趟车出了车祸。我在迷迷糊糊中奋力挤到了那位工作人员身边，在心里祈祷出车祸的千万不要是从恩施开往武汉的那趟车。但是，越是害怕听到的消息越是不可阻挡地来到了耳边，那位看上去很秀气的车站工作人员用无比沉痛的声音告诉我们，从恩施开往武汉的那辆豪华大巴在过江的轮渡上不幸坠入了长江。

车祸的消息很快惊动了上上下下和方方面面。我不知道我那天是怎么回到我的导师费甫教授家里的，当我独自一人两手空空进入导师的家门时，师母已经从电视的新闻快递节目中知道了她丈夫的噩耗。我看见师母倒在沙发上撕肝裂肺地哭着，完全是一种死去活来的样子。费甫教授的儿子和儿媳都远在美国，家里除了老两口，便只剩下一个五十多岁的保姆冯妈。冯妈是和师母一道看电视新闻的，家里出了这样的大事她除了惊恐不安之外便只能束手无策。幸亏我这时候进门了，冯妈一见到我就说，完了，天塌下来了！我赶紧安慰师母和冯妈说，你们先不要哭也不要惊慌，费老师说不定会死里逃生的。然而，我这话刚说出口，电视上插播了关于车祸的最新消息。那辆坠江的客车已经被打捞上岸，困在车里的乘客全都被水溺死。记者说有个别乘客可能从打开的车窗里落入了水中，但打捞者目前还没有找到他们的尸体，估计生还的可能性不大。这则新闻犹如一阵狂风，将我们仅存的一线希望之光吹灭了。师母看完新闻后尖利地哭了一声，接着便昏迷过去。冯妈惊恐万状，马上跑过去抱住了师母，一边掐她的人中一边呼天喊地。我的眼睛这会儿也黑了，此时的感觉正如冯妈所说的，真像是天塌下来了。

2

我们在费甫教授的书房里为他布置了一个灵堂。他的遗像悬挂在书桌的上方，正好对着书房的门，前来吊唁的人一进门就能看见费甫教授那睿智的面容。黑边相框里的费甫教授戴着眼镜，神采奕奕，与一周之前给我们研究生讲课时的样子没有区别。看着导师的遗像，我心里又一次难受到了极点，一周前还在教我们的老师，突然之间就离开了我们，这实在让人难以接受。书房里三面都是书架，每排书架上都挤满了书。在靠近书桌的一个书架上，有一排书醒目地放着，那全是费甫教授的著作，我随便地数了一下，少说也有十几本。接下来我把眼睛移到了书桌上，上面摊放着一本尚未杀青的书稿，我知道这是费甫教授的新著，他曾经对我透露过这本书的内容，并计划在夏季完稿。大概是费甫教授出行过于匆忙的缘故吧，他居然忘了把书稿合上。面对这本没来得及完成的书稿，我的心绪久久不能平静，我想费甫教授的突然逝世，无疑是我国昆虫学研究的一大损失。灵堂里哀乐低回，我陪着师母在凄婉的哀乐中默默流泪。冯妈站在书房门口，小声地与前来吊唁的人打着招呼。

学校和系里的领导以及导师的生前好友都来了，他们对费甫教授的逝世深表哀悼，并对悲痛欲绝的师母表示了亲切的慰问。生物系分管行政的副系主任来吊唁后没有马上离开，他紧握着师母的双手说，系里已经派人去了车祸发生的地方，一定会想方设法找到费甫教授的遗体。师母泣不成声地说，拜托你们了，如果找不到老费的遗体，那我也不活了！

车祸发生的第三天，师母的情绪稍微好了一点，开始吃点儿稀饭了。前来吊唁和慰问的人也不像头一天那样络绎不绝，灵堂里逐渐安静下来。大部分时间里，灵堂里只坐着三个人，师母、冯妈和我。哀乐仍在低沉而缓慢地流淌着，我们一边听着哀乐一边凝视着费甫教授的遗像，许多有关费甫教授的往事便像电影一样在我们的眼前放映出来。

老费其实是个好人啊！师母说。她首先打开了回忆之门。师母接着说，无论教书还是著述，老费总是兢兢业业，一丝不苟，无论对同志还是对家人，老费都是以诚相待，平易近人，他不吸烟，不喝酒，不打牌，不上发廊，几乎没有什么恶习，唯一不足的是，他太喜欢女学生了。如果老费不是太喜欢女学生的话，那他简直可以说得上是一个完人了。我听后说，一个老师，喜欢他的女学生有什么错误呢？师母说，要是仅仅喜欢也就罢了，关键是老费太喜欢了，太喜欢就是爱，知道吗？一个有家有口的男老师，去爱他的女学生，这难道还不是错误吗？我试探着问，费老师爱过女学生吗？师母说，当然爱过，二十世纪八十年代他招第一批硕士生的时候，其中招了一个女的，老费对那个女生特别好，出外开会讲学总是随身带着她，他们还经常一起出去吃饭，有时候老费甚至还把她领到家里来。见他们这样，我心里当然不舒服，吃醋是女人的天性嘛。心里虽说不怎么舒服，但我并没有干涉他们的来往，因为他们师生俩只是过于亲密了一些，并没有让我抓住他们其他的把柄。然而没过多久，狐狸终于露出了尾巴。有一天，我在老费的包里发现了一封信，是那个女生写给老费的情书，字里行间，情意绵绵，让人看了肉麻。这时候，我再也忍不住了，拿着情书就跑去找系主任，我拍着桌子对系主任说，以后你们不要再让老费招女研究生了，否则我要和他离婚！系主任看了那封情书后犹豫了一会儿就答应了我的要求。就从那以后，老费再也没招过女研究生。听着师母的讲述，我脑子里猛然想到了那个在恩施一所大学教书的黄鹂，于是问师母，那个女研究生叫什么名字？师母说，叫黄鹂，这个名字我一生都忘不了。我接下来便明知故问，黄鹂现在在哪里？师母说，不知道，也不晓得她毕业之后被分到哪里去了。我没有告诉师母黄鹂在恩施，当然更没有透露费甫教授此次的恩施之旅可能与黄鹂有关。我想费甫教授人都死了，还说那些干什么呢？再说我也应该保护别人的隐私啊！

　　我的导师费甫教授这么多年来的确没有招过女研究生，目前在他名下读硕士和博士的一共十八个人，全部都是男性。长期以来我一直在纳闷，费甫教授为什么不招女研究生呢？谁曾想到原来竟是师母剥夺了他招女研究生的权利。不过，师母的做法是幼稚可笑的，她可以不允许费甫教授招女研究生，但是她能管得着费甫教授去爱别人的女研究生吗？事实上，师母越是不让费甫教授爱女学生，费甫教授对女学生爱得越是厉害。我们生物系的研究生很多时候都是在一起上课，也就是说，费甫教授经常教其他教授的学生，其中自然有女研究生。可能是因为自己没有女研究生吧，我的导师费甫教授一见到别人的女研究生便兴奋异常，两眼放光，讲课时总是盯着女研究生看。那些女研究生们开始有点儿难为情，时间一长便习惯了，费甫教授目光炯炯地看她们时，她们不会再把脸埋下去或者扭向一边，而是用一种含情的目光与费甫教授对视。这时的费甫教授便青春焕发，红光满面，一点儿也不像一个年近六十的人，讲课充满激情，滔滔不绝，口若悬河，眉飞色舞，风度翩翩，常常是忘了下课的时间。女研究生们说起来也是挺善解人意的，知道费甫教授喜欢她们，她们便经常为费甫教授提供机会，有时请费甫教授吃饭，有时请费甫教授唱歌，有时请费甫教授郊游，当然更多的时候是请费甫教授为她们看论文，并让费甫教授帮忙修改，进而推荐出去发表。我的导师费甫教授对女研究生们总是有求必应，乐此不疲，并从中享受那种只可意会不可言传的乐趣与美感。在和那些女研究生的交往中，费甫教授的言谈举止有时候也出格一点儿，比如对某一位女研究生说，你的脸蛋真像一颗国光苹果呀，我恨不得咬上一口！又比如在和某一位女研究生对唱一首情歌时，他会情不自禁地把手伸过去拍拍对方的肩或摸摸对方的腰。当然这些都无伤大雅，女研究生们也不会怪罪德高望重的费甫教授，她们反而还会给予适当的配合。脸蛋像苹果的女研究生会嫣然一笑说，只要师母不反对，那你就咬一口吧！被费甫教授拍了肩或摸了腰的女研究生则会把她的屁股轻轻地扭那么几下。每当到了这种境界，我的导师费甫教授就会心花怒放，乐不可支，仿佛尝到什么才叫真正的幸福。

师母后来也意识到，她不让费甫教授招女研究生的举措是无济于事的。通过审问、查访、跟踪和盯梢等手段，师母很快便掌握了费甫教授和别人的女研究生在外面的活动情况。开始，师母对费甫教授进行了耐心细致的思想教育，但效果不佳，费甫教授当着师母的面说一定改正，但一离开师母便我行我素了。后来，师母无可奈何只好正面干涉了，我们看见师母经常神不知鬼不觉地出现在费甫教授和女研究生活动的场所，闹得大家很不愉快。记得有一次，一位女研究生的论文被费甫教授推荐出去发表了，收到稿费那天，费甫教授便让那位女研究生请客。女研究生很大方，不仅请了费甫教授，还请了我们好几位同学。在餐馆包房里，我们自然安排费甫教授和那位女研究生坐在一起，这当然正是费甫教授所希望的。开席不久，有人提议让女研究生站起来单独敬费甫教授一杯酒。女研究生马上举杯而起，费甫教授也站起来了，端杯的手因为激动而微微发颤。谁也不知道师母是怎么找到那间包房的，费甫教授和那位女研究生刚把酒杯碰到一起，师母便如猛虎下山一样冲进来了，她一进门就张开双手，啪啪两下，打掉了费甫教授和女研究生手中的酒杯。师母的动作使我陡然想到了华阴山游击队的那位双枪老太婆。接下来师母便抓住了费甫教授的一只手，像命令孩子一样对他说，跟我回家！费甫教授一向是怕夫人的，但这一天他却显出了一丝男人的豪气。他说，我不回去！铿锵有力，掷地有声。但是，师母却不肯罢休，她扩大嗓门吼道，你到底回不回去？你要真的不回去，我马上去找你们的系主任！这一招很灵，费甫教授一听说她要去找系主任，顿时就软了下来，二话没说就乖乖地跟师母回去了。类似的事情后来还发生了多次，真是不胜枚举，每次都让费甫教授很没面子。但费甫教授却并没有因此而有所收敛，相反他对女研究生的兴趣越来越浓厚了。费甫教授说，哪里有压迫哪里就有反抗，还说压迫愈深反抗愈烈。费甫教授总是在瞅空与女研究生接触，从来不放过一次机会，而且我还感觉到，正是因为师母泼妇般的阻拦和干扰，我的导师费甫教授在和那些女研究生的交往中便平添了一种神秘的色彩和悲壮的意味。师母呢，她并没有因丈夫的屡教不改而放弃对他的管制，反而把费甫教授看得更紧了。师母原来在一所中学当老师，退休后她几乎把全部精力都花在了对丈夫的看管上，并且还学会了从中寻找乐趣，每当她突然袭击将费甫教授和女研究生抓住的时候，她都会感到一种胜利和成功的喜悦。有时候师母还会得意扬扬地对费甫教授说，怎么样？纸终究包不住火吧？或者说，你逃得过初一就逃得过十五？

关于我的导师费甫教授的那些往事，真是三天三夜也回忆不完。现在他人已死了，回忆得再多也不能让他活过来，那又有什么意义呢？然而，师母却不像我这么想，她一直陷在回忆中不能自拔。后来，她居然用一种忏悔的语气对我说，对老费，我的确管得太严了一点儿，现在想起来，还真觉得有些对不住他。老费也算是一个名人了，像他这种有了名气的人，好多都抛弃了人老珠黄的原配夫人，重新娶一个如花似玉的新欢，这样的事情在这所大学里不是也有吗？但老费从来没想过甩我，一直对我不错。像他这样的人，喜欢一下女学生又有什么大错呢？我当初真是不该那么管他的！再说，一个人总该有点儿什么爱好吧，老费一不爱吃，二不爱喝，三不爱嫖，四不爱赌，唯一的爱好就是喜欢女学生，我为什么连他这一点点爱好都不允许呢？我真是太过分了！师母说得很诚恳，仿佛都是心里话。我静静地望着师母苍白而布满泪痕的脸，觉得她一下子变得有点儿可亲可敬了。而原来我一直是把师母当作母夜叉看的。后来，我把眼睛从师母脸上转到了费甫教授的遗像上，默默地说，导师啊，师母已经理解你了，并且还表示了忏悔，你就安息吧！

3

车祸发生的第四天傍晚，生物系那位分管行政的副系主任又一次来到了费甫教授家。他遗憾地告诉师母，费教授的遗体至今还没找到，恐怕是他老人家太热爱长江了。师母听后再次伤心至极，我听见她尖利地干哭了两声。副系主任说，客运公司和保险公司的赔偿费已经下来了，我们还是尽早为费教授开一个追悼会，让他早点儿入土为安吧。师母过了许久才平静下来，她咬着嘴唇跟副系主任点了点头。

在即将离开时，副系主任忽然回头问师母，费教授生前还有什么愿望吗？师母低头思考了一会儿，然后抬起头说，老费生前最大的心愿就是让我同意他再招几个女研究生，可我一直没有松口。现在我倒是可以答应他了，而他却永远招不成了。副系主任听后伤感地说，一切都晚了啊！师母沉吟了片刻说，如果人能复活的话，那我将会主动提出让老费招女研究生的，他想招几个就招几个，我决不干涉他！

就在这个时候，师母的话还在费甫教授的灵堂里回响，我突然听见外面客厅的大门响了一下。冯妈也听见了，她首先从灵堂去了客厅。哎呀，有人在用钥匙开大门呢！冯妈一到客厅就这么惊呼了一声。我也迅速到了客厅里，眼睛飞快地朝大门那里看去。谁还会有大门的钥匙呢？冯妈颤抖着声音说。我没有回头去看躲在沙发后面的冯妈，但我可以想象出她的身体抖得厉害。我的眼睛一眨不眨地盯着门，只见那门渐渐地开了一条缝，门缝越来越大，接着就有一颗头伸了进来。

啊——我顿时尖叫了一声。

那颗从门缝里伸进来的头居然是我的导师费甫教授的，我看得一清二楚。但是我不敢上去迎接他，我也吓得退到了沙发后面，与冯妈紧紧地挨着。冯妈也看清了费甫教授的头，她早已吓得面如死灰，什么话也说不出来了。这时师母和那位副系主任也来到了客厅，他们也惊呆了，靠在墙壁上如同两棵死树。

不久，费甫教授全身都进入了客厅，他手中提着一个行李包。费甫教授进门后先将行李包放在门边，然后微笑着对我们说，怎么？你们肯定把我当成鬼了，是不是？我们谁也没有搭腔，八只眼睛像看鬼一样看着他。费甫教授说着朝我们慢慢地走过来，边走边说，别害怕，我不是鬼，那辆坠江的客车里没有我。

副系主任的胆量相比我们其他几个要大一些，他这时与费甫教授搭话说，你真的没坐那趟出了车祸的车？费甫教授说，没有，我这人命大，阎王爷说我还没退休，不肯要我呢。

师母接着说话了，她将信将疑地问，老费，你真的还活着吗？那天早晨你在恩施给我打手机，不是说已经坐上了从恩施开往武汉的客车吗？费甫教授说，没错，我当时的确坐上了那趟车，并且是坐在车上给你打的电话。但是，在那趟车快要开动的时候，我的一个学生风风火火地赶到了车站。那个学生是赶去挽留我的，非要我再留下来玩两天不可。我开始没有同意，说既然已经上车了就走吧。可那个学生却突然流泪了，泪水像春雨一样哗哗啦啦。见学生留我如此诚心，我便从车上下来了。谁曾料到，那辆车居然出了车祸！看来，是我那个学生给了我第二次生命啊！师母听完，终于相信费甫教授还活着，她于是欣喜万分，猛地扑上去抱住了费甫教授。大约过了两分钟，师母松开费甫教授问，那个挽留你的学生是个女的吗？费甫教授毫不犹豫地说，是的，是个女学生！师母冷笑了一下说，我猜到就是个女学生，不然你不会下车的！

我这时朝费甫教授走拢一步，轻轻地问，费老师，那个救了你的命的人是那个名叫黄鹂的师姐吗？费甫教授立刻点头说，正是，正是黄鹂，她是我招的第一批研究生，也是我招的唯一的一个女研究生。

冯妈已经从惊恐中清醒过来。她泡了一杯茶递给费甫教授说，坐下喝口水吧，费老师！费甫教授双手接过茶杯，谢了冯妈一声，然后坐到沙发上。副系主任和我也随后坐下了，分别坐在费甫教授左右两边。冯妈退到通往厨房的那个门口，在一个木凳上坐了下来。只有师母没坐，她站在客厅的中央，神情有些麻木。我说，师母您坐吧，费老师已经回来了，你总算可以放心了。但师母却对我的话置若罔闻，还是呆呆地站在那里不动。

费甫教授尽情地喝了一口茶水，然后望着副系主任说，主任啊，我现在等于是死过一次的人，所以什么也不怕了。不瞒你说，恩施的那个黄鹂对我可好啦，既把我当老师，又把我当朋友，既把我当叔叔，又把我当哥哥，我的感觉好极了。老实说我也很喜欢她，总想和她在一起，一起看书，一起吃饭，一起谈话，干什么都很愉快。

费甫教授的话音未落，我看见师母像一根风中的草左右摇摆了两下。

你怎么啦？冯妈惊慌地问。随即朝师母跑过去。

师母没有回答，我看见她像一扇门板朝地上倒下去了。

第二天，我们又在费甫教授的书房里布置了一个灵堂。这一次布置起来很容易，只是将费甫教授的遗像换成了师母的，事情就这么简单。

两个研究生

1

我写的这两个研究生，一个是我指导的，还有一个也是我指导的。我把他们这样分开说，是借鉴了鲁迅先生的手法，他在《秋夜》中写两株枣树时是这么写的："一株是枣树，还有一株也是枣树。"我们这些所谓的学者，无论说话还是写文章，都喜欢引经据典，注明出处，罗列一长串参考文献，以此显示自己有学问，同时吓唬那些没读过书的人。

这两个研究生虽说都是我指导的，但指导时间的先后却有所不同，一个从一开始就是我指导的，还有一个是中途转过来由我指导的。这个时间差非常重要，它的作用和意义在后面的文字中将逐步显现出来。

两个研究生还有一点不同，那就是他们的性别不一样，一个是男的，一个是女的。这一点构成了他们的资源区别。如果他们两个都是男的，或者都是女的，那我这个文本就无法构建了。

那个男的姓水，叫水向东；那个女的姓蓝，叫蓝天。中国人取名字，大都是有个来龙去脉，我想这两个研究生的名字也不会例外，因为它们让我轻而易举就想到了从前读过的两部长篇小说，一部是《水向东流》，一部是《蓝天志》。如果要去考证的话，我断定给他们取名字的人肯定受过上述两部作品的影响。

水向东和蓝天是在一年以前同时考到我们这所大学攻读硕士学位的。一说到硕士，我就忍不住要说上几句题外话，千万不要觉得考上硕士有多么了不起，在当下这个教育贬值的时代，就是考上了博士，那也没什么了不起的！说句不该说的话，现在考硕士和考博士，比当年考初中考高中还要容易。硕士和博士的水平也差，比解放初期的初中生和高中生强不了多少。当然不是指所有的，也有少数是货真价实的。

他们两个人都学比较文学。说到比较文学这个词儿，我就感到莫名其妙，虽说我是吃比较文学这碗饭的，但我至今也没搞明白比较文学是个什么文学。说古代文学和现代文学，说中国文学和外国文学，这些都还说得过去，可比较文学究竟是个什么玩意儿呢？我想，最先提出这个概念的人恐怕也说不清楚。不过这也没有什么值得奇怪的，眼下提倡标新立异，谁头脑发热了，谁心血来潮了，谁神经出毛病了，都可以创建一门学科，然后吆五喝六，出人头地，争名夺利。

所幸的是，这两个研究生，无论是水向东，还是蓝天，他们都天资聪明，脑袋灵光，智力非凡，悟性超人，他们在很多领域都能无师自通，曲径通幽，左右逢源。我经常感到自己指导他们有点儿力不从心。从某些方面来说，他们的知识和能力已经远远地超过我了，简直可以反过来对我进行指导，我应该拜他们为师才是。不过，对此我一点儿也不觉得惭愧，唐宋八大家之一的韩愈在他的《师说》中早就说过："弟子不必不如师，师不必贤于弟子。"还有一个叫荀子的，他在《劝学》中说："青出于蓝而胜于蓝。"这个比喻用在我和这两个研究生身上真是再贴切不过了。

2

按照学校研究生院出台的新规定，硕士研究生进校伊始是不指派导师的，学习半年以后才选择导师。当然导师也可以在学生选择的基础上选择学生。我说上面这段话的意思是，水向东和蓝天刚进校那几个月，我谁也没有指导，他们那会儿跟我没有任何关系。

不过，蓝天一进校我就注意到了她，她脸蛋漂亮，身材苗条，打扮得特别时尚，在新一届研究生中显得鹤立鸡群。说出来有点儿不好意思，第一眼见到蓝天，我就想当她的导师了。我这个人喜欢实话实说，像蓝天这么出众的女孩子，哪位男老师不想指导她呢？

据我所知，我们这些男老师十个有九个好色，从表面上看，一个个道貌岸然，正人君子，美其名曰人类灵魂的工程师，实际上都是一肚子坏水，或者说满肚子的花花肠子，用一个成语来形容一下，就是金玉其外败絮其中，如果换一句俗话说，那就是驴子屙屎外面光。我也是这种德性，也是一个典型的好色之徒。

令人遗憾的是，蓝天后来却没有选择我，她在意向书上填了我们教研室的巩竹副教授。得到这个不幸的消息，我一下子傻了眼，两颗眼珠像两枚牛黄上清丸卡在眼眶里半天动不了。这个结果是我没想到的，其实我在这之前对蓝天是有过暗示的。有一次在教学楼门口碰见蓝天，我拦住她打了一个精彩的比喻。我先问蓝天，你猜我见到你的第一眼是什么感觉？蓝天自信地说，亭亭玉立，国色天香？我摇摇头说，不对，就像一个非常饥渴的旅行者突然在沙漠上看见了一个水灵灵的苹果！蓝天对我这个修辞很欣赏，当场就伸出一个大拇指夸我说，你太有才了！

听说蓝天选择巩竹当导师后，我感到无比沮丧。一连好几天，我都臊眉耷眼，无精打采，像吃了过期的泡菜，心里酸溜溜的。更加严重的是，我居然饭也吃不香，觉也睡不好，几天时间瘦了上十斤。

水向东说起来是个其貌不扬的人，矮小，干瘦，长得尖嘴猴腮，考研的成绩排名也不靠前，所以我当初压根儿就没想过要指导他。然而，水向东却是一开始就选择了我，并且态度十分明确。本来每个学生都可以在意向书上填两个老师，一个作为备选，但水向东却在两个格子里都填了我的名字，很有一点儿非我不选的意思。这让我多少有点儿感动。正因为如此，虽然这之前我没考虑过他，但我还是毫不犹豫地当了他的导师。

确定导师的当天晚上，水向东马上请我吃了一餐饭。现在的大学里非常庸俗，请客吃饭的事情经常发生。很多老师根本没空也没心思读书或者写作，差不多每天都有饭局，吃得满嘴流油，喝得酒气熏天。水向东那天请我吃饭，我们却四处找不到饭馆，学校周围稍微好一点儿的地方都被人坐了。因为那天分导师，明确了导师的研究生都想及时与导师沟通一下，而吃饭喝酒无疑是最好的沟通方式。那天我和水向东从下午五点就开始找餐馆，直到华灯初上的时候才在离学校很远的地方找到了一个小酒店。

因为那天心情不好，我就多喝了几杯，想用酒精麻痹一下自己。我一喝就喝得有点儿醉了。后来，我大着舌头问水向东，你为什么要选择我做你的导师？水向东说，因为你有学问呢！我知道水向东是在拍我的马屁，所以一点儿也不激动。我喝一口酒继续问，你怎么知道我有学问？水向东红了一下脸说，因为您是博士生导师呢！我一听禁不住哈哈大笑起来，把眼泪都笑出来了。笑完后我又问，难道博士生导师就有学问吗？水向东很机智，他这时反过来问我，没有学问怎么会当博导呢？

我一下子被水向东问住了，目瞪口呆，面红耳赤，两眼翻白，像一条死鱼。我为什么会出现这么一副表情呢？因为我心虚了。我为什么会心虚呢？因为我这个博导是水货！水货是武汉方言，指那些假冒伪劣商品。

凭良心说，我是不能评博导的，虽然发过一些论文，但那些论文没有一篇是我的独创，大都是东拼西凑起来的。我也出版过一部专著，但说起来要笑掉大牙，全书共十八万字，直接引用了六万多字。所谓直接引用，就是在书中打了引号的。没有打引号的叫间接引用，我在书中间接引用了差不多八万字。书前书后还有序跋和内容提要，另外还有十二页的参考文献，这几样加起来少说也有两万字。这么一算，我在那部专著中实际上只写了两万字。评博导还必须要有研究课题，课题我也有一个，是我托关系从上面弄下来的，上面拨下来的科研经费实际上是我自己送上去的，上面从中收了一点儿手续费。

那么，像我这种水平的人怎么会评上博导呢？说起来这中间还有一个不为人知的秘密。我们学校的一位领导，他的儿子想读博士，可是基础太差，没有一个博导愿意招他。恰巧我在这个时候去找了那位领导，请他帮我弄个博导当当。那位领导就说，如果他帮我弄上了博导，那我必须第一个招他的儿子。我这个人没什么立场和原则，当场就拍着胸脯答应了那位领导，于是就这样不费吹灰之力地当上了博士生导师。

刚当上博导那阵子，我还感到不好意思，看见人脸红，心里忐忑不安。但没过几天我就心安理得了，因为我发现像我这种水货博导多的是。实事求是地说，在我们学校一百多位博导中，名副其实的只有十几个人，其余的跟我一样，几乎都是水货，用武汉的另一个方言说，全都是些鬼打架！

3

蓝天当初选择巩竹指导她，我虽然感到很失望，但还是能够理解她的。巩竹在我们比较文学教研室里最年轻，人又长得帅，所以女研究生们都愿意让他指导。而我呢，快奔五十的人了，头发又掉得早，眼下已经没有几根了，单从形象上来看，显然没法与巩竹相比。况且现在的女孩子，眼睛只认得帅哥，大都是以貌取人的。

然而，安排导师不到半年时间，令人奇怪的事情发生了。蓝天有一天碰到我，突然对我挤眉弄眼地说，她想转到我的名下来，让我当她的导师。我开始以为蓝天在拿我开心，所以没往心里去。如今的女孩子太会讨好男人了，见了面后嫣然一笑，或小嘴儿一张，一下子就能把男人们逗得心花怒放，喜上眉梢，得意忘形。我年纪大了，又在这方面吃过亏，所以遇到嘴甜的女孩子就特别小心。我当时对蓝天说，你不要和我开玩笑，有些玩笑是不能随便开的。蓝天突然认真地对我说，我不是开玩笑，我说的是真心话。蓝天这么一说，我有点儿当真了，心里忍不住一阵惊喜。那天蓝天与我是不期而遇的，她好像还有什么急事等着去办。她对我说，过几天我请你吃饭吧，到时我再跟你细谈。蓝天走后，我一个人站在那里半天没动，有一种太阳从西边出来的感觉。

过了一天，我在文学院学术报告厅为文学专业的研究生搞了一场专题讲座。所谓讲座，其实与平时讲课的内容也差不多，说白了都是跟学生们吹牛，只不过是阵势摆得大一些：讲前到处贴海报，闹得水响；讲后还有人写新闻稿子往校园网上贴；讲的时候召集很多不三不四的人来听，让他们一边听一边鼓掌。平心而论，这种讲座十场有九场都没什么价值，但领导们喜欢，他们觉得这么一讲就营造出了浓郁的学术气氛。

那天我的讲座结束后，听众们一下子就作鸟兽散了。我讲得不好，东扯西拉，胡说八道，炒的又全是现饭，他们早就坐不住了。等我收拾好讲稿走下讲台时，报告厅里只剩下了两个人，一个是水向东，另一个是蓝天。

水向东留下来等我是我意料之中的事，自从做了我的学生，他总是像影子一样伴我左右，帮我提包，为我端茶，给我拿衣服，有时候还搀扶我一把，既像我的服务员，又像我的保镖。但我不知道蓝天留下来干什么，难道她真要请我吃饭不成？

蓝天看上去刻意打扮了一番，以前她的头发是扎在脑后的，现在披下来了，烫得弯弯曲曲的，像一团乌云拥在脖子里，显得更加成熟和性感。我一走下讲台，蓝天就朝我跑了过来。她显得很激动，老远就伸出一只手，好像要和我握。但我们没握成，我正要把手伸出去，蓝天注意到了我身边的水向东，于是把手缩回去了。这让我觉得很扫兴。

蓝天果然是要请我去吃饭，她说地方都订好了。得到这个邀请，按说我会欣喜若狂，二话不说就要跟蓝天去餐馆。但事实却恰恰相反，我还没来得及高兴就锁紧了眉头，脸上愁云密布。原因是，我夫人把我管得太紧，用一句形象的话说，她恨不得一天到晚把我拴在她的裤腰带上。她是从来不允许我和女学生单独出去吃饭的，害怕我像我的许多同事那样搞师生恋。加上我这个人又不像个男子汉，还有点儿惧内，一向有贼心没贼胆，因此常常感到苦恼不堪。

水向东倒是很会察言观色，他一下子就看出我的难处来了。这小子敏感，跟我时间虽然不长，但已经知道了我怕老婆。水向东这时用试探的口气问我，要不要我给师母请假？我马上问，怎么请假？水向东微微一笑说，就说我要请导师给我看一篇论文，然后顺便请导师吃个午饭。我一听就眉开眼笑了，连忙点头说，这主意不错！水向东很快用手机打通了我家里的座机，我夫人听说是水向东请我吃饭，想都没想就答应了。水向东还挺会讨人喜欢的，临挂电话的时候，他还假惺惺地邀请师母出来共进午餐。我夫人肯定是不会出来的，水向东心里对此清楚得很。

　　要说起来，我就是从那一天开始喜欢水向东的。他太善解人意了，这样的人你想不喜欢都不行。水向东和我夫人的通话一结束，我马上就拍着他的肩膀说，谢谢你呀，向东！在那之前，我叫他一直都是三个字，突然减成两个字，他一时还没反应过来。愣了好半天，水向东终于知道我是在喊他，他一下子高兴坏了，显出一副受宠若惊的样子。

　　那天从报告厅出来时，我和蓝天走在前面，水向东紧跟在我们的屁股后头。走出报告厅后，蓝天突然停下来，回头看着水向东问，要不你跟我们一起去？水向东一开始有可能想和我们一起去的，可蓝天这么一邀请，他反而不好意思去了。水向东的脸马上红了一下，然后就借故朝一边走了。

　　其实我心里也不希望水向东和我们同行，但我城府很深，没让两个研究生看出来。水向东刚走开，我就用埋怨的口气对蓝天说，你应该让他和我们一起去的！我的声音很大，水向东听见后还回头看了我一眼。蓝天小声对我说，人家想单独请你嘛！有个外人在一起，说起话来多不方便啊！听蓝天这么一说，我心里顿时乐开了花。

　　蓝天把我带到了学校东门外一家名叫青橘子的餐馆。她订的是一个小包房，墙纸和窗帘都是粉红色的，我一进去就感觉到了一种浪漫的情调。蓝天点了一瓶红酒，喝到第二杯时，她突然提到了换导师的事。蓝天扬起头问我，你同意吗？我苦笑一下说，这可不是我一个人说了算的，光我同意有什么用？首先必须要巩竹同意才行。

蓝天这时把头一歪，调皮地看着我说，如果巩老师同意呢？我没有马上回答她，觉得她刚才的话说得很幼稚。在我们大学里，如果把导师比作庄稼汉，那研究生就是庄稼地，庄稼汉当然是希望庄稼地越多越好，庄稼地越多，产量就越高，收入就越大，因此，庄稼汉们往往都是拼命地争庄稼地，有的还争得面红耳赤，甚至反目成仇。所以，巩竹怎么会愿意把蓝天这块儿已经到手的庄稼地再拱手送给我呢？况且这块儿庄稼地又是这么的肥沃。我于是非常肯定地对蓝天说，巩竹是不可能同意把你转给我的。

蓝天突然把头从一边歪向另一边，对我挤了一下眼睛问，要是巩老师同意了怎么办？我脱口而出说，他如果同意了，我明天就收下你！蓝天马上朝我伸出一只手来，摆出要和我击掌的架势说，一言为定！我也朝她伸过一只手去，说，一言为定！话音未落，我们的手掌啪地响了一声。击掌之后，蓝天猛地站了起来，一字一字地对我说，告诉你吧，巩竹已经同意了！我一下子呆住了，不知道是惊喜还是惊奇，也许兼而有之吧。

我们接下来一连喝了好几杯酒。开始我还有点儿放不开，酒一喝多我的胆子就大了起来。蓝天一边与我碰杯一边说，明天就办手续吧。我伸手在她肩上拍了一下说，好的，从明天开始你就归我了！过了一会儿，我突然想起了什么，放下酒杯严肃地问，你为什么要换导师？蓝天怔了一下，然后低下头说，巩竹品德不好，他好几次都想对我非礼！

蓝天一说完就抬起头看我，她以为我听了她的话会大吃一惊。但我没有，我显得非常冷静。像巩竹这种人，在我们大学里太多太多了，我已经见多不怪。严格说起来，我自己就是这种人。说一句难听的话，我和巩竹其实是一丘之貉。

那天我真不该盘问蓝天离开巩竹的原因，因为她一说出来我就再没有兴致和她往下喝酒了。本来我想和蓝天一边喝酒一边动手动脚的，她那么一说，我怎么还好意思在她身上动手动脚呢？接下来我一点喝酒的欲望也没有了，过了一会儿我们便离开了那个叫青橘子的餐馆。

在餐馆门口与蓝天分手时，我张开嘴巴想对她说一句话，可我张了半天嘴却没能把话说出来。我想对她说天下乌鸦一般黑，但我话到了嘴边又吞回去了。

4

水向东很快就知道了蓝天换导师的事，他显得很不高兴，一连好多天都闷闷不乐，郁郁寡欢，萎靡不振，见到我不再像过去那样点头哈腰，嘘寒问暖，毕恭毕敬，只是有气无力地喊我一声，然后就无话可说了。不过我能够理解他的心情，也能够原谅他的这种情绪。这好比一个孩子，一天他的父母突然又领回来一个孩子，那他心里肯定会感到不好受的。

为了让水向东尽快振作起来，我决定找他谈一次话。一次课后，我把水向东留在了教研室。谈话进行之前，我亲自给他倒了一杯水。我们的谈话是以问答的形式开始的。我问，你最近怎么有点儿不开心？水向东想了一会儿说，早知道她是为了换导师请你吃饭，我当时真不该在师母那里给你请假！我说，哎呀，原来你是因为蓝天才不开心的呀！水向东不说话了，迅速把头扭向一边，看样子还有满肚子的气。

接下来我想把蓝天换导师的原因告诉水向东，心想他知道后可能会同情蓝天，进而理解她。我说，蓝天有她的苦衷，你知道吗？水向东说，她要风得风要雨得雨，能有什么苦衷？我压低声音说，她原来的导师对她心怀不轨，她是迫不得已才转到我这里来的！水向东沉默了一会儿说，母鸡不叫，公鸡不跳！他说的是他家乡流行的一句俚语，虽然粗俗但很形象。我听了忍不住笑了一下。笑是可以传染的，水向东听见我笑，他自己也忍不住笑了一下。水向东这么一笑，心情一下子就好多了。

大约过了半个月，北京来了一位刊物主编，我请他去学校南门的养生堂沐足。沐足是我们这些学者的说法，老百姓称之为洗脚。因为洗脚听起来太俗气，太下里巴人，太没有学术性，所以我们使用了沐足这个命名，沐足听起来就高雅多了，就有点儿阳春白雪的味道了，就带有了一定的学术色彩。其实生活中的很多事物，我们学者与老百姓的说法都是不一样的。比如老百姓说的吃饭，我们称为用膳；老百姓说的屙屎，我们称为如厕；老百姓说的性交，我们称为做爱。我们为什么要与他们说法不同呢？因为我们是读过书的人，是知识分子，是学者。

刚沐完一只足，水向东打响了我的手机。我一看是水向东的，就没接。因为身边的主编正在闭目养神，我怕接电话惊动了他。他是一位核心期刊的主编，求他发文章的人都得想方设法巴结他。所谓核心期刊，也就是主办单位级别高一些，办刊人员资历深一些，财政拨款数目大一些，其他方面与普通期刊也差不多，文章质量也好不到哪里去，有的甚至还不如普通刊物。但核心两个字吃香，我们这些学者每年都必须在核心期刊上发一两篇，否则年终考评就不合格，就拿不到奖金。有时候我们为了在核心期刊上发文章，还要给刊物交版面费呢。所以，我们一旦遇到核心期刊的主编，就要不顾一切地讨好他。

第二只足刚沐到一半，水向东又把我的手机打响了。本来我还是不想接的，但主编很宽厚，他说你接吧，也许找你有急事。我就对主编说，对不起，那我就接了。水向东果然说有重要的事情告诉我，我问什么事，他说电话中说不清楚，要当面跟我讲，我说那你就来养生堂找我吧。

水向东十分钟不到就打车来到了养生堂，我走出包房，到一楼大厅与他会面。水向东把我拉到一个角落里，有点儿神秘地对我说，蓝天换导师并非为了躲开巩竹，有人看到她前两天还和巩竹一起逛街呢，手挽手，亲热得不得了！我马上问，那她为什么要转到我名下来？水向东咬着我的耳朵说，她是要读完硕士后接着考你的博士！我问，你是怎么知道的？水向东说，与蓝天同寝室的一个研究生一个小时前告诉我的，我一听说就给你打电话了。

我沉吟了一会儿问，她想考我的博士有什么不对的吗？水向东的脸一下子白了，迟疑片刻后说，其实我也是想读完硕士接着考你的博士的，当初我选你做导师时就有了这个打算。我说，你想考我的博士，这想法也不错嘛，我欢迎你和蓝天都考！水向东突然睁大眼圈说，但你不可能一次从你的学生中招两个啊！

水向东这么一说，我终于明白了他焦急的原因。是的，我每年最多只招两个博士，但不可能都从自己的硕士生中产生。蓝天一到我名下，显然与水向东构成了一种竞争态势，所以他感到焦虑不安了。沉默了一阵，水向东突然用眼睛直直地望着我说，既然蓝天欺骗了你，我建议你把她退回给巩竹！我愣了一下说，这恐怕不好吧。我这话刚一出口，水向东本来就矮的身材立刻又矮了一截。

5

没过多久，蓝天便正式找我谈到了考博士的事。她是在教研室里找到我的，那天星期六，家里来了几个夫人娘家的人，我就躲到教研室里看看书。刚看了一页，蓝天来了。她耳朵上塞着耳机，我以为她是听音乐，一问才知道她听的是外语，一个小巧的录放机装在上衣口袋里。她说她的外语一直不好，历次考试都是外语拖了后腿。我突然想起她考硕士的外语分数也没达到要求，最后是找了好多关系才破格录取的。

蓝天在我对面坐下来，刚一坐下就说她已决定报考我的博士，希望我能给她开一个书单，最好划定一个复习范围。我开始没有认真地理睬她，想到水向东说起她跟巩竹一道逛街，我心里多少有点儿不舒服。过了一会儿，我无意之中抬起一只手在肩头敲了两下。蓝天马上问，你的肩怎么啦？我说，好像颈椎病犯了，又酸又痛。蓝天说，我帮你按摩一下。她说着就绕到了我身后，很快用她的两只手捏住了我的肩。我顿时激动不已，一种麻酥酥的感觉一下子从肩头传遍全身。

我闭着眼睛享受着蓝天的按摩。按了一会儿，我突然又想到了水向东的话，就问，听说你前不久和巩竹一道逛街了？蓝天的手陡然颤了一下，然后说，没有的事，肯定是水向东在造我的谣！我一愣问，他为什么要造你的谣？蓝天迟疑了一会儿说，他想追我，我不同意，所以他就千方百计想坏我的名声！蓝天说着，双手在我肩上就更加用劲了。

后来，蓝天又把话题转到了考博上面。她用比棉花还要温柔的声音说，你给我推荐两本书看吧！我犹豫了一下，就给她说了两本必考的书。蓝天却得寸进尺，进而用撒娇的声音央求我说，这么厚两本书，我哪里看得完呀？你干脆给我点几个题目吧！她说这话时嘴巴几乎挨着我的耳朵了，一股温热的气流直往我的耳根上扑，让我耳热心跳。到了这个地步，我只好乖乖地答应蓝天的要求，一股脑把我打算出的五个题目都告诉给她了。

按了大半个钟头，蓝天的手停了下来。好累啊！她说。我这时灵机一动说，那我来给你按一下吧！我说着就站起身来，马上张开两只手朝蓝天身上伸。但蓝天快步走开了，她对我狡黠地一笑说，今天不麻烦你了，等有了合适的时间和地点，我请你给我按全身！我似乎听出了蓝天的话外之音，她显然在给我暗示什么。我顿时激动得不行，口齿不清地说，你可得说话算话呀！

时间过得真快，一晃就到了上交试题的时候。交题的头天晚上，我在家里刚把题目弄好，水向东给我打了一个电话。他打的是座机，我夫人先接了电话，然后说水向东找我。我接过电话，水向东说有急事找我，要我赶快下楼一趟。我还没来得及问什么事，水向东就把电话挂了。没有办法，我只好迅速下楼。

水向东站在小区的花坛边等我。这晚没有月亮，水向东在昏黄的路灯下半明半暗，看上去人不像人鬼不像鬼。我问他有什么急事。他说马上就要考博了，希望我给他辅导一下，最好透露几个题目。我一口拒绝了他的要求，说这是违纪的，到时候会吃不了兜着走。水向东听我这么说显得很失望，扭头就走了。

水向东刚走出小区，我口袋里的手机突然响了。我一接听，竟是蓝天打给我的。她说她为了复习考博特地在学校西门外的樱花酒店包了一间房，希望我去坐坐，还说复习了一整天浑身酸痛，非常想请我给她按摩按摩。我开始没打算去的，一听说请我按摩，我就动心了，马上在小区门口拦一辆出租车去了樱花酒店。

蓝天那晚是穿着睡衣给我开的门，我一进去她就随手把门关上了。她包的是一个单间，一床双人床醒目地支在靠窗的地方。我刚进去就提出给蓝天按摩，显得迫不及待。蓝天马上趴到了床上，四肢尽情地张开，像一只放大的青蛙。我一步跨到床边，人没站稳就把两只手飞快地朝她伸了出去，好像慢一点儿那只青蛙就会跑掉。

开始一阵子，我尽力控制住自己，一边按一边告诉蓝天那五个题目都在试卷上。后来我就控制不住自己了，心跳得怦怦响，一只手不知不觉伸进了蓝天的睡衣。我撒开五指在她光滑的背部游走，不一会儿就触摸到了她文胸的后扣。我正要解扣，蓝天突然说，别慌！我吓了一跳问，怎么啦？蓝天这时从枕头下抽出一张写过字的白纸递给我，用这套题好吗？我慌忙扫了一眼，竟是一套完整的考博试题。我奇怪地问，谁命的题？蓝天说，我命的，你要答应用这一套，我就让你解文胸。我有点不解地问，为什么要用这一套，我不是把要考的五个题都告诉你了吗？蓝天说，你说的那几个题目不好答。

当时我真是矛盾极了，那只伸进睡衣的手不知道是抽出来好还是继续放在里面好。大约犹豫了两分钟，我一咬牙说，那好吧！话音未落，我就把她文胸的后扣解开了。接下来我的那只手就流星似的划到了她的胸前，一把捉住了一只像香柚般饱满的乳房。

就在这个节骨眼儿上，有人在门外喊了蓝天一声。声音听起来很耳熟，但我一时想不起是谁的。蓝天突然从床上坐起来，有点儿惊恐地问，有事吗？外面的人说，我找你借一本书翻翻。我这时猛地听出来了，外面说话的是水向东。我低声问，怎么会是他？蓝天一边忙着系文胸一边说，他也在这里租房复习。我感到非常扫兴，浑身一下子凉了。蓝天看出了我情绪的巨变，伸手摸摸我的脸说，别难过，等考完试了我加倍补偿你！她说着就猝不及防地在我脸上吻了一下。

6

我写的这两个研究生，一个考上了我的博士，还有一个也考上了我的博士。我在这里又一次使用鲁迅先生的这种句式，目的是想使我这篇文章首尾呼应，以此增强它的艺术性。

这次报考我的博士的人数有二十个，最后只招了两个，录取比例为百分之十。水向东的考试成绩在二十个人中排名第一，专业课居然是满分，这是我事先没有预料到的。分数出来的那天，我简直对他有点儿刮目相看了。有了这样好的成绩，他被录取就是毫无疑问的了。

蓝天的专业课也考得不错，只比水向东少五分，遗憾的是她的外语没有及格，这样一来她的总分就比较靠后了。见到蓝天的成绩后，我心里咯噔了一下，因为我知道她要名落孙山了，同时我也感到有点儿庆幸，庆幸与她之间还没有走到上床那一步，如果真要走到了那一步，那我还真不敢不录取她呢。因此我心里还暗暗感谢水向东，多亏他在关键的时候喊了蓝天一声。否则，那后果真不堪设想。

蓝天在分数公布的当天就找到了我，我正准备开口安慰她，她却用不容商量的口气对我说，你必须想尽一切办法破格录取我！我一听就怔住了，说你这么少的分数我怎么破格？蓝天说，这我不管，怎么破格是你的事！她的口气很硬，完全是在对我下命令。我苦笑一下说，要是我办不到呢？蓝天冷笑着说，那就有你的好戏看了！我有些胆怯地问，你想怎么样？蓝天直视着我说，我告你用了学生的命题！我顿时傻了眼，半天说不出话。过了许久，我说，你有证据吗？蓝天这时不慌不忙地拿出一张写了字的白纸说，当然有，这就是那套试题的复印件，上面的字是水向东写的。我大吃一惊问，什么？那套试题是水向东出的？蓝天说，是的，不然他的专业课怎么会考满分呢？听蓝天这么一说，我是真的傻掉了。

后面的事情我就不必细述了，我调动一切可以调动的手段破格录取了蓝天。这些手段要是被有关方面知道的话，那我的后半生就要在监狱里度过了。关于水向东和蓝天这两个研究生后来的情况，我也不想多说，这里只想交代一件事，那就是他们两个接到博士录取通知书后曾经去过一次房。事情真是不巧，他们开房时被我撞上了！

在即将结束这篇文字时，我突然有一种哭笑不得的感觉，不知道发生在我和两个研究生之间的这个故事是悲剧还是喜剧。这时，我又不由自主地想到了鲁迅先生，他在《再论雷峰塔的倒掉》中曾经对悲剧和喜剧有过精辟的论述，说悲剧是"将人生有价值的东西毁灭给人看"，喜剧则是"将人生无价值的东西撕破给人看"。按照鲁迅先生的定义，我们这个故事似乎更像是一场喜剧。

天边的情人

1

初夏的一天，锄禾突然拿着一份会议通知来到我家，请求我批准他到外地去参加一个爱情诗歌研讨会。我开始没看会议通知，在我们这类有些知名度的大学里，老师们差不多每天都可以接到这样或那样的会议通知，作为一个小单位的负责人，我对这种五颜六色的宣传单早已屡见不鲜了。不过我还是打算让锄禾去，自从去年从当代文学教研室调到我们新诗研究所以后，他还从来没出去开过什么会呢。再说，锄禾与我的私人关系也不错，甚至可以称得上是朋友。当年读大学时，我们都是酸葡萄诗社的社员。他原来的名字叫储富贵，锄禾是他参加诗社后给自己取的笔名。

我问锄禾，会议在哪里开？他说，在远方，一个远在天边的地方！他的声音很激动，抑扬顿挫，还有颤音效果，听起来一点不像日常生活中的对话，倒像是在课堂上给学生们朗诵诗歌。我听了有些肉麻，身上局部位置还起了鸡皮疙瘩。锄禾平时说话不这样的，他这天是怎么啦？我用奇怪的眼神看了他一下，发现他的眼睛比往常大多了，也亮多了。显而易见，锄禾正处于一种兴奋状态。我没有再问他什么，而是迅速打开了他递给我的会议通知。

老实说，我开始没想到锄禾要去开会的地方会那么远，在内蒙古的满洲里，过了海拉尔，再穿越呼伦贝尔大草原才能到，真是远在天边啊！一看这么远，考虑到费用和时间，我立刻改变了主意，不打算让他去了。我很快找到一个理由说，这个会是民间性质的，以后有什么会再让你去开吧。锄禾一听就傻了眼，就像是我给了他当头一棒。他的这副神情让我大吃一惊，在我的印象中，他那次在得知副教授没评上的消息后也没这么失望过。

不过锄禾并没有绝望，他愣了一会儿就开始央求我了。他说，卢所长，你是不是因为旅差费太多才不让我去的？我说，当然有这方面的原因，我们所里的经费一直都紧张。锄禾马上说，你看这样行不行？旅差费只要研究所报销一半，另一半由我私人掏。我听了一怔，心想他家经济状况不是太好，平时一直都很节约的，现在怎么突然变得这么大方了？我提醒他说，自费一半也要两三千块呀。锄禾毫不犹豫地说，两三千块就两三千块吧，我觉得满洲里这个会对我来说是机会难得啊！他的语气非常坚决，有点儿非去不可的味道。我于是暗想，锄禾这次执意远行，恐怕不仅只是为了开会吧？

　　我对锄禾古怪地笑了一下，接着睁大眼睛问，你在那里是不是找到了一个情人？锄禾陡然浑身一颤，好像我的话让他触了电一样。他惊慌地问我，卢所长，你问这个干什么？我佯装严肃地回答说，如果有情人在那里等你，我就让你去；否则，你就是全部自费我也不让你去。锄禾低头沉默了一会儿，然后扬起脸看着我说，卢所长，你若是把我当朋友看，我就告诉你；你若是以所长的身份来审问我的话，对不起，我无可奉告。我马上说，我当然拿你当朋友，本来我们就是朋友嘛。锄禾于是笑了一下，边笑边红着脸对我说，好吧，老卢，我把什么都告诉你。

　　锄禾果然在那个远在天边的地方找到了一位情人，只是还没有见过面。他们是在网上认识的，对方也是个业余诗人，曾在一些地方报刊上发表过一些诗作，还出版过一本薄薄的诗集，名叫《天边的情人等你来》。锄禾从对方的博客上知道这本诗集后便索要了一本，收到的当天晚上就一口气读完了。锄禾就是一边读诗一边爱上对方的，他觉得她的诗让自己读懂了什么是真正的爱情。那本诗集的勒口上有一张作者照片，虽然只是个半身照，但她的气质和容貌已让锄禾心旌摇动。不久，锄禾为那本诗集写了一篇将近万字的评论文章，发表在武汉一家内部诗歌评论刊物上。给对方寄评论文章样刊时，锄禾把自己从前的诗歌代表作也寄了几首，同时还寄上了一首诗歌新作，题目是《我的情人在天边》。

知道锄禾找到情人的消息，我一点也不感到惊奇。我很早就听说锄禾想找一个情人，他要找情人的想法可以说是众所周知。锄禾的妻子是一位只读过小学的农民，从前在农村种田，现在在城市烤红薯卖。锄禾的妻子叫王香香，我们中文系许多老师都认识她。王香香的烤薯炉一年四季摆在学校西门口左边的一棵老槐树下，她差不多每天都围着围裙、笼着袖套在那里烤红薯卖红薯，她的那条围裙已经看不见原色了，不过两只袖套看上去还算干净，上面布满了紫色的蚕豆花。因为大家都知道锄禾的家庭情况，所以没有人说他产生找情人的想法有什么不对，相反还都希望锄禾能找到一个情人呢。可锄禾似乎不会找情人，他如饥似渴找了好几年也没找到一个。锄禾曾经有过一个目标，但费了九牛二虎之力最后却泡了汤。在我们周围，很多人都能轻而易举地找到情人，有些人还情人成群，不知道锄禾为什么想找个情人这么难！我从前还暗暗地同情过他呢。现在，锄禾总算是找到情人了，并且是在天边找到的，真是功夫不负有心人啊！

　　我马上批准了锄禾到满洲里去开会，他双手抱拳对我感激不已。锄禾获准后没有立刻离开我家，他又主动给我讲起他远在天边的情人。他说他们虽然尚未见面，在网上也才只认识了半年时间，但相互之间的依恋和牵挂已经很深很深，甚至可以说到了揪心揪肝揪肺的地步。他们每天都必须上网交谈，当然也有必要的调情，如果哪一天有特殊情况不能上网，那么武汉和满洲里两个地方都会出现一个彻夜不眠的人。锄禾已经深坠情网，他幸福的样子看上去像神仙一样陶醉。

　　锄禾从我家离开时，我随口问起了他情人的名字。锄禾说，她原来叫窦兰芝，现在的名字是我取的，叫当午。我不解地问，当午，怎么取这么怪的一个名字？锄禾猛然低下头说，不是有一句古诗叫锄禾日当午吗？我恍然大悟说，明白了，我明白了，这名字取得真妙，简直妙不可言！锄禾接下来告诉我，他打算次日就从武汉出发，争取在五天之内抵达当午那里。我这个人一向说话随便，作为一个研究所所长，大小是个领导，但我从来就没有一个领导的样子，不管跟谁说话，都是想说就说，信口开河。锄禾转身下楼时，我突然怪笑着问他，这次到了天边，锄禾日当午吗？锄禾红着脸对我说，随缘吧！他接着又说，性可以没有爱，但爱是不能没有性的。我此去天边，如果不出意外的话，锄禾不日当午，我想当午也会日锄禾的！锄禾说完抑制不住地笑了，笑得比以往任何时候都要开心。

2

锄禾到北京后给我打了一个电话。从武汉到满洲里没有直达火车，锄禾又没有条件乘飞机，所以他只好一次一次地转车前往。锄禾在北京停留了一夜，他的电话就是从宾馆内打给我的。锄禾打电话也没什么要紧的事，除了问候之外就是汇报他的情况，我想主要还是锄禾经常需要找一个合适的人倾诉，人在幸福的时候和在痛苦的时候一样，都有找人倾诉的欲望。

锄禾告诉我，他抽空去了一趟全聚德烤鸭店，一口气买了四只全聚德烤鸭。他说他是专门给当午买的，还说要让当午吃得津津有味，一边吃一边嘬手指头上的鸭油。锄禾接着说，其实他在武汉出发前已经买了五盒武昌鱼，五盒武昌鱼加上四只北京全聚德烤鸭，足够当午吃上一阵子了，她一个星期内可以餐餐吃到美食了！锄禾说着便发出了一串嘹亮的哈哈。

电话中的哈哈声停后，锄禾突然降低声音问我，卢所长，你猜我买这些食品花了多少钱？我说，好几百块吧。锄禾说，差不多快一千块呀！听他这口气，好像他对花这笔钱感到非常心疼。锄禾接下来叹了一口长气说，唉，我总觉得有点儿对不住我老婆呀，她一天到晚烤红薯卖那么辛苦，平时连一只鸡都舍不得买了吃；而我为了情人，又是买武昌鱼又是买北京烤鸭的，一想起来心里真有些不安啊！

听着锄禾在北京谴责自己，我不禁又想到了他的妻子王香香。王香香是锄禾当年在黄冈下面一所村小学当民办教师时娶的，当时锄禾还不知道国家会恢复高考制度。他们结婚的第二年，恢复高考了，锄禾在恢复高考的第二年考上了武汉的这所大学，比我晚一年。平心而论，锄禾的人品是不错的，我们不能因为他找了情人就说他人品不好。当年有许多农村人一考上大学就抛弃农村妻子，而锄禾没有，他从来都没有想过要和农村妻子离婚。锄禾的学业很好，大学一毕业就考上了研究生，研究生毕业留校任教后便把他的妻子和两个孩子一起接到了这所大学。王香香没文化不好找工作，锄禾就给她定做了一个烤红薯的炉子，让她烤红薯卖。家里有几个孩子读书，还要给农村的老人寄钱，锄禾一个人的工资显然不够，所以王香香不得不烤红薯卖。一眨眼几十年过去了，锄禾对他妻子一直不错，夫妻之间虽然谈不上有什么爱情，但那种经年累月而形成的亲情却是怎么也割舍不断的。不然的话，锄禾怎么会因为给情人买了快一千块钱的食品而感到对不住他妻子呢？

我能够理解锄禾的矛盾心情。如果在一般的夫妻之间，只要有亲情也就够了；但像锄禾这种具有浪漫情怀的人，又写诗又研究诗，仅有亲情肯定是不够的，所以他就想找一位情人，寻求另一种感情寄托。但是，作为一个有良心的人，锄禾在找情人的过程中又时时刻刻放不开，总是感到矛盾，看来他活得真累啊！我不知道如何缓解锄禾内心的不安，就随口说，既然你觉得对不住老婆，那你就别给当午买那么多高档食品嘛，情人，情人，讲的是精神的营养，你买那么多吃的东西干什么？锄禾马上在北京苦笑了几声，然后认真地说，舍不得孩子套不住狼啊！情人也长着嘴，她也要吃，而且也想吃好的！我在这方面可是有教训的呀！说到这里，锄禾好像已经没有心情再往下说了，于是挂了电话。

我知道锄禾所说的教训是怎么一回事。那件事发生在三个人之间，当然是一个女人和两个男人。那个女人是从咸宁一所什么学院来我们这所大学进修的，就是那种所谓的访问学者，她的名字很好记，叫格丽，听起来像一种空调的牌子。那两个男人，一个是钟求实，另一个就是锄禾。事情发生的时候，他们两个都是中文系的老师，并且同在当代文学教研室。我们新诗研究所是五年前从当代文学教研室剥离出来的，之间的关系可以说千丝万缕，所以，教研室一旦出了什么事情，尤其是男男女女这样的事情，我们研究所的人就会马上知道，反之亦然。

格丽不是学文学的，她在教育系进修，但她喜欢文学，所以总是跑到中文系的课堂上来听课。去年上半年，锄禾给本科生开了一门当代诗歌鉴赏课。有一次上课，锄禾意外发现教室里多了一个三十多岁的女人，那个女人披着长长的头发，看上去气质不凡。锄禾的眼睛顿时就直了。这个让锄禾第一眼见到就两眼发直的女人就是格丽。锄禾在我们中文系老师中算不上好色之徒，当他用直溜溜的眼睛久久盯着格丽时，在场的学生们都以为他是被她高耸的双乳吸引住了，其实不然，锄禾当时把目光都投在格丽长长的披发上，当然也会有一些洒漏在她那张白净的脸上。在锄禾眼里，格丽那长长的披发有点儿像黑色瀑布，她的脸则如白色的岩石，黑瀑布挂在白岩石上，看上去显然是特别的雅致。锄禾是一个喜欢比较的人，比如他经常把中外诗歌进行比较研究。在见到格丽那头又黑又长的披发时，他猛然就想起了他妻子的那头青白夹杂而又参差不齐的短发，同时还把妻子布满黄斑的脸和格丽白净的脸进行了一下简单比较。俗话说，不怕不识货，就怕货比货。俗话还说，不比不知道，一比吓一跳。经过这么一比较，锄禾更加觉得格丽雅致不凡了。

锄禾早就有心找一个情人，但一直没有明确的目标。一见到格丽，锄禾立刻有目标了。当天下课时，锄禾就大胆地叫住了格丽，并利用老师这个有利身份很快弄清了格丽的来龙去脉。那天锄禾的课在上午三四两节，一下课就是午饭时间，既然锁定了格丽这个目标，锄禾认为有必要请格丽吃一顿饭。格丽是一个随和而大方的女人，锄禾请她吃饭，她当即就满口答应了。格丽这么爽快，除了性格方面的原因，恐怕还与锄禾的老师身份有关，当然，锄禾的课讲得好也是一个因素。

那天格丽与锄禾是肩并肩从教室里走出来的，格丽有意与锄禾贴得很近，锄禾好几次感到格丽的披发擦着了自己的耳根。在此之前，锄禾还从来没有与女人这么亲密地行走过，他一下子就找到了情人的感觉，一种莫可名状的幸福感很快从他的耳根弥漫到全身。走出教室后，锄禾问，我们到什么地方去吃？格丽先将头一歪，接着眼一亮，然后嘴角一笑说，学生听老师的！事实上，格丽从锄禾在课堂上看她第一眼时就洞穿了锄禾的那点儿心思，并迅速完成了角色定位，还慷慨地把主动权拱手交给了锄禾。但是，锄禾毕竟是一个情场新手，由于经验不足，加上与出身和处境有关的诸多原因，他从一开始就没能跟上格丽的步伐与节奏。格丽让锄禾定吃饭的地方，锄禾毫无疑问应该找一个比较好的餐馆，比如这所大学周边的艳阳天或楚灶王什么的。但是锄禾最后却选择了校园内的一个餐馆，名叫经济小炒。在经济小炒里，锄禾点了一个黄瓜炒猪肝，一个麻辣豆腐，还有一个番茄鸡蛋汤。锄禾选这样一个餐馆，点这样几样菜，显然也是经过考虑的。锄禾向来在吃穿方面不讲究，一直觉得吃饭吃饱，穿衣穿暖就行了。另外，在锄禾看来，情人应该以情为主，不能把物质层面的东西看得太重。由于锄禾从一开始就持这样一种理念，所以在和格丽接下来的交往中，锄禾就特别注重精神层面的内容，几乎忽视了物质生活的存在。

　　锄禾与格丽认识之后接触还是比较频繁的，格丽每周都要去听锄禾的课，他们每周至少都要见一次面，偶尔还另外有约。锄禾知道格丽喜欢诗，这恰恰又是他的领域，所以每次见面都离不开诗这个话题。最初几次约会，锄禾总是一个劲儿地给格丽背诗，从匈牙利诗人裴多菲的《我愿意是急流》，背到俄国诗人普希金的《假如生活欺骗了你》，又从五四时期郭沫若的《炉中煤》，背到现当代艾青的《致乌兰诺娃》，锄禾博闻强记，出口皆诗，在开满栀子花的校园小径上边走边背，头微微地扬着，眼睛轻轻地闭着，头发不时地甩动着，看上去真像一个行吟诗人。格丽穿着大摆裙和高跟鞋紧紧地贴着锄禾，边走边听他背，不知不觉就陶醉到诗里去了，有一次居然还情不自禁地挽上了锄禾的一只膀子。格丽那次一挽锄禾的膀子，锄禾立刻就停下来，同时也停止了背诗。锄禾以为他盼望已久的时刻终于到来，于是扭头望着格丽涂着唇膏的红唇说，让我吻你一下吧，格丽！格丽却被吓了一跳，马上将那只手从锄禾的膀子上抽走了。锄禾显得很尴尬，再也没有背诗的情绪，头软软地歪在脖子上。格丽这时说，对不起，凉水泡茶慢慢浓，请给我时间吧！这时，他们走到了一个卖葡萄的摊子前，格丽对锄禾说，买一串葡萄吃吧。锄禾说，这葡萄肯定酸，吃了对牙齿不好！

　　锄禾把中外名诗背了一百多首后，便带格丽去逛了几次新华书店。每次到了书店，他们都必须去诗歌专柜，先站在那里博览群书，直到站得腿子发麻不能再站下去了，锄禾才选上一本诗集买下来送给格丽。他们最后一次去书店时，锄禾终于买下了那本定价五十八元的《中国爱情诗大全》，并当场签名送给了格丽。格丽很喜欢这本诗集，每次去书店都希望锄禾买了送她，这一回她终于盼到了，从锄禾手中接过诗集时，格丽兴奋得眼圈都红了。华灯初上的时候，他们从新华书店走了出来。格丽出来后把锄禾送她的诗集放进包里，摸摸肚子说，真奇怪，在书店看书一点儿不觉饿，一出来就饿得不行。锄禾听了没作声，眼睛呆呆地看着格丽的嘴，格丽的红嘴唇在粉红色的街灯下分外动人。格丽问，你看着我的嘴干什么？锄禾说，我真想吻你一下！格丽没说话，突然把目光投到了马路对面，那里有一家贺胜桥鸡汤馆，大红的灯笼十分惹目。格丽看了一会儿说，啊，贺胜桥鸡汤是我家乡的，可好喝啦！锄禾说，我们还是不要在外面吃为好，好多病都是在外面吃出来的。然后他们便坐车回到了学校。在校门口的花坛后面分手时，锄禾又提出吻格丽一下，格丽双肩一耸表示抱歉说，对不起，请再给我一些时间吧！

　　去年秋天，锄禾被调到我们新诗研究所后，我无意之中问到格丽的事，他万分沮丧地对我说，伤心啊！交往了整整两个月，居然连吻都没接一个！这个时候，格丽早已成为钟求实的情人了。我问锄禾，你对格丽那么痴情，她怎么吻都不让你吻一下呢？锄禾苦笑一下说，听说她嫌我小气，怪我不请她吃东西。唉，这个女人，为什么要把吃看得这么重要呢？锄禾停了一会儿对我说，不过那个女人也贱得很，听说她认识钟求实的当天晚上就让他给吻了，原因就是钟求实请她吃了一次自助餐！早知道吃一次自助餐就能吻，我何必给她背那么多诗呢？又何必带她去新华书店读诗买诗呢？我至今忘不了锄禾当时说起格丽时的那种痛苦样子，他的痛苦中明显带着悔恨。也许就是因为格丽的教训吧，锄禾去满洲里会情人就买上了那么多好吃的。

3

锄禾那天上午到达哈尔滨，一下火车就赶紧买了当天晚上开往满洲里的火车票。晚上坐上火车之后，锄禾给我打来电话，说哈尔滨真漂亮，只可惜没停留多久就要离开了。我责怪他说，你第一次去哈尔滨，为什么不住上一夜？松花江的夜景多迷人啊！还有太阳岛也值得去走走。锄禾说，我迫切想见到当午，恨不得变作一只鸟从哈尔滨一下子飞到满洲里。锄禾接下来给我汇报说，他下午去逛了一下哈尔滨第一百货大楼，精心为当午买了一条连衣裙，白底的，上面有红色的桃花和黑色的蝴蝶。他说当午穿上这条连衣裙肯定漂亮，看上去一定就像天边的情人！我听了问他，你已经为当午买了那么多吃的，又买穿的干什么？你怎么一下子变得这么俗？不怕花多了钱对不起你老婆吗？锄禾沉默了许久回答说，我在哈尔滨也给王香香买了一件衣服，花了三百多块呢，这是我第一次给她买这么贵的衣服。电话里这时响起火车出站的鸣叫声，锄禾亢奋地说，老卢，火车开了，到了内蒙古我再给你打电话吧。

我没想到锄禾会在哈尔滨给当午买连衣裙。我想，他在那么紧张的时间里去买一条连衣裙，肯定还是想起了格丽给她的教训。格丽突然离开锄禾而投入钟求实的怀抱，原因并不像锄禾开始听说的那么简单——仅仅只是因为钟求实请她吃了一次自助餐。事实上就在吃完自助餐的那个晚上，钟求实还给格丽买了一条连衣裙。后来锄禾肯定也听说了钟求实为格丽买连衣裙的事，不然他为什么突然要在哈尔滨为当午买一条连衣裙呢?

钟求实是一个情场老手了，也是公认的情场高手，他玩过的情人不计其数，有时候他身边同时有七八个情人，他还把她们集中到一张桌子上吃饭喝酒呢。钟求实玩情人有他的诀窍，在追求的时候他是不惜投入的，请她们吃饭呀，给她们买衣服呀，送她们金银首饰呀，出手大方，简直是挥金如土。一旦把那些女人们弄到了手，那他就不再投入了，而是坐享她们的回报。那些女人们做上他的情人之后，发现他情人多，于是就争宠，千方百计讨好钟求实，生怕被他抛弃了没有面子。听说在他的情人中，有一个经常把她丈夫的烟偷给钟求实抽，有一个还把她妈介绍给钟求实当保姆，有一个居然让她儿子喊钟求实干爹，真是五花八门，应有尽有。钟求实在学术研究方面并不出众，但关于情人的理论却是一套又一套，他的很多名言警句在辽阔的情场上已经广为流传，还被广大情种们奉为经典。比如钟求实说，搞情人要速战速决，如果一周之内还不能上床那就没得搞头! 据钟求实自己说，他搞情人大部分都是当天上床，少数拖到第二天解决，第三天还没发生关系的那就是他不想搞了。有人问他怎么速战速决，钟求实说，该请她吃的东西赶紧请她吃，该给她买的衣服赶紧给她买，该送给她的金箍子银链子赶紧送给她，不要拖时间，时间拖得越长，花的钱越多，也不要今天买一点儿明天买一点儿，最好一次到位，一次到位可以马上上床，分批到位不仅上床晚，而且花钱可能翻一番。

钟求实比锄禾认识格丽整整晚了两个月。锄禾自从认识格丽那天在校园内的经济小炒餐馆请她吃过一次饭之后，就一直没有再请格丽吃过饭，他们的每次见面往往都是在吃饭时间到来之前结束。锄禾这样做，除了不愿在物质层面上多花钱以外，还有一个原因就是他的家庭观念比较强，他长期以来都是在家里和老婆一起吃饭的，天天在外面上餐馆他还真不习惯。在锄禾和格丽相识整整两个月的那一天，格丽含情脉脉地对锄禾说，我们今晚一起吃顿饭吧，认识整整两个月了呢! 锄禾想了想说，好的。就在那天晚上，钟求实非常偶然地插进了锄禾和格丽中间，两个人的故事于是就变成三个人的故事了。

吃饭的地方在群光广场六楼美食城，这是格丽选的。天气越来越热了，格丽想顺便到群光广场买一条夏天穿的连衣裙。他们那天很早就去了，坐电梯上到专卖女士服装的三楼时，格丽对锄禾说，陪我去买一条裙子吧。锄禾皱起眉头说，你自己去买，我从来不逛商场的。格丽一听就没了兴趣，阴下脸色说，那就算了吧！接着他们上到六楼，在一个四人座的台位上坐了下来。锄禾本来想要一个两人台位的，但两人台位早就被一对对野鸳鸯坐完了。锄禾很绅士地让格丽点菜，格丽因为连衣裙的事，情绪还没调整过来，就有点儿不耐烦地说，还是你点吧。锄禾于是就认真地研究菜单，他主要是在看什么菜稍微便宜一点儿。前前后后看了好几遍，锄禾好不容易点出了腌菜肉丝和农家小炒肉两个菜。格丽这时怪笑一下说，点几个好点儿的菜吧，今天我买单！锄禾突然抬头看了格丽一眼说，还是我买吧。他说着又让服务生在菜单上加了一个蒸鸡蛋。

钟求实就是在这个节骨眼儿上出现的。最先是锄禾看见的钟求实，钟求实当时正在急匆匆往七楼走，如果锄禾不喊他一声，他也不会发现锄禾和格丽。但锄禾一看见钟求实就激动地喊了他一声，钟求实于是就发现了他们。锄禾虽然与钟求实是同事，但绝对算不上朋友，他一见到钟求实就那么激动地喊他，可能与身边的格丽有关。钟求实一向风流，身边经常是情人如云，锄禾对钟求实一直是嫉妒的，同时在他面前也感到非常自卑。现在，身边坐着格丽这样一个有姿色更有气质的女人，锄禾就想对钟求实炫耀一下，所以就激动地喊了他一声。锄禾以为钟求实匆匆看他们一眼就会继续走他的路，压根儿没想到他会转身朝他们走过来。锄禾更没想到的是，钟求实会那么大方地邀请他和格丽与他一起上七楼的金色池塘去吃六十八元一位的自助餐。

那天，钟求实朝他们走过来，锄禾立刻就后悔自己不该喊他了，因为他发现钟求实看格丽的目光十分危险。钟求实问锄禾，诗人身边的这位美女是谁呀？锄禾毫不犹豫地说，她是我的女朋友，名叫格丽。格丽却赶快纠正说，不对，他是我的老师，我是他的学生！锄禾顿时很尴尬，有点儿无地自容。钟求实夸张地笑了几声，望着格丽说，女学生可以发展成女朋友嘛！接下来钟求实就邀请锄禾和格丽上七楼吃自助餐，并说上面还有几位朋友，都由他买单。锄禾马上拒绝说，我们就在这里吃，菜都点了。钟求实说，点了菜可以退嘛，万一不能退，也由我钟某人买单。格丽这时扒了一下脸两边的披发望着钟求实说，上面有什么好吃的？钟求实说，一百多种菜呢，你想吃什么取什么，这下面的饭菜根本无法与上面比！钟求实声音未停，格丽便说，太好了，我最爱吃自助餐了！格丽也真是过于随和大方了一点，初次见到钟求实，居然如此爽快，这让锄禾暗暗感到不安。锄禾于是坚决地说，我不上去吃，我喜欢在这里吃，楼上的太高档太豪华太奢侈了，我吞不下去！钟求实听了锄禾这番话，先怪声怪气地笑了一下，然后诚恳地对格丽说，既然诗人不赏脸，那就请格丽小姐给个面子吧。格丽先看了锄禾一会儿，接着又看了钟求实一会儿，然后又自己埋头愣了一会儿，好像很矛盾的样子。钟求实这时朝格丽走拢一步，拍着她的肩说，走吧，我的格丽小姐！钟求实拍得不轻不重，不快不慢，不高不低，刚拍下去，格丽就站起来了。锄禾见格丽站起来，一下子慌了神，刚想说句什么，格丽先说话了。她对锄禾说，锄禾老师，那您一个人慢慢地吃吧！她说完就跟钟求实上了金色池塘。

从格丽跟钟求实去了金色池塘之后，锄禾和格丽基本上就没有什么关系了，事实上他们之间根本就没有什么关系。格丽那天跟钟求实上楼之后，锄禾找那位服务生将菜退了，然后独自坐在那里等格丽下楼。等了几个小时还不见格丽下来，锄禾就上楼去找，找了半天没找到，一问站在电梯口的那位迎宾小姐，才听说格丽早就和一个高大的男人坐那直上直下的电梯下去了。到这个时候，锄禾才意识到一切都结束了。

格丽与锄禾不欢而散的第二天，钟求实一上班就跑到我们研究所，绘声绘色地讲起了锄禾那次在经济小炒请格丽吃饭的情景。钟求实说，格丽那天如果不是怕锄禾太没面子，她压根儿都不会跟着锄禾进入那个小吃店。更让格丽讨厌的是锄禾点的那几个菜，格丽认为那几个菜都是老板娘给旁边建筑工地上的民工准备的。格丽希望锄禾加一两个可口点的菜，就暗示说，这几个菜都辣，猪肝简直难以进口！她还边说边伸出舌头吸气。而锄禾却领会错了，马上要来一杯凉开水帮格丽洗猪肝上的辣椒，他先用筷子把猪肝从盘子里夹起来，接着就伸到清水杯里反复摇摆，确信辣味洗尽后再放进格丽的碗中。格丽当时真是哭笑不得，其实她并不怕辣，只是觉得味道不好，谁知锄禾用水一洗就更是索然无味了。这件事情应该只有锄禾和格丽知道，钟求实第二天一上班就能把这件事情传开，足以说明格丽在头天晚上有很长时间与钟求实待在一起，并把钟求实当成了无话不说的人。

我们研究所有人问钟求实，你昨晚是不是和格丽待了一夜？钟求实说，因为锄禾是我们一个单位的，所以我拒绝回答。不过我可以把几个无关紧要的细节说一说，一是我给格丽买了一条连衣裙，火红火红的！二是在宾馆格丽穿上连衣裙后我提出吻她一下，她马上就把嘴伸给了我，吻过以后她说，锄禾真可怜，追了我整整两个月，居然一次也没吻上我！三是我和格丽，算了，我不说了，说了也没人相信我们会这么快，还以为我吹牛呢！

4

这天上午我手机显示屏上显示出来的第一个电话是锄禾打给我的，一看到那个熟悉的号码，我脑海里立刻幻化出一片绿色草原的景象，心想锄禾终于到满洲里了！手机刚一接通，我就听见了一声激动不已的叫喊，卢所长！噢，老卢！我到天边啦！我的手马上就要摸到天上的云彩啦！手机那边很嘈杂，我隐隐约约听到德德玛在唱，我的心爱在天边，天边有一片辽阔的大草原。我赶紧大声问，锄禾，锄禾，你见到当午了吗？锄禾说，暂时还没有，我刚下火车呢，现在正往车站外面走，一出站我马上就去找她！锄禾的声音刚弱下去，德德玛的歌声又响起来，草原茫茫天地间，洁白的蒙古包撒落在河边。我又问，当午怎么没到车站接你？锄禾说，我没有告诉她我要来，我要给当午一个惊喜！我说，真是太浪漫了，我祝福你们！锄禾说，谢谢你，等我一找到当午，立刻就让她喊你一声卢大哥！

关了电话，我不禁回忆起锄禾失去格丽后的情形。当他得知自己苦苦追了两个月而连吻都未吻过的格丽在一夜之间成为钟求实的情人后，锄禾真是痛不欲生啊！开始几天他几乎失去了理智，还找到钟求实大吵大闹，差点儿动手打起来。正是因为这个原因，锄禾才离开教研室来了我们研究所。从那以后，锄禾有将近半年时间没再提找情人的事，一天到晚闷闷不乐，郁郁寡欢，像一个大病之后久不康复的人。我们也没看见有什么女人主动找过他。不过这不奇怪，格丽成为钟求实的情人后见人就说，锄禾这种人是一辈子也找不到情人的，命中注定只能天天回家陪老婆睡觉！她这么一说，谁还愿意做锄禾的情人呢？直到今年春天到来的时候，锄禾的精神状态才稍微好一些，不久他对我说，老卢，情人在身边是找不到的，身边的女人都俗不可耐；真正的情人在远方，甚至远在天边！当时，我还没能觉察到锄禾已在遥远的内蒙古的满洲里找到了自己的情感寄托。

我接下来就开始想象锄禾与当午相会的情景。锄禾找到了当午的蒙古包，看见蒙古包上飘着缕缕炊烟，远处传来马头琴的声音。锄禾站在蒙古包前，开始喊，当午，当午！喊了两声，一位美丽的姑娘突然梦一样出现在门口，她一眼就认出了锄禾，于是惊叫一声，锄禾！是你吗？你就是武汉的锄禾？锄禾见到朝思暮想的当午，先是愣了一会儿，接着将信将疑地问，当午，你就是天边的当午吗？当午点头微笑，满目含情。锄禾扔下行李，张开双手，朝当午扑过去。当午却转身跑了，踩着青青的草地，向着远处的一条河奔跑。锄禾奋力追赶着当午，伸着长长的手，沿途都是骏马和羊群。快到河边时，锄禾终于抓住了当午，他将她抱在怀里，疯狂地转了两圈，然后就倒在草地上打滚……

整整一个上午，我都在等待锄禾的电话。他说他一见到当午就打电话给我的，并且还说要让当午喊我一声大哥。然而，锄禾的电话却迟迟不打过来，到了中午还没有动静，让我等得好苦啊！不过我在心里对自己说，别急，锄禾上午不打电话，下午一定会打电话来的。可是奇怪得很，锄禾整整一个下午也没给我打电话。我不禁有点儿生气，心想他是不是一见到当午就把我忘了？天黑的时候，锄禾还没有电话，我便决定打电话给他。让我意想不到的是，拨了号码之后，对方竟然关机。我顿时气不打一处来，骂了一声说，妈的，锄禾真是重色轻友啊！放下电话以后，我对自己说，算了，不管他了，让他在天边快活吧！

锄禾一直没有给我打电话。大约一个星期之后，我收到了锄禾发给我的一则短信，短信很短，只有五个字：我正在回家！

收到短信的第二天上午，大概是九点钟的样子吧，我去学校西门外一个报刊亭买报纸，老远就闻到了一股烤红薯的香味。毫无疑问，这香味是从锄禾妻子王香香的烤薯炉里散发出来的。我顿时就想到了锄禾，便想上去找王香香打听一下锄禾什么时候到家。王香香的烤薯炉还摆在西门口左边的那棵老槐树下，想起来她已在这里摆十几年了。我很快到了西门口，看见王香香正在给一个人用旧报纸包红薯，她仍然围着那条看不出原色的围裙，仍然笼着两只布满蚕豆花的袖套。走到王香香身边时，我发现她还请了一个帮手，帮手正弯着腰低着头在朝那烤薯炉里放生红薯。开始，我压根儿没想到那个看似帮工的人会是锄禾，当他放好生红薯抬起头来时，我一下子惊呆了！

卖豆腐的女人

1

卖豆腐的女人只在北门菜场那里卖豆腐，所以郑之教授好长时间都无缘与她谋面。郑之在家里有点大男子主义，基本上不干买菜这种事，因此从来没去过菜场。如果不是那天突然要去菜场买草莓，郑之恐怕永远也没机会见到那个卖豆腐的女人。

郑之是一位教文学的教授，也研究文学，对鲁迅最感兴趣，曾经出版过一本关于鲁迅小说的专著。在去菜场的那天上午，郑之收到了一本杂志，上面还发表了他的一篇重读《故乡》的论文。给郑之送杂志的收发员叫顾永红，与郑之很熟，就把杂志直接送到了他的办公室。知道郑之又发了文章，顾永红便要他请客。郑之问她想吃什么。顾永红把头一歪说，草莓！郑之说，想吃草莓没问题，只是不知道什么地方有卖。顾永红说，去北门菜场吧。

那天朝菜场走的时候，郑之心里充满了矛盾。也就是说，他既想去买草莓，又不想去买草莓。郑之认识顾永红有好几年了，早已看出这个小嫂子喜欢自己，要是稍微主动一点，那顾永红早成他的情人了。从内心讲，郑之也想找一个。顾永红其实长得不错，皮肤也挺白的，只是胸脯太平，乳房估计还没有苹果大。正是因为这个缺憾，郑之才没迈出那一步。

临近菜场时，郑之曾想过无功而返。在他看来，顾永红好像已主动进攻了。一答应买草莓，顾永红马上就给他抛个媚眼说，等你把草莓买来，我让你亲一口！郑之不是一个很果敢的人，喜欢想入非非，却又有点瞻前顾后。他不知道买了草莓后到底亲不亲顾永红。亲吧，后面的事情就复杂了；不亲吧，又怕伤对方的自尊。由于左右为难，郑之就想打退堂鼓。不过，郑之后来还是走进了菜场。他想，既然走了这么远的路，为什么不进去看一眼呢？

位于大学北门的这个菜场实际上是个大市场，店铺云集，摊点密布，不仅有卖各种蔬菜水果的，而且还卖五花八门的日杂百货，甚至还有人在这里摆了一些小地摊。

卖豆腐的女人把她的豆腐摊摆在菜场的入口处，紧挨着一棵高大的玉兰树。眼下是阳春三月，玉兰花正开得如火如荼。离菜场还有十几步远的样子，郑之就看见了她。她是个三十出头的少妇，有几分姿色，但说不上出众。然而，她的两只乳房却特别大。

一看到卖豆腐的女人，郑之的两颗眼珠一下子就飞出去了，像一对黑蛾子落在她身上，准确地说，是落在了她的两只乳房上。郑之前不久去过一趟福建沙田，吃到了闻名遐迩的沙田柚，他觉得眼前的这两只乳房和沙田柚真是好有一比。

郑之一向对大乳房情有独钟，认为一个女人的性感主要体现在乳房上。郑之的夫人其实各方面都很不错，要相貌有相貌，要气质有气质，唯独乳房不够大，因此他总觉得自己的生活有点美中不足。看见卖豆腐的女人后，郑之猛然产生了一个荒唐的想法。他想，这两只大乳房要是长在我老婆身上该多好啊！

在这之前，郑之也不是没见过大乳房，只不过那些都有些假，几乎都是打过硅胶的。那种乳房大是大，但没有弹性，看起来总像是请人安上去的。而卖豆腐的女人，她的两只乳房不仅大，而且弹性十足。她弯腰给顾客拿豆腐的时候，郑之看见它们就像两只调皮的兔子，在她胸脯上欢蹦乱跳。郑之看得连眼睛都不眨，口水都快流出来了。

开始，郑之一直站在菜场大门外看卖豆腐的女人。看了十分钟的样子，他突然发现身边有个自行车修理摊。修车的是个硬胡子男人，他的胡子看上去像洗鞋的刷子毛。他正举着一把铁锤在砸自行车的链条，眼睛却不停地扫着郑之。郑之有点做贼心虚，以为硬胡子男人发现了他什么，便慌慌张张地离开了这里。

郑之快步走到了一个擦皮鞋的摊子前。摆摊的是一位胖大嫂。

郑之还没站稳，胖大嫂就喊他擦鞋。郑之想也没想就答应了，马上坐到胖大嫂面前的木凳上。郑之刚坐下去就把头抬起来了，想再看看那个卖豆腐的女人。他一抬头就看到了，发现豆腐摊正好摆在擦鞋摊对面。郑之还发现，从这个角度看卖豆腐的女人，她的乳房显得更加好看，连乳沟都能看得一清二楚。她的乳沟看上去很深，简直像峡谷。

擦完一只鞋，胖大嫂要郑之换另一只，喊了好几声，他才听见。幸亏胖大嫂擦鞋时低着头，没发现郑之为什么走神。尽管如此，他还是感到不好意思，脸热心跳，连耳根都红了。擦完鞋，郑之问多少钱，胖大嫂说两块。郑之掏出一张五块的递过去说，不用找了！胖大嫂感激不已，连说谢谢，还说从来没见过这么大方的人。郑之听了有点难为情，因为他以前从来也没这么大方过。

那天郑之是上午九点钟去的菜场，十点钟他必须赶回去给研究生上课。擦完皮鞋，郑之一看表不由大吃一惊，因为离十点只差五分钟了。郑之一下子慌了神，决定放弃买草莓，迅速赶到上课的地方去。

但是，郑之并没有立刻离开菜场。他鬼使神差地走到了豆腐摊前。

我买一块豆腐！郑之对卖豆腐的女人说。要多少？卖豆腐的女人用乡下方言问。郑之说，多少都行！她马上拿起一块豆腐放到秤上，说是两斤，要郑之看秤。郑之却没看秤，眼睛盯着她的胸脯说，两斤就两斤吧！她的乳房实在是大，郑之看着，突然有点喘不过气来了。交钱时，郑之的手抖个不停，好像患了那种名叫帕金森的病。卖豆腐的女人奇怪地问，你的手怎么啦？郑之不知道如何回答，便装作没听见。

提着豆腐离开时，郑之依依不舍地问，你的豆腐是怎么做的？卖豆腐的女人说，用石膏点的。郑之说，难怪看着不同呢，一定很好吃！她浅浅一笑说，好吃再来。郑之意味深长地说，我会再来的！

2

郑之住在武汉东郊的汤逊湖畔，他在那里买了一栋别墅。这个
学期郑之的课不多，都集中在星期三，因此每周只到学校来一次。
所以，郑之第二次见到那个卖豆腐的女人，已经是一个星期以后的
事了。

这次郑之去北门菜场比上次提前了半小时，他想这样可以在那
里多待上一会儿。上次赶回教研室上课，尽管一路小跑，还是迟到
了两分钟。幸亏那天是研究生的课，要是给本科生上课，那可就酿
成教学事故了。

去菜场之前，郑之已经想好了去菜场的理由。他是一个思维缜
密的学者，做任何事都讲究逻辑性。郑之的理由是去买豆腐，只有
这个理由最适合去接触卖豆腐的女人。至于买了豆腐怎么处理，那
就是另外一回事了。上次买的那块，郑之后来送给了顾永红。他说
草莓不新鲜，所以改买了豆腐。顾永红虽说有点失望，但还是把豆
腐收下了，只是没再提亲嘴的事。当然，郑之也没提。

郑之从办公室出门的时候，特地带上了前不久发表了论文的那
本杂志。这篇论文专门研究了《故乡》中的杨二嫂，她也是个卖豆腐
的，鲁迅称之为豆腐西施。郑之打算把这本杂志带给卖豆腐的女人，
让她抽空读一下他那篇文章。她肯定是读不懂的，这一点郑之心里
清楚。不过，郑之并不指望她读懂，只是想通过这篇文章在他们两
个人中间找到一点共同语言。

夏天已快到来，气温一天比一天高了。卖豆腐的女人这天换了
一件浅颜色的衬衣，乳房显得更加醒目和动人。

郑之直接走到了豆腐摊前，原汁原味的豆腐散发出石膏的清香，
他忍不住吸了几下鼻子。你的豆腐真好吃！郑之对卖豆腐的女人说。
他说话时露出一脸笑容，表现出与她很熟的样子。她却没显得特别
热情，只随口应了一声，好像对他没什么印象。这让郑之稍微有点
沮丧。不过郑之没怪罪她，他想毕竟只有一面之交嘛。再买一块豆

腐！郑之愣了一下说，仍然是一脸笑容。

卖豆腐的女人正要给郑之称豆腐时，又来了一个顾客。郑之马上对她说，先卖给别人吧，我不急。那个顾客却说，我也不急，还是先来后到！郑之突然后退了一步，红着脸对那个顾客说，别客气，请你先来！那个顾客见他一再谦让，便不再推辞，先买了豆腐走了。走出好远后，那个顾客还回头看了郑之一眼，眼神怪怪的。

郑之本来只想买两斤豆腐的，但他临时改成了五斤。你买这么多呀！卖豆腐的女人惊讶地说，同时还睁大眼睛把他打量了好久。郑之一次买五斤，为的就是让她注意他，对他刮目相看。但郑之却巧妙地说，我买一次吃一个星期呢。她听了很感动，脸一红说，谢谢你这么照顾我的生意啊！她这么一说，郑之顿时欣喜不已，觉得他们之间已经有那么一点意思了。

卖豆腐的女人把豆腐装进塑料袋之后，郑之打开手上的提包开始掏钱。他掏出钱来的同时，还掏出了一本杂志。

我送本杂志给你看看吧！郑之突然说，边说边把杂志递过去。

卖豆腐的女人猛然一怔，只接钱没接杂志，有点紧张地说，我一个卖豆腐的，看不懂杂志！

杂志上有篇文章写的就是卖豆腐的，所以我才让你看看！郑之连忙说，同时还翻开了那篇文章。

卖豆腐的女人朝杂志上扫了一眼，将信将疑地说，是吗？杂志上还有写卖豆腐的文章？

没错，这文章是我写的！郑之红着脸说，还指了指上面的作者。

卖豆腐的女人终于相信了，换一种口气说，哎呀，你还会写文章啊！

郑之听到恭维话心里美滋滋的，但他没表现出什么来，马上在他那篇文章上叠了个印子，然后迅速将杂志塞给了卖豆腐的女人。

卖豆腐的女人拿着杂志正在发愣，又有顾客来买豆腐了。她顺手把杂志放在了她装钱的那个铁盒子里。郑之这时扭头看了一眼刚来的那个顾客，觉得很眼熟。他很快想起来了，原来是修自行车的那个硬胡子男人。他的胡子看上去真是硬，像板栗刺。

郑之本来还想和卖豆腐的女人再说几句话的，但一看见那个硬胡子男人，他就不想说了。他迅速提着五斤豆腐离开了豆腐摊。

那个擦皮鞋的胖大嫂还记得郑之，老远就跟他打招呼，要他过去擦鞋。郑之看看表，发现时间还宽裕，就决定去擦一下。

郑之刚在擦鞋摊前坐下来，眼睛就朝卖豆腐的女人看过去了。事实上，他虽然人走了，心却还留在豆腐摊上。硬胡子男人这时也离开了豆腐摊，那里只剩下她一个人。郑之想，她没生意时肯定会拿起那本杂志看看的。可是，她的生意很红火，转眼又来了好几个顾客。

擦鞋的时候，郑之有点无所事事，于是就胡思乱想。他希望在他的两只鞋擦好之前，卖豆腐的女人能抽空看看他那篇文章，哪怕随便扫两眼也行。等擦完鞋后，他就再到豆腐摊那里去一趟。卖豆腐的女人会奇怪地问，你怎么又回来了？他就说，我来听听你对我那篇文章的意见。她脸颊一红说，对不起，我文化太浅，没看懂！他想了一下问，真没看懂吗？她点点头说，真没看懂！他突然双眼一亮说，要不，我找个时间给你讲一讲？她一惊说，真的？他就说，真的！她顿时激动地说，哎呀，太好了！然后，他就约了一个时间，把她带到了学校南门外一个叫相思鸟的咖啡馆。坐下后，他先给她讲了一下那篇文章，接着……

郑之正想到这里，豆腐摊前的顾客都走光了，卖豆腐的女人一下子闲了下来。郑之想，她马上就要看那本杂志了！然而，郑之等了好半天，她却一直没看。她无聊地站在那里，好像压根儿不知道身边放着一本杂志。郑之忽然有点生气，觉得她太不理解他的心情了。

直到擦完皮鞋起身，郑之才发现他送的那本杂志已经不在装钱的铁盒子里了。它不知什么时候不翼而飞了。

郑之陡然有点失态，一阵旋风似的跑到了豆腐摊前。那本杂志呢？他开口就问。卖豆腐的女人开始没听懂，眨着眼睛想了好一会儿才想起来，说，别人拿去看了。他马上问，谁？她没回答，目光却猛然投向了不远处修自行车的摊子。郑之一下子明白了，心想杂志肯定是被那个硬胡子男人拿走了。他突然感到很扫兴，心里酸溜溜的。

沉默了一会儿，郑之要卖豆腐的女人去把杂志拿回来，说他还要保存。她犹豫了一下，朝自行车修理摊走了过去。郑之朝那边看了一眼，发现那个硬胡子男人正在用铁锤砸自行车的支架。

卖豆腐的女人很快回到了豆腐摊，手上却没拿杂志。我的杂志呢？郑之问。她低下头说，他拿去上厕所了！郑之立刻傻了眼，感到哭也不是笑也不是，心里更是五味杂陈，好像往嘴里喂了一只香喷喷的蚕蛹，一嚼才发现是个打屁虫。

3

又一个星期三如期而至。这天，郑之一开始没准备去菜场。因为那本杂志的事，他独自生了一个星期的闷气。郑之不知道是生谁的气，像生自己的，又像生那个硬胡子男人的，还像是生卖豆腐的女人的。生气的结果是，郑之决定从此不再去菜场自寻烦恼了。他想忘掉那个卖豆腐的女人。

十一点五十分从教研室下课出来时，郑之仍然没有去菜场的打算。下午还要给本科生上两节课，他中午不想回家，计划先去食堂吃点东西，然后回办公室休息，到了三点钟再去上课。当时，郑之没想到他会在食堂碰到顾永红。

郑之是吃完饭后在食堂门口碰到顾永红的，她也刚吃过饭。顾永红吃热了，把外套脱下来搭在手上，身上只剩下一件薄薄的紧身衣。顾永红的胸脯本来就平，穿上紧身衣显得更平了，真有点像搓衣板。一看见顾永红，郑之一下子就想到了卖豆腐的女人，犹如洪水袭来时沉渣泛起，按都按不住。郑之直到这时才发现，想忘掉卖豆腐的女人不是一件容易的事。

顾永红对郑之依旧热情不减，一见面就要他请她去喝冷饮。郑之对顾永红却一点兴趣也没有，他的心早已飞到了北门菜场，卖豆腐的女人那两只沙田柚似的乳房已经在他眼前晃了起来。郑之对顾永红抱歉地笑笑说，对不起，有个研究生还等着我谈论文呢。他说完转身就走了。

郑之从食堂直接去了菜场。他选择了一条林间小路，脚底像踩了西瓜皮，没用多久便把自己滑到了菜场门口。这时是正午一点钟，顾客们都买好菜回家了，菜场突然安静下来，有点像刚刚退潮的海滩。

卖豆腐的女人正站在豆腐摊前吃盒饭。郑之没马上走拢去，他先在擦鞋摊旁边停下来，远远地打量她。她吃得很差，盒里除了干巴巴的糙米饭，几乎没什么菜，好像只有几根黄豆芽。郑之看着，心里猛然酸了一下，觉得她有点可怜。

擦皮鞋的胖大嫂也在吃饭。她吃饭时一直低着头，吃完抬头抹嘴时才发现身边的郑之。又来买豆腐？胖大嫂问。是的。郑之说。胖大嫂接着问，上次买的五斤都吃完了？郑之没立即回答，愣了一会儿才说，完了。他说完忍不住苦笑了一下。事实上，那五斤豆腐郑之一斤也没吃，他那天一拎出菜场就恼火地扔了。

卖豆腐的女人吃得很慢，吃了半天，盒里的饭还没吃掉一半。她隔好一会儿才吃一口，像是吃一种很苦的药粒，难以吞下去。郑之看见她的眉头略微皱着，明显有一丝忧郁。她吃的东西实在是太差了。郑之同时还看了一眼她的乳房，心里不禁为她惋惜。他想，长这么大两只乳房的人，怎么能让她吃这么差的食物呢？真是亏待她了！

学校东门外有个叫邦果的西餐店，郑之真想把卖豆腐的女人带到那里去吃上一顿。那里有异香扑鼻的意大利烤牛排，还有口感极好的法国红葡萄酒。进入邦果后，他要了一间包房，虽然不大，但装饰得很有情调，贴着绛红的墙纸，吊着粉红的筒灯，沙发也是红的，是那种玫瑰红，整个房间显得温馨而浪漫。他和她并排坐在沙发上，一边吃牛排一边喝葡萄酒。她吃得开心极了，后来还喝醉了……

郑之正想到精彩处，胖大嫂突然喊了他一声，问他今天擦不擦皮鞋。郑之有点不高兴地说，不擦，没时间！他觉得胖大嫂真不该在这个时候喊他，打断了他的好梦。在刚才的想象中，郑之的手差点就挨着那两只大乳房了。

一想到乳房，郑之就情绪异常，心里立刻冒出一个大胆的念头。他决定今天豁出去了，一定要把卖豆腐的女人带到邦果去，让好梦成真。这个念头一起，郑之拔腿就朝豆腐摊走了过去。

朝着卖豆腐的女人大步迈进时，郑之把接下来的话都想好了。他打算开口就对卖豆腐的女人说，天呀，这么差的盒饭你怎么吃得下去？走，我带你去吃西餐！说完就一把攥着她的手，不依分说地将她拽出菜场……

然而，一走到卖豆腐的女人面前，郑之事先准备好的台词却一句也说不出来了。卖豆腐的女人这回倒是一眼认出了他，亲切地说，你又来买豆腐啊！郑之猛地涨红了脸，不知道怎么回答，眼睛直直地看着她摆在木板上的豆腐。没卖的豆腐还不少，起码有三十斤。

你今天买几斤？卖豆腐的女人放下盒饭问。

郑之听她这么问，眼睛里顿时闪出两朵火花似的东西，马上说，你这些豆腐我全要了！

啊呀，你一个人买这么多？卖豆腐的女人惊奇地说，眼睛睁得有鸭蛋大。

郑之想了一下说，不过，我要请你给我帮个忙。

帮什么忙？你说！卖豆腐的女人笑着问。她显得很兴奋，颧骨都红了。

郑之努力抑制住内心的激动，不慌不忙地说，这么多豆腐，我一个人恐怕提不走，所以我想请你帮我送一下！

送到哪里？卖豆腐的女人迟疑了一下问。

郑之考虑了一会儿说，不远，我住在学校东门，你帮我送到东门就行了，来回只要十几分钟，耽误不了你多少时间的。

那好吧！卖豆腐的女人又想了一下，然后点头说。

郑之一下子欣喜若狂。他想，只要卖豆腐的女人答应跟他去东门，后面的一切都会水到渠成。他还想，凭他的口才和能力，把她从东门带进邦果应该是一件轻而易举的事。

然而，卖豆腐的女人刚把豆腐装进四个大号塑料袋，那个修自行车的硬胡子男人突然来到了豆腐摊前。他是从自行车修理摊上跑过来的，连手上的铁锤都没来得及放下。郑之扫了他一眼，发现他的胡子看上去更硬了，像铁钉子。

你不能把豆腐都卖给他！硬胡子男人对卖豆腐的女人说。他说话像下命令，还把手中的铁锤挥动了一下。她莫名其妙地问，为什么？硬胡子男人说，法律系的马老师明天要在家里请客吃饭，说好要你给他留十五斤豆腐，难道你忘了？他还说下午一下课就来拎的！她猛地愣住了，眼睛左顾右盼着，不知道如何是好。

郑之突然很恼火，联想起上次那本杂志，更是火冒三丈。他转身看着硬胡子男人，不太友好地说，怎么又是你？硬胡子男人问，我怎么啦？郑之扩大嗓门说，我买豆腐，关你什么事？硬胡子男人把脖子一伸，想说什么，可一时不知道说什么好，又把脖子缩回去了。

卖豆腐的女人这时把装进塑料袋的豆腐又拿出了一半，对郑之抱歉地笑笑说，实在对不起，刚才一听说你买这么多豆腐，我就把马老师的话给忘了！

郑之没想到卖豆腐的女人会这样，心一下子冷了。他迅速转身离开了豆腐摊，一斤豆腐也没要。

4

郑之接下来一连两个星期都没去菜场。连续的失望与打击，让他对卖豆腐的女人已经心灰意冷。他发誓要真正把她忘掉。

五月的第一个星期三，郑之做了一个稀奇古怪的梦。这个梦是他中午在办公室做的，属于典型的白日梦。郑之梦见自己终于找到了一个情人，她的乳房像沙田柚一样大。两人好上之后，他带她到学校附近的群光广场去买文胸，试了好几个都小了，服务员后来找到了一个特大号的，她戴上非常合适。这个文胸是石榴红的，她穿着十分性感。他看着，当场就坚持不住了……

梦醒后，郑之努力回忆那个女人的长相，可他怎么也回忆不起来了。她显然不是收发员顾永红，也不是他经常在电视上看见的那几个硕乳女星。挖空心思地想了好半天，郑之最后还是想到了那个卖豆腐的女人，只有她与梦中的女人比较吻合。

卖豆腐的女人一下子在郑之心里死灰复燃了。原来，他压根儿就没忘掉她。郑之醒来是中午一点钟的样子，离下午上课还有两个小时。他一醒过来就再也睡不着了，心里有一种莫可名状的冲动。他刷地从沙发上坐起来，决定再去菜场看一眼卖豆腐的女人。

郑之兴冲冲地跑到了北门，可他离菜场还有好几米远就停下来了。半个月没来这里，他突然不好意思去见卖豆腐的女人了。其实他已经看见了她。她这天穿了一件半旧的连衣裙，虽然布料不太好，但颜色很亮，使她看上去年轻了许多，乳房也显得更大了。裙子的领口开得有点低，郑之忽然看见了里面的文胸。文胸很旧，皱皱巴巴的，已经洗得灰不灰白不白了，有点像晒过的菜叶。

看见卖豆腐的女人穿这样的文胸，郑之的心不由颤了一下，怜悯之情油然而生。他想，她这么好的乳房怎么能穿这么差的文胸呢？真是委屈她了！就在这时，一个浪漫的计划像一只潜伏已久的野兔突然间蹿上了郑之心头。

郑之转身拦了一辆出租车，只坐五分钟就到了群光广场。文胸专卖店在五楼，叫文胸总汇。这里的文胸真多，有的挂在墙壁上，有的吊在货架上，有的直接穿在模特儿身上，款式齐全，五光十色，郑之看得眼花缭乱。服务员问，先生想买哪一款？郑之说，特大号，石榴红！

服务员很快找到了一个石榴红的特大号文胸。开好票，郑之请服务员代他去交一下钱。服务员去收银台交钱时，郑之伏在开票柜上匆匆写了一封信。这封信是郑之这个计划的重要组成部分。信是写给卖豆腐的女人的，他写完后还在信中夹了一张名片。服务员交钱回来，把文胸装进购物袋交给郑之时，他小心翼翼地把信叠好放进了购物袋里。

郑之返回时还是坐的出租车。在车上，他担心刚才写信时手忙脚乱写错了什么，想再看一眼。他很快把那封信从购物袋里拿出来，又从头到尾读了一遍，还好，连一个错字也没有。信上清清楚楚地说，这个文胸是送给卖豆腐的女人的，她穿着肯定漂亮，希望她能喜欢。在信的结尾处，郑之让她看到信后尽快按名片上的号码给他打个电话，他想约个地方与她见上一面。

从出租车上下来后，郑之没直接往豆腐摊走。刚才读信时太激动，他想等心情平静一点再走到卖豆腐的女人身边去。他先走到了擦鞋摊上，要胖大嫂帮他把皮鞋擦擦。胖大嫂说，哟，你好长时间都没来了！郑之说，我出门开了半个月会。

擦鞋时，郑之的目光一直注视着卖豆腐的女人。她的生意看上去很好，不停地有人来买豆腐。她的眼睛大部分时间都在看豆腐，偶尔看一眼顾客。郑之很希望她能抬起头来朝擦鞋摊这边看一下，可她总也不抬头。

擦到第二只鞋时，胖大嫂突然问，你今天又来买豆腐？她的声音很响，话音未落，卖豆腐的女人总算把头抬了一下。她一下子看到了郑之，两眼豁然一亮。与她的目光对接时，郑之突然冲动了，再也坐不住，立刻从木凳上站了起来。胖大嫂说，还没擦好呢。郑之没顾上回答胖大嫂，慌忙掏出五块钱，往她手里一塞就离开了擦鞋摊。

郑之提着文胸，飞快地跑到了卖豆腐的女人面前。

你来啦！卖豆腐的女人说，声音有点异常。

郑之颤着嗓门说，我来买豆腐！

买多少？卖豆腐的女人问。

郑之犹豫了一下说，随便吧！

卖豆腐的女人给郑之称了两斤半豆腐。郑之掏钱时，随手将手中的那个购物袋放在了豆腐摊上，紧挨着那个装钱的铁盒子。付完钱，郑之提着豆腐转身就走，可他刚走出一步，卖豆腐的女人发现了购物袋。

喂，你的东西忘了。卖豆腐的女人说。

郑之回过头，先笑了一下，然后小声说，是我送你的！

卖豆腐的女人一下子呆住了，脸上白一块红一块，像个花脸。

郑之说完就慌慌张张地离开了豆腐摊。他走得太快，经过修自行车的摊子时，差点把一个工具箱踩翻了。当时硬胡子男人正高举铁锤在砸一个变了形的钢圈，郑之的脚步声把他吓了一跳。他拧过头来瞪了郑之一眼，郑之感到他的胡子比以前更硬了，硬得就像他手中的铁锤。

一直走到回头看不见菜场时，郑之才放慢脚步。他这时想，卖豆腐的女人也许很快就会看到那个文胸，只要看到了文胸，她也就看到那封信了。郑之还想，卖豆腐的女人看到信后，可能马上就会给他打电话。如果接到了电话，他就把约会定在今天晚上。地点他早已想好了，就去学校西门外的五月花。

五月花是一家五星级酒店。郑之原来虽然没去过，但他多次听同事们说过那里。他的同事们都说环境特别好。

郑之打算接到电话后先去五月花把房开好，然后洗个澡。刚洗完澡，卖豆腐的女人就来敲门了。他穿着睡袍去开了门，将她迎了进来。他这时轻轻地走到她背后，贴着她耳朵说，别怕，我们也把衣服脱了吧！他说着就动起手来，一下子把她脱得干干净净。脱光后，他首先欣赏她的乳房，然后……

郑之正想到兴头上，一只沉重的大手猛然在他肩上拍了一下。他慌忙回头一看，原来是那个修自行车的硬胡子男人站在他身后。

你凭什么拍我？郑之一惊问。

你忘了一个袋子，我给你送来了！硬胡子男人说。

直到这时，郑之才发现硬胡子男人手上拎着一个购物袋。

5

七月上旬，也就是这个学期的最后一天，郑之决定再去一次北门菜场。这次去，郑之不准备再买豆腐。事实上，他对那个卖豆腐的女人早已不抱任何幻想，甚至可以说死心了。他仅仅只是想去再看她一眼，也算是做一个了结。

但是，豆腐摊却不在原来的地方了，那棵高大的玉兰树下换成了一个卖西瓜的摊子。天气已十分燥热，知了在树上扯着嗓子尖叫，叫得郑之心慌意乱。

擦皮鞋的摊子倒是还在，那个胖大嫂似乎又胖了一圈，双下巴的褶缝里储满了汗。她一扭头看见了郑之，亲热地说，你有一个多月没来了呢！郑之没说话，只对她淡淡地笑了一下。她说，坐下来擦擦鞋吧。郑之还是不说话，却很快坐在了她的木凳上。

坐下后，郑之发现那个修自行车的摊子也不见了，一个修钟表的摊子取代了它。

郑之连忙问，那个硬胡子男人呢？胖大嫂说，你是问那个修车的吧？他出事了！郑之一愣问，出了什么事？胖大嫂一边往皮鞋上挤油一边说，被公安局捉进去了！郑之打个冷惊问，为什么？胖大嫂压低声音说，他用修车的铁锤把他的房东砸死了，砸的是脑壳，脑壳上到处都是洞，看上去像蜂窝煤。郑之浑身颤了一下，倒吸一口气问，他为什么砸他？胖大嫂丢下刷子拿起抹布说，听说房东勾引他老婆，刚勾到手就被砸死了！

听到这里，郑之突然不说话了，身体剧烈地抖了起来，好像脚下发了地震。过了一会儿，胖大嫂一边往鞋上打蜡一边说，听说呀，他以前本来在他老家农村摆摊修车，村长想勾引他老婆，他才带着老婆跑到武汉来，没想到来武汉还不到一年，房东又勾引他老婆了！

胖大嫂讲完，郑之的皮鞋也擦好了。但郑之却坐在木凳上久久不动，看样子有点站不起来了。又坐了几分钟，他才缓缓地站起身来。

那个卖豆腐的呢？怎么她也不见了？郑之站起来后问。

胖大嫂长叹一声说，唉，男人杀人，进了公安局，她哪里还有心思卖豆腐哟！

胖大嫂话没说完，郑之又一屁股坐在了她面前的木凳上，脸色苍白，鼻头发青，好像被鬼吓掉了魂。

那天，郑之不知道他是怎样离开菜场的。来菜场之前，他还想过要给收发员顾永红买点草莓，结果还是没买成。

我的丈夫陈克己

1

　　腊月二十九那天，大约九点半钟的样子，我拎着一条蛇皮口袋，和往日一样到教授大楼前面去捡废纸。本来我的丈夫陈克己那天是不让我去捡废纸的，他说明天就是大年三十了，你今天就别再去了。但我想想还是坚持去了，我想多捡一蛇皮口袋废纸就多卖五块钱呢。那里有三个垃圾桶，我捡完第一个垃圾桶，正弯腰去捡第二个垃圾桶的废纸时，一辆救护车拉着报警器呜拉呜拉地开到了教授大楼前面。我被救护车发出的那种刺耳的声音吓了一大跳，手中的蛇皮口袋随即掉在了垃圾桶边上。

　　教授大楼有三个单元。救护车刚一停稳，几个身穿白大褂的人就抬着担架马不停蹄地从第二单元的入口处冲进去了。当时我正愣愣地站在第二单元门口的那个垃圾桶边上，几个穿白大褂的医护人员进去以后，我脑子里陡然想到了洪山教授。莫非是洪山教授病了？我想。我这么一想，心里就突然有一种说不出来的激动。

　　洪山教授是我的丈夫陈克己读研究生时候的导师，就住在教授大楼第二单元的五楼。按理说，我是不应该盼望洪山教授生病的，他毕竟是我丈夫的导师呀！但是，就是因为这个姓洪的老头，我丈夫陈克己到如今五十五岁了还只是一个副教授。早在五年以前，陈克己就可以评教授了。他的教学课时和论文篇数都符合条件，只是没有自己的专著。恰巧从那一年开始，学校规定评教授一定要有一本专著才行。正是这一条把他卡住了，陈克己没有评上。其实，陈克己是写了一本专著的，他写那本专著写了好几年，书稿少说也有砖头那么厚。但是，陈克己一直没有把那本专著送给出版社。陈克己业务上的那些事情，我基本上一窍不通。但有一点我知道，就是那本专著与洪山教授有关。我隐隐约约听说陈克己的这本专著是和洪山教授的一本专著唱反调的。正是由于这个原因，陈克己一直将那本用几年心血写出来的专著压在书柜里。有一次，陈克己喝了一点儿酒，趁着醉意把那本专著从书柜里翻出来看了一会儿。我当时问他，这本书到底什么时候才能出版？陈克己打了一个酒嗝说，等洪山教授……后面的话他没说完，但我能猜出他没说的是什么。

过了五分钟的样子，那几个穿白大褂的人便抬着一个病人出来了。开始我没有看清病人是谁，病人的头像一颗被风吹翻的葫芦朝我对面那个方向歪着，我压根看不到病人的脸。接着我看见洪山教授的夫人也出来了，她一边走一边用手在脸上抹泪，我这才想难道真的是洪山教授生病了？后来当几个医护人员要把病人抬进救护车时，我慌忙跑上去朝病人的脸上看了一眼，发现躺在担架上的那个人果然是我丈夫陈克己的导师洪山教授。洪山教授两眼紧闭，脸色白得像刚刚弹过的棉花，鼻孔那里似乎还有一些血迹，嘴巴朝一边歪着，那样子看上去十分吓人。人心是个怪东西，本来我是盼望洪山教授得病的，甚至还盼望他……可是真的看见他病了，我心里突然又有一丝说不出来的难受。洪山教授很快被送往医院了，救护车返回医院时仍然拉响了报警器，那声音让人听了心里一颤一颤的。

救护车刚把洪山教授送走的时候，我心里很有点儿沉重，仿佛心坎上压了一块石头。人心真是个怪东西，没过多久我的心情就变得轻松了。我想，洪山教授已经七十多岁了，如果病情太重，医院实在无法医治的话，那也……这么一想，我发现自己忽然有点儿兴奋了。人一兴奋就容易胡思乱想，我很快想到了我的丈夫陈克己，接下来又想到了陈克己那本在书柜里压了多年的专著。想到这里，我浑身上下不禁有了一种热乎乎的感觉。我本想等救护车开走以后再接着捡废纸的，教授大楼前面还有两个垃圾桶的废纸没捡呢，那两个垃圾桶的废纸少说也有半蛇皮口袋，提到废品回收站至少可以卖到三块钱。然而，救护车走后，我一点儿捡废纸的心思也没有了。

我当时最想做的事情就是赶快把洪山教授生病住院的消息告诉我的丈夫陈克己。

教授大楼在这所大学的东区，我家住在西区。离开教授大楼往西区走的时候，我发现我的步伐比刚才来时轻快多了，好像脚底抹了油一样。记得当时我还抬起头来看了一下天，那一天是一个晴天，天上有太阳，不过太阳不是太红，看上去像一个晒干的红薯。再低头看路的时候，我发现路上零零碎碎地洒着一些阳光，有点儿类似我们老家乡下雨天里到处可见的那种黄泥巴。

2

也许是马上要过年的缘故吧，平时人来人往的校园里这一天显得特别冷清，路上几乎看不见什么人。不过我倒是很喜欢这种情景，因为路上人少，我就可以抬起头来走路，还可以东张西望，看看校园里的各种风景。以往校园里人多的时候，我可从来不敢这样。作为一个拎着蛇皮口袋捡废纸的女人，我走路的时候都是弯着腰，低着头，尽量不让人们看见我的脸，我就像小偷怕警察一样躲避着大家的目光。当然，我也尽量不去看别人，甚至连周围的花草树木也不看。我的眼睛只对校园里的那些垃圾桶感兴趣，每当垃圾桶在眼前出现时，我就会眉开眼笑，同时放出两道明亮的光芒，去迎接丢在垃圾桶里的那些废纸。

在我们这所大学里，捡废纸的人虽然不止我一个人，但恐怕只有我一个人是大学老师的老婆。虽说我从前是一个农村妇女，斗大的字认不到一箩筐，但如今不管怎么说也是一个副教授的老婆呀！一个副教授的老婆，一天到晚拎着蛇皮口袋在校园里捡废纸，不管别人怎么看，反正我自己是感到脸上无光的。这也正是我走路总是弯腰低头的原因。但是，我不捡废纸怎么办呢？我的丈夫陈克己，这么大把年纪了还是一个副教授，工资和奖金比那些教授们少一大截，其他的收入就更是马尾串豆腐不能提了。而花销呢，算起来能把人吓死。前几年学校实行住房商品化，为买下我们住的那套房子，陈克己不得不从银行贷了一笔钱，贷款到现在还没还清，每个月都要朝那个窟窿里填上八百多块；儿子读的是一所自费大学，每个月没有一千块钱下不了地；还有一个七十多岁的婆婆住在乡下老家，虽然跟她大儿子住在一起，但陈克己每个月都要往乡下寄钱。除了这些，我们还要吃还要穿。我们家的经济状况，用我们老家的一个土话来说，就是解大手嗑瓜子，入不敷出。如果我不捡废纸卖点儿钱，说一句难为情的话，有时我们可能连锅都揭不开。

我的丈夫陈克己，不管怎么说也是一个读过研究生的人，好歹也是个副教授，我作为他的老婆，成年累月去那些垃圾桶里捡废纸，他肯定也是觉得很没面子的。任何人都爱面子，陈克己当然也不例外。但是，我不捡废纸卖钱怎么办呢？陈克己也感到这是没有办法的事。不过，最让陈克己感到没面子的还不是我捡废纸这件事，他最在乎的是他的职称。与陈克己年龄相仿资历相当的那批人，老早都是教授了，有的还当了博士生导师。在那些人面前，陈克己总感到自己低人一等。比陈克己晚毕业的一些年轻人，有的还是陈克己教过的学生，他们也陆陆续续地评上了教授，这就更让陈克己觉得无地自容了。作为陈克己的老婆，我发现我的丈夫这些年过得非常痛苦。我差不多已有四五年时间没有见他笑过了。他的脸一年四季都是阴沉沉的，仿佛一块在梅雨季节长了霉的抹布。四五年以前，陈克己是非常喜欢去外地开会的，有时候院里不给他出路费，他自己掏钱也要去。可是这几年，他却一次也没出去过。有一次主办会议的单位还说要给他报销往返的飞机票，陈克己到头来还是没有去。我问他，别人给你飞机票，为啥不去呀？陈克己苦笑着对我说，每次开会都要打印一个通讯录，我实在不好意思在职称那一栏里填上副教授三个字。

从我们住的地方到文科教学大楼本来有一条又平又直的大路，陈克己多年以前来来往往都是从这条路上走的，可是这几年他不走这条路了，每次去上课或者下课回来，他都是从一片野草丛生的树林里穿行，好几次他的衣服都被树林中的荆棘刺拉破了。有一回，我一边为他补衣服一边责怪他说，放着大路不走，偏偏要去钻野林子，我看你真是发疯了！陈克己摇着头说，我哪里是偏要去钻野林子，我是怕在大路上遇到熟人难为情啊！一开始我听不懂陈克己的话，就放大声音说，遇到熟人有啥难为情的？陈克己低下头说，有些熟人一碰到我就要问我的职称，每当这个时候，我真想挖个地洞钻进去呀！听陈克己这么一说，我的心突然就变得又酸又软。从那以后，我就再没有因为钻树林子而指责过他。每当陈克己的衣服又被拉破的时候，我都会马上找出针线来，默默地给他补好。

陈克己经常穿越的那片树林边上有一个垃圾桶，我隔三岔五地也去那里捡废纸。有一天，我正在那里捡废纸的时候，忽然听见身后有一丝脚步声，回头一看，居然是我的丈夫陈克己下课回家。他当时刚从树林里钻出来，头发上还落了两片枯黄的树叶。陈克己看见我，脸上的表情和我一样，稍稍有点儿吃惊。我们夫妻俩相互对视了好一会儿，我看着他头发上的黄树叶，他看着我手上的蛇皮口袋。我们都没有说话，只是把眼睛大大地睁着看着对方。过了一会儿，我突然感到自己脸上有些潮湿，用手一摸，原来是我流泪了。就在这时，我看见陈克己的眼帘上也挂出了两颗晶莹的泪珠。

那天我们是一道回家的。就在那一天的晚上，我多做了两个菜，让陈克己喝了一杯酒。陈克己不太会喝酒，一杯酒下去就微微有些醉了。陈克己这时候趁着酒劲拉着我的一只手说，等我评上教授，你就不必再捡废纸了。他接着又说，到了那时候，我也不必再从树林里穿来穿去了！我于是就问，你什么时候才能评上教授呀？陈克己没有正面回答我，而是转身去了书房。我随后走进书房的时候，发现陈克己把那本压在书柜里的书稿找出来了。他双手翻开书稿，脸上露出一层微弱的红光。我问他，这本书到底什么时候才能出版？陈克己打了一个酒嗝说，等洪山教授……

从东区到西区差不多有五里路，步行最快也得半个小时，一路上要经过行政大楼，文学院和出版社好几个单位。不知不觉中，我已走到了行政大楼门前。

3

经过行政大楼门前那块草坪的时候，我忽然看见了陈克己读大学时的同班同学孟娇。孟娇是学校人事处分管职称的副处长，她一直关心着我的丈夫陈克己的职称问题。当时，孟娇可能是去办公室拿了什么急需的东西，我看见她抱着一些文件袋匆匆忙忙地从行政大楼里走了出来。孟娇说起来也是一个五十出头的人了，好像只比我小一岁，可她一点儿也不显老，脸上的肌肉还那么饱满，腰还那么细，看上去简直还像个少女。而我呢，压根儿不能和她比，我早就是一个黄脸婆了，腰粗得和水桶一样。我那天本来没打算和孟娇打招呼的，但她却主动喊了我一声，并一边喊一边跑到了我身边。孟娇向来对我很亲热，每次见面都大姐长大姐短地叫我。我知道这都是因为陈克己。

孟娇读大学的时候爱过我的丈夫陈克己，并且还主动向陈克己求过爱。陈克己读大学时成绩特别好，又长得一表人才，所以很讨女同学们喜欢。孟娇家住省城，她的父亲当时是省里的一个大官。大学毕业那一年，孟娇在一个周末把陈克己请到她家里去玩了一次。那天孟娇的父母都外出了，家里只有一个保姆。天黑时分，陈克己提出要回学校，孟娇却要留他在她家里过夜。陈克己这时已觉察出了孟娇爱他，心里不禁有些惊喜。但陈克己却不能接受孟娇的爱，因为他早在考上大学之前就与我确定了恋爱关系。陈克己愣了一会儿后对孟娇说，我还是回学校吧，因为我没有带牙刷。孟娇以为陈克己没明白她的心思，就干脆挑明说，没带牙刷没关系，就用我的吧！陈克己后来对我说，当时他差点对孟娇动了心，如果不是想到一个同学的未婚妻自杀的事，他那天晚上说不准真的就留在孟娇家里了。陈克己说的那个同学与他同班，也是从农村考上大学的，上学之前在农村谈了一个未婚妻，情况与陈克己非常相似。但那个同学的人品比不上我的丈夫陈克己，他上大学的第二年就变了心，看上了一个城市姑娘，于是就提出与未婚妻分手。未婚妻承受不了这种打击，就用一根绳子把自己吊死在一棵合欢树上。后来那个同学受了处分，差点还被开除了学籍。陈克己后来对我说，他当时就是害怕我自杀才没有对孟姣动心的。我的丈夫陈克己是个老实人，他从来不说假话，我相信他每一句话都是真的。那天晚上，陈克己当然没有留在孟姣那里过夜，这让孟姣十分伤心。第二天上课的时候，陈克己发现孟姣双眼通红，心想她头天晚上肯定哭了半夜。不过，孟姣并没有因此放弃陈克己，她反而追得更紧了。临近毕业分配的时候，孟姣对陈克己说，如果你答应和我好，我就想办法让你留校！陈克己知道孟姣说的是真话，当时只要她父亲出面没有办不成的事。陈克己真是一个人品好的人，面对留校这样的好事，他居然也没有对孟姣动心。后来陈克己自愿回到了我们老家，当了一名高中老师。就在那一年的冬天，陈克己和我举行了婚礼。

　　虽然我早就听说过孟姣的名字，但我一直到五年前才见到她本人。那一年孟姣当上了人事处分管职称的副处长，恰巧陈克己那一年又一次申报了教授职称。职称评过之后的一个晚上，孟姣来到了我们家里，她把陈克己不幸落榜的消息告诉了我们。陈克己问，我为什么没评上？孟姣说，你没有专著。她补充说，从今年开始，学校规定评教授必须要有一本专著。孟姣的表情和语气都有些沉重，看得出来她对陈克己充满了同情。接着孟姣安慰陈克己说，等明年再评吧，明年你一定要出一本专著！临走的时候，陈克己送孟姣出门。在门口，孟姣回过头来用一种古怪的眼神看了陈克己一眼说，如果当初你大学一毕业就留校任教的话，那你早就当上教授了！她说完这话就走了，好像并不希望陈克己回答什么，只是走了几步后又回过头来对陈克己意味深长地笑了一下。孟姣走后，我一直回味着她最后说的那句话，觉得里面很有深意。不过，我相信孟姣说的肯定没错，因为我认识陈克己当年留校的那几个同学，他们在陈克己评副教授的时候就已经是教授了。那天晚上，陈克己一直闷闷不乐。后来我说，都是我耽搁了你！陈克己没说什么，只是无可奈何地摇头一笑。

那天在行政大楼门口碰上孟姣，我们在一起站了五分钟的样子。我和孟姣其实没有多少共同语言，所以我那天几乎没和她说什么话，只是望着她回忆了一些与陈克己有关的往事。孟姣的话比我稍微多一些，都问的是陈克己的近况，我发现，几十年过去了，孟姣心里对陈克己还保留着一份特殊的情感。想到这里，我心里说不出是酸是甜，就像吃了一把怪味豆。

4

从行政楼朝文学院走过去的时候，我老远看见文学院门口停着一辆白色轿车。轿车前排门上的玻璃没有关上，所以我就看见了坐在司机位子上的那个人。那个人的头发卷卷的，看上去有点儿眼熟。再朝前走十几步，我终于认出那个人是顾全之。

顾全之是我丈夫陈克己读研究生时的师弟，也是洪山教授的学生。陈克己毕业后留在了教研室任教，顾全之第二年也留校任教了，而且还和陈克己在同一个教研室。顾全之比陈克己幸运，他在五年前就评上教授了。听孟姣说，那一次评教授只要有五篇论文就行，不是非要专著不可。我还听孟姣说，顾全之评教授的那一年，陈克己也申报了，而且陈克己各方面的条件都远远超过顾全之。但是，最后的结果是顾全之评上了教授，我的丈夫陈克己仍然是一个副教授。

我后来才知道，那一次是陈克己把机会让给了顾全之。那一年教授的指标很紧张，陈克己他们教研室只有一个名额。评委投票的头一天晚上，顾全之把陈克己请到他家里吃了一顿饭。那顿饭是顾全之亲自做的，当时他的爱人已经去美国两年多了，所以顾全之必须亲自动手。那天晚上顾全之喝了许多酒，喝到醉眼蒙眬时，顾全之突然央求陈克己说，老兄啊，这一次评职称，请你把机会让给我吧！陈克己张大双眼问，凭什么呀？他的口气很硬，显然没有把机会让给顾全之的意思。我知道陈克己也是非常看重那次机会的。评上副教授以后，陈克己虽然把我和儿子从老家农村接到了这所大学，但学校并没有给我安排工作，我们一家人全靠陈克己一个人的工资过日子。后来生活实在太艰难，我就开始在校园里捡废纸卖钱。教授的月薪比副教授要高出一千多块，所以陈克己做梦都想评教授。顾全之很快明白了陈克己的态度，他又端起杯子猛喝了一口。放下酒杯之后，顾全之忽然哭了起来。他一开始就哭得很厉害，不仅声音大，而且眼泪也多。陈克己没料到顾全之会哭，一下子愣住了。陈克己愣了好一会儿，顾全之还在哭，并且越哭越起劲。陈克己就问，你哭什么？顾全之使劲地抽泣了一声说，告诉老兄一个不幸的消息，我爱人把我甩了，她嫁给了一个美国佬！陈克己听了大吃一惊，心想难怪他哭得这么伤心呢。顾全之这时停住了哭声，但眼泪还在下雨似的往外飞。陈克己从桌子上拿起一叠纸巾递给顾全之，说，别哭了，擦擦眼泪吧！他的声音很轻，明显包含着对顾全之的同情。顾全之伸出一只颤抖的手将纸巾接了过去，然后一边擦眼泪一边对陈克己说，老兄啊，我求你还是把这次评职称的机会让给我吧！我已经失去了爱人，如果职称也评不上，那我还怎么活下去啊！陈克己没料到顾全之又提职称的事，他顿时无语了。此时此刻，陈克己能说什么呢？顾全之却一直等着陈克己说话，等了好一会儿不见吱声，便有点儿迫不及待地说，你答应我吗，老兄？陈克己干咳了两声，然后慢慢张开嘴说，你有你的难处，我也有我的苦衷啊！我老婆没有工作，一天到晚在校园里捡废纸呢！陈克己是低着头说这番话的，他不想看到顾全之那张失望的脸。然而，陈克己话音未落，顾全之再一次号啕大哭起来。他的哭声像刀子一样尖利，让陈克己听了浑身难受。顾全之一边哭一边说，我真的不想活了，爱人也没有了，职称又评不上，我哪还有脸活在人世啊！我的丈夫陈克己是个心肠软的人，他以为顾全之真是活不下去了，于是就一下子软了心肠。陈克己将一只手迅速朝顾全之伸过去，使劲地拍了一下顾全之的肩头，然后用爽朗的声音说，别哭了，我这次弃权！陈克己说到做到，第二天一到上班时间，他就去人事处把他申报教授的材料取回来了。

事情过去好久之后，我才从孟姣那里知道陈克己没能晋升教授的原因。当时我差点儿气坏了，回家还与陈克己吵了一架。陈克己却说，顾全之老婆跟别人跑了，怪可怜的！我说，难道你的老婆天天拎着蛇皮口袋捡废纸就不可怜？陈克己对我憨厚地一笑说，你虽说天天捡废纸，但毕竟还属于我呀！不过后来陈克己也感到后悔了，因为从第二年开始评教授要专著了。但他悔之晚矣。

在我快要走近顾全之那辆轿车的时候，顾全之偶然一探头看见了我。我以为他会主动跟我打个招呼，虽然我是一个捡废纸的女人，但我丈夫陈克己有恩于他呀。然而顾全之没有跟我打招呼，他很快把他的头像乌龟一样缩进了车里，并且还把车上的玻璃也升上去了。顾全之这样做让我很气愤，心想真是一个忘恩负义的人！就在这个时候，一个看上去比顾全之小十几岁的女人从文学院大门里出来了，她径直走到了顾全之的轿车前，然后一拉车门就钻进轿车里去了。

5

我的丈夫陈克己有一个学生叫董学礼，毕业之后被分在这所大学的出版社当编辑。离开文学院经过出版社的时候，我有意在出版社门口停留了一会儿。我想要是能够在这儿碰上董学礼就好了。我想把洪山教授因病住院的消息赶快告诉他。

董学礼这些年来一直在关心着陈克己的那本专著。他每次到我们家去，都要和陈克己谈到那本专著的出版问题。董学礼是读过陈克己那本专著的，如果我没记错的话，陈克己刚一写完就送给董学礼读了。董学礼读完那本专著以后非常兴奋，他一个劲儿地对陈克己说好。董学礼还把那本专著推荐给他们出版社的总编辑读了，总编辑也是赞不绝口，还托董学礼给陈克己代话，说出版社愿意把这本书列入重点出版计划。董学礼还转述总编辑的话说，这部专著出版以后肯定会在学术界引起强烈反响。但是，陈克己却没有把那本专著交给出版社，他让它躺在书柜里沉睡了这么多年。

在我的印象中，董学礼曾经多次劝陈克己把那本专著交给出版社，但他的每一次劝说都失败了。有一天晚上，董学礼又一次来到我们家，他和陈克己在书房里再次谈到了那本专著。董学礼说，学校再过两个月又要开始一年一度的职称评聘了，我希望陈老师能把那本专著交给我，我争取在你参加评职称以前让它出版面世。陈克己连想也没想就回答说，不行，只要洪山教授还健在，我是绝对不会出版这本书的。董学礼问，到底为什么？陈克己说，我这本书的观点与洪山教授那本书的观点完全相反，可以说是针锋相对，甚至还可以说，我这本书就是批判洪山教授那本书的。我怕我的导师看了受不了。董学礼说，这属于学术争鸣，又不是人身攻击，你怕什么？陈克己说，话虽然这么说，但我还是担心洪山教授的身体，他有高血压，心脏也不怎么好，性格又容易激动，如果他看到了我这本书，那情形真是不堪想象啊！陈克己这么一说，董学礼就再也无话可说了。那一年学校评职称，陈克己因为没有专著，连申报都没申报。

董学礼不愧是陈克己最喜欢的一个学生，他始终把老师职称的事放在心上。在董学礼眼中，陈克己是少有的具有真才实学的老师，所以他一直为这样的老师评不上教授而愤愤不平。我记得在又一年的职称评聘到来之前，董学礼趁中午休息的时间匆匆忙忙来到了我们家。他这一次显得有点儿神秘，一进陈克己的书房就赶紧将书房的门关上了。出于好奇，我将耳朵贴在书房门上听了一会儿，原来董学礼是专门来帮陈克己评教授出主意的。我听见董学礼说，陈老师，既然那本专著暂时不能出版，那你就再另外写一本呀！陈克己说，写一本专著哪会这么容易？说写就能写一本吗？董学礼降低声音说，为了评教授，你可以东拼西凑整理一本专著嘛，好多教授的专著不都是用剪刀加糨糊这样弄出来的吗？我在出版社工作了这么多年，这样的事情见多了。我统计了一下，现在出版的所谓专著，十本中间有八本是东拼西凑的。陈克己惊讶地问，这样东拼西凑的书出版了有什么用？董学礼说，评职称有用啊，好多人还用这样的专著评上了博士生导师呢！停了一会儿，董学礼又说，陈老师，你就听我的，赶快弄一本吧，像你这么有学问的人，至今还是一个副教授，太亏了！陈克己想了想说，谢谢你对我的关心，不过，你说的这种专著我是不会弄的。董学礼对陈克己的回答可能有些失望，好半天我没听见他的声音。许久之后，我听董学礼又说，这样吧陈老师，只要你同意，我帮你弄一本吧，并且还负责出版，到时候保证你评职称有用。董学礼话音未落，陈克己就说，千万别这样，千万别这样，即使我当一辈子副教授也不能这样！董学礼见陈克己态度这么坚决，便不再说什么了。他很快离开了我们家。

　　正当我站在出版社门口回忆往事的时候，一个围长围巾的年轻人骑着摩托车来到了我跟前。真是巧得不能再巧，我仔细一看，这个年轻人正是我刚才盼望见到的董学礼。董学礼是去办公室取一本书的校样的，他说想趁春节没事好好看看。我马上把洪山教授因病住院的事情说给董学礼听了。我还补充说，看来洪山教授病得不轻，能不能好还是个问号呢。董学礼听后沉吟了一会儿说，陈老师那本专著也该出版了！

6

　　我总算回到西区了。看见那栋由一室一厅扩建而成的两室一厅楼房时，我的心忍不住怦怦地跳了起来。我想，我的丈夫陈克己如果听到了洪山教授因病住院的消息，一定会心花怒放，说不定那张多年不笑的脸上还会露出一丝笑容来。这么一想，我的步伐更快了，三步并作两步就到了楼前。

　　进入我们家所在的那个单元的门洞时，我习惯性地朝楼梯下面看了一眼。那是我们家放自行车的地方，每次进门我都能看见一辆永久牌自行车停在那里。这辆自行车还是陈克己来这所大学读研究生那一年买的，虽然年代长了，车也旧了，车上的铃铛也没有了，但我们一直没舍得扔掉它，因为它是我们家唯一的交通工具和运输工具。学校北门有一家书店，陈克己喜欢经常去书店逛逛，他每次都是骑着这辆自行车去书店的。我每隔两天都要去废品回收站卖一次废纸，废品回收站在学校南门外，每次我都是用这辆自行车把整理好的纸捆推到南门去的。可以说，我们对这辆永久牌自行车有一种特殊的感情。但是，这一次我却没有看见那辆自行车。我心里不禁咯噔了一下。早晨出门时，我看见陈克己安稳地坐在书房里读书，没听说他要去书店，那么自行车怎么不见了呢？我带着疑问匆匆上楼。

为我开门的是儿子。他是一星期前从那所自费大学放假回家过年的。我脚没进门就问，你爸爸呢？儿子说，他刚刚去东湖医院了，临走前他接到一个电话，好像说他的老师因病正在抢救，他放下电话就出门了。我听后说，难怪没有看见那辆自行车呢。进门以后，我突然有点儿扫兴，还有些后悔。心想，早知道陈克己不在家，我是不会这么早就回来的，教授大楼前面有三个垃圾桶，我还有两个垃圾桶的废纸没捡呢。

中午十二点，我开始做饭。我想，等我把饭做好的时候，陈克己就该从医院回家了。我特地烧了一盘猪耳朵，这是陈克己最喜欢吃的菜。我们老家农村把猪耳朵叫作顺风，过年的时候每家每户都要吃这个菜，说是吃了猪耳朵会一路顺风。

我们的老家在湖北省保康县渡湾乡茅店村，陈克己和我都是在那个地方出生在那个地方长大的。我的丈夫陈克己比我大两岁，他生于正月初五，再过一个星期就是他的生日了。不过陈克己还从来没有过过生日，好几次我都想为他热热闹闹地过一个生日，可他坚决不同意。陈克己总是说，等我评上了教授再过吧。

十二点半，我把饭做好了，可陈克己到这个时候还没有回来。我和儿子把菜端到饭桌上，坐在桌边静静地等。又过去了半个小时，陈克己还是没有回家。这时我就开始焦急起来，再也坐不住了，便站起来在厨房和客厅之间走来走去，像一只热锅上的蚂蚁。后来我发现那盘猪耳朵已经凉得没有一丝热气了，便决定端回厨房再回锅热一下。就在我端着猪耳朵往厨房走时，客厅里的电话突然惊心动魄地响了起来。那个电话是从东湖医院打来的。我儿子接的电话。我看见儿子一边接着电话一边就像患了软骨病一样慢慢地坐在了地上。我的双眼一下子就黑了。因为我已经预感到是我的丈夫陈克己出事了。

是的，我的预感没错，果然是陈克己出了事。陈克己骑着那辆永久牌自行车慌慌张张赶往东湖医院看望洪山教授，骑到东湖医院门口时，一辆运输药品的货车将陈克己连人带车撞翻在地。我赶到东湖医院抢救室的时候，我的丈夫陈克己已经停止了呼吸。

吃回头草的老马

1

老马离婚差不多一年的时候，突然回到了前妻牛惠门口。房门严严实实地关着，他愣愣地看了一会儿，感到它是那么熟悉又是那么陌生，忽然有点儿哭笑不得。

他想敲一下门，看牛惠是否在家，手却像做贼似的，伸了几次才伸出去。开始他不敢用力敲，声音连自己也听不见；后来一咬牙使了点儿猛劲，震耳的响声又把自己吓了一大跳。敲了半天没人开门，老马的心不由往下一沉。他把耳朵贴到门上，憋住呼吸听了一会儿，里面一点儿动静也没有，这才确信牛惠还没有回来。他决定耐心地等她。

老马其实并不老，上个月才满五十岁，从外表上看只有四十五六。老马是小蚕最先叫的，实际上是对他的昵称，当然也有撒娇的意思。不过与小蚕比起来，老马确实有点儿老了。小蚕是他几年前指导的一个研究生，整整比他小一半。就是因为那个小蚕，老马才和牛惠离婚的。不过他离婚后没和小蚕结婚，只是在外面租房子同居了一年。要是真和小蚕结了婚，那老马就不可能这么轻而易举地离开她了。

正是下班的时间，楼道里接二连三地有人上来。老马赶紧面朝墙壁站着，还把风衣的领子竖了起来。他在这里住了许多年，楼上楼下的人都认识他。有几个还是他的朋友，当时都劝他不要离婚。现在突然回到这里，他多少有点儿没脸见人。

半个小时过去了，牛惠还没回来。老马心里隐隐有些不安，担心她是不是有了男朋友，出去约会去了。牛惠才四十六岁，相貌和气质都不差，年轻的时候甚至不比小蚕逊色。如果她要是想再找人，愿意娶她的男人肯定不在少数。

老马其实早就想回来跟牛惠复婚了。之所以拖到今天，是他想等个好日子。今天是牛惠的生日，这个日子应该是最好不过的了。在他看来，在这个特殊的日子回来，牛惠接受他的可能性也许会大一些。

老马还给牛惠买了生日蛋糕。他这时把提在左手上的蛋糕盒换到了右手上。左手已经有点麻了。这是一个豪华蛋糕，是他专门从武昌过江到汉口的香格里拉大酒店定做的，盒子里还配有红酒和蜡烛。在武汉，只有香格里拉可以订到这种蛋糕。老马为订这个蛋糕前后花了整整两个半天的时间。

天不知不觉就快黑了，牛惠却连个影子都不见。老马心里开始焦急起来，越发怀疑牛惠有男朋友了。他当然不希望她有男朋友。可是，如果没有男朋友找她约会，她为什么这么晚了还不回家呢？

老马想，要是牛惠不换手机号码就好了，这样他就可以给她打个手机，一打手机就会知道她在哪里。可牛惠离婚后不久就把原来的手机号码注销了，老马曾经打过几次，不是说他拨的号码不存在，就说他拨的是空号。后来老马就没再打过。

天彻底黑了下来，楼道里漆黑一片。该回家的人都回家了，楼道上慢慢安静下来。老马这时从风衣口袋里掏出一张报纸，铺在门口的台阶上，然后坐了下去。他做好了一直等下去的打算，哪怕等到半夜，他也要等着牛惠回来。

已经是秋天了。秋天的夜晚风大，老马听见远处马路边的梧桐树上正在哗哗啦啦地落叶。楼道里也刮来了一阵风，夹着一丝凉意，老马突然感到身上冷飕飕的。他紧了紧风衣的腰带，然后用双手将蛋糕盒抱在怀里，就像牛惠从前怕冷的时候在怀里搂个枕头或靠垫取暖。

不知道从哪里飘来了一缕油盐的香味，有点儿像老干妈烧排骨。老马顿时觉得有点儿饿了，他还听见肚子里发出一声虫叫。怀里的蛋糕很大，一个人吃三天都吃不完，老马想取出一块来充饥，但他很快就打消了这个念头。他想这是特意买给牛惠的，要吃也得和她一起吃。

大约七点钟的样子，楼下终于响起了一串脚步声。与此同时，老马头上的一盏声控灯也亮了。老马想肯定是牛惠回来了！他顿时激动起来，心里怦怦直跳，呼吸也骤然变得急促了。他立刻从台阶上站了起来，还迅速用手拍了拍屁股，接着又把风衣扯了一下。老马好久没这样激动过了，忽然感到有点儿不好意思，脸上麻酥酥的，仿佛有几只蚂蚁在上面爬。

果然是牛惠。牛惠很快出现在老马的视线里。他先看到了她的头。牛惠换发型了，原来是齐耳短发，现在改成长长的披发了，一直披到胸前，像两块黑瀑布。也许是头发披着的缘故吧，老马觉得牛惠比从前年轻了许多，也妩媚了一些。

牛惠在楼梯的转弯处发现了老马。她顿时愣了一下，马上就停在了那里。你总算回来了！老马说。他边说边把身体朝前倾了一下，有点儿鞠躬的效果。

牛惠沉默了一会儿说，怎么会是你？她的声音冷冷的，似乎不带一丝温度。而老马听了却感到热乎乎的，仿佛一股暖流涌遍了全身。在这之前，老马曾对他们见面的情景做过一些预想，牛惠在他的预想中是缄口不语的。她一见面就能跟老马说话，这已经让老马大喜过望了。

在楼梯拐弯处停了两三分钟后，牛惠挪动了步子，昂首挺胸地继续上楼。从老马身边经过时，牛惠使劲地收拢身体，轻盈地一绕就越过老马到了门口，然后掏出钥匙，迅速开门。

老马没想到牛惠开门会那么快，等他转身朝门靠过去时，牛惠已经闪进屋里去了。她一进屋就使劲地关了门，老马听见那门扑通一声。

吃了闭门羹，老马多少有点儿沮丧。他一个人苦笑着摆了摆头。但老马并没有打退堂鼓，因为他早就料到会发生这一幕。接下来，老马就站在门口开始哀求。他对着门喊，牛惠，你让我进屋吧！今天是你的生日呀！我是专门来给你过生日的啊！他喊一句，停一下，再喊一句，再停一下，然后再接着喊。声音逐步升高，情感也越来越浓，喊到后来已经带点儿哭腔了。老马没在门口提复婚的事，他想门都进不了，提这件事显然为时过早。

牛惠肯定听见了老马的喊声，但她却没有开门。老马这时似乎有点儿失望了，心里酸溜溜的。不过老马没有马上离开，他又坐到了门口的台阶上。他想歇一口气之后再去哀求一次牛惠。

在台阶上坐了五分钟的样子，老马差不多缓过劲儿来了。他正要起身再去门口，门却突然吱呀一声开了。牛惠好像是开门丢垃圾的，她先探出一颗头来，接着就把一只垃圾袋放在门口。牛惠放下垃圾后，一抬眼就看到了坐在台阶上的老马，他木木地坐在那里，看上去像一个死树兜。老马听见开门声后迅速转过头来，目光正好与牛惠的目光相撞。他发现牛惠的目光比刚才柔和了一些。

你怎么还在这儿？牛惠问。她的声音也发生了变化，里面似乎有了一些热量。牛惠直视着老马的眼睛，发现他眼睛里装满了忧郁，有点儿像雨天的水雾。

老马没有回答牛惠，他猛地从台阶上站起来，一个箭步迈到门前，然后一头就冲进屋里去了，那样子就像一头机智的小鹿。

2

老马进门后显得很慌乱，有点儿像一个久别归来的孩子，既兴奋又羞涩，满脸红扑扑的。他进门好一会儿才想到把手里的蛋糕放下来。放下蛋糕后，老马直起腰来，看着牛惠的脸傻笑。

牛惠的脸本来像一块铁板的，老马笑了一会儿，她的脸渐渐泛出了红色。牛惠瞪了老马一眼说，你真叫脸厚！老马没说话，继续看着牛惠的脸傻笑，还笑出了嘿嘿的响声。老马当时的样子也很像一个傻瓜。

牛惠转身坐在了客厅的沙发上。她坐下后说，我真不该在这时候开门放垃圾。老马也转了一下身子，对着牛惠说，看来我的运气还不错！牛惠陡然仰起头问，要是我一直不开门呢？老马说，我会等到明天天亮！牛惠听了双眼亮了一下，想说什么，但没说出来。

沉默了一会儿，牛惠突然严肃地说，我们都离婚一年了，你还来干什么？老马说，事情多着呢，一是来看你，二是给你过生日，三是商量复婚的事！牛惠听后冷笑了两声，然后有些不耐烦地说，你别在这里耍嘴皮子，要看什么抓紧看吧，我给你五分钟时间！老马苦笑一下说，你看你，俗话还说一日夫妻百日恩呢，你怎么这样？牛惠停了一会儿说，我这样已经对你够客气了。

老马没再与牛惠说话，他转身走到客厅中央站住，转着身体四处张望。一年没见这个家，一切看上去都似是而非。那台柜式空调还放在电视机左边那个角落里，从前空调上摆着一个相框，相框装着一张老马和牛惠的合影。那是老马和牛惠的第一张合影，当时他大学毕业刚留校，正与在学校人事处工作的牛惠热恋着。现在，空调上的那个相框还在，但里面的合影却换成了牛惠的单人照。老马问，那张合影呢？牛惠说，撕了！老马一愣说，那么珍贵的一张合影，你怎么把它撕了？牛惠说，人都分手了，还留着合影干什么？老马顿时无话可说。

客厅右边是卧室，左边是书房和儿子出国留学前的寝室，餐厅在客厅对面，厨房和卫生间在餐厅后面。老马正想去其他地方看看，牛惠下逐客令了。五分钟到了！牛惠说。老马回头看着牛惠，做出一副可怜状说，你别这样好不好？我还没给你过生日呢！牛惠也看看老马，嘴里没再说什么。

老马走到牛惠身边，关心地问，你下班后去哪里了？牛惠面无表情地说，做头发护理。老马把眼睛睁大了一圈，认真地看了看牛惠的头发，她的头发果然是刚刚打理过的，看上去光泽明亮。你把头发披下来很好看！老马说。我一个黄脸婆，有什么好看的？牛惠说。老马说，你看上去比以前还年轻了！牛惠说，你拍马屁找错了人！

老马一直站着。牛惠这时抬头看了他一眼说，要是腿子站疼了就坐，不要指望有人请你！老马听了忍不住一阵惊喜，马上欠下身体说，我又不是外人，用不着请的！他说着就坐在了沙发上。老马是贴着牛惠坐下去的，他刚一坐下去，牛惠就往旁边让了一下，同时将一个沙发靠垫隔在两人之间。

老马进门时把蛋糕放在了门后的矮柜上。他这时看了一眼蛋糕，然后扭头问牛惠，你还没吃晚饭吧？牛惠说，我一般不吃晚饭的，睡觉前喝杯牛奶就行了。老马问，怎么？怕吃晚饭发胖吗？牛惠说，是啊，没发胖都没人要，要是发胖了就更没人要了！她这么一说，老马又语塞了。

老马刚坐下又站起来了。他走到门后面，把放在那里的蛋糕盒拎过来，摆在沙发前的玻璃桌上。牛惠朝蛋糕盒上看了一眼，但她只看了一眼就迅速把目光移开了，然后盯着沙发旁边的一盆文竹。老马没想到牛惠见到生日蛋糕会如此冷淡，心里不禁有些怅然。

默默地坐了一会儿，老马硬着头皮说，牛惠，今天是你的生日，我专门给你买了个蛋糕，现在我陪你吃一块吧！牛惠马上说，我不过生日！她说得很坚决，眼睛还在看那盆文竹。为什么？老马问。牛惠说，我一个被抛弃的女人，哪有心情过什么生日啊！她说着快速转了一下身体，把半个背对着老马。

老马觉得挨了一闷棍，一下子蒙了。他呆呆地坐着，感到束手无策。过了许久，老马对牛惠说，你看，我已把蛋糕买来了，你要不吃，不是浪费了吗？牛惠想了想说，要是怕浪费，你自己吃嘛，估计你到这会儿还没吃晚饭呢！

牛惠这番话让老马的眼睛豁然亮了一下。他一脸兴奋地说，对呀，你不吃我吃！老马边说边把身体倾向面前的玻璃桌，麻利地打开了蛋糕盒。老马想，先把蛋糕拿出来，再点燃蜡烛，倒上红酒，等气氛一上来，牛惠也许就会改变态度。

蛋糕很快摆上了桌子。蛋糕盒里不仅有酒而且还有两个酒杯，老马迅速将两个酒杯都倒上了酒，然后又点燃了那根红蜡烛，不过因为房里的灯没关，红蜡烛的效果无法显现出来。老马这时小心地问牛惠，能把客厅的灯关一下吗？牛惠马上说，不行！我喜欢光明，讨厌阴暗！她这么一说，老马又无话了。

过了一会儿，老马把两杯红酒同时端了起来，自己留一杯，把另一杯递向牛惠。老马用商量的口吻说，你不愿意吃蛋糕，那就喝一杯红酒好吗？牛惠一口回绝说，不喝！老马顿时显得很尴尬，递到牛惠面前的那杯红酒悬在空中进退两难。

许久过后，老马十分诚恳地问牛惠，请你告诉我，我怎么做才能让你喝下这杯酒？牛惠大声说，不管你怎么做，我都不会喝！老马突然来气了，猛地扩大声音说，我今天还非要让你喝了这杯酒不可！

话音未落，老马突然离开沙发，双膝一弯跪在了牛惠面前。然后，他将那杯红酒高高地举过头顶，像供奉菩萨一样对牛惠说，你要是不喝这杯酒，我就永不起来！

牛惠没想到老马会给她下跪，她愣了一下。但她一点儿也没被感动，反而还觉得好笑。她冷笑一下说，快起来吧，你就是跪一辈子，我也不会喝的。

但老马没有起来。他仍然跪着，只是把倒给自己的那杯酒顺手放在了桌子上。接着，老马就用空出来的这只手使劲地抽自己的耳光。他抽得很卖力，手和脸接触时发出清脆的响声。老马一边抽一边对牛惠说，请你喝了这杯酒吧，不然我就把自己抽死！

老马的苦肉计果然有效。牛惠目不转睛地看着老马抽自己的耳光，看着看着，她的眼泪就哗哗地流出来了。老马大约抽了十几个耳光，牛惠终于不忍心再看下去。别打了！别打了！她对老马说。她说着就接过了那杯红酒，并将它一饮而尽。

在牛惠举杯喝酒时，老马迅速跑过去把客厅的灯关了，房子里顿时洒满了温馨而浪漫的烛光。牛惠喝下一杯酒后突然酒兴大发，接着就主动与老马一杯连一杯地对喝起来。两人一边喝酒一边吃蛋糕，老马还唱起了那首著名的《祝你生日快乐》。在颤动的歌声中，牛惠忍不住泪流满面。

老马后来喝醉了，醉得像一堆烂泥。牛惠从卧室抱出一床被子，让老马在沙发上睡了一夜。

3

次日早晨，老马在沙发上醒来时，一抹旭日的光芒正从窗外照进客厅。老马这时候酒也醒了，感到自己的脑子如同雨后的一棵树，显得格外清新。玻璃桌上剩下大半个蛋糕，喝空的红酒瓶歪躺着，那根彩色的蜡烛只燃去了一半。老马愣愣地看了它们一会儿，不禁独自笑了。

牛惠还没起床，老马朝卧室那边看了一眼，发现卧室的门关得紧紧的。他翻身离开沙发，抱上那床被子，光着脚，无声地走过客厅的地板，来到卧室门口。他慢慢地抬起手来，轻轻地握住了卧室门上的把手。手与把手连到一起时，老马的心咚咚地跳起来。

老马没有立即去转动把手。他站在那里想，如果牛惠对他表示拒绝，他就马上给自己找个台阶下，说只是想把被子放回原处；要是牛惠欢迎他，那他就一头钻进牛惠的被窝，与她睡一个回笼觉。前前后后差不多快有两年时间没和牛惠睡觉了，老马内心深处还是很渴望的，有几次和小蚕做爱，他心里想的居然是牛惠。

老马想到这里，身体一下子发起热来。他迅速把门上的把手扭了一下。可是，他没扭动，牛惠从里面把门反锁上了。老马非常失望，心里凉凉的。他想敲敲门，让牛惠把门打开，但他把手举起来又放下了。心急吃不了热豆腐！老马在心里告诉自己。他转身回到了客厅，重新将被子放在沙发上。

玻璃桌下面的地板上撒了不少蛋糕屑，还有一些不易觉察的红酒的痕迹。老马决定把客厅清理一下。以前和牛惠过日子的时候，老马是从来不做卫生的，家里全靠牛惠收拾。和小蚕在一起，情况就截然相反了，小蚕从不动手，扫地抹灰这类事情全都让老马承包了。有时候老马也觉得对不起牛惠，还不止一次地想过要弥补呢。现在终于找到机会了，老马心里有一种莫可名状的喜悦。

老马很快从卫生间找来了扫帚、拖把和抹布。他先整理了一下沙发和玻璃桌，接着清扫地板。在跟小蚕同居期间，老马已经熟稔掌握了做家庭卫生的全套技术，而且特别会擦地板，每次总是把地板擦得一尘不染，亮得能照出人影。他决定今天也要把牛惠客厅的地板好好地擦擦。扫过之后，他用湿拖把仔细地拖了一遍，然后便用干抹布反复地擦，有点儿像街头擦皮鞋的妇女。他双膝跪在地上，头长长地伸着，一边擦一边点头，仿佛一头正在耕田的牛。

他正擦得起劲时，牛惠身穿睡衣从卧室出来了。她看见老马后不禁大吃一惊。你跪在地上干什么？牛惠奇怪地问。老马扬起头说，我在擦地板呢！牛惠的眼睛闪了一下，她发现老马的额头上已大汗淋漓。你变勤快了！牛惠笑着说。老马也对牛惠笑了一下，然后继续埋头擦地板。牛惠去了一趟卫生间。从卫生间出来后，牛惠说她昨晚也喝醉了，头到现在还是昏沉沉的。老马说，那你再去睡会儿吧！今天是星期六，反正不用上班。牛惠说，那我就再去睡会儿。她说着又进了卧室。

老马擦好地板送拖把去卫生间时，看见盆子里有几件没洗的衣服，提起来一看竟是牛惠昨晚换下的裤头和胸罩。他决定亲自给她洗一下。和小蚕同居的时候，老马经常给她洗裤头和胸罩，他知道用什么洗涤剂，知道怎么搓，知道怎么拧水。老马这是第一次给牛惠洗裤头和胸罩，而他给小蚕已经洗了无数次了。他一边洗着一边觉得对不起牛惠，感到过去对她的关爱真是太少了。

老马把牛惠的裤头和胸罩洗得特别过细，搓过之后用清水过了一遍又一遍，然后慢慢拧水。最后，他还把它们拿出去小心翼翼地晾在了阳台上。阳台上阳光明媚，老马把裤头和胸罩挂到衣架上之后抬头看了一会儿，发现它们像几只怪鸟。

八点差五分的时候，老马走进了厨房，他想去准备一下早点。柜台上放着一个豆浆机，老马一进去就看见了。他接着还在离豆浆机不远的地方发现了一碗浸泡着的黄豆。老马想可以打豆浆了。他立即把泡好的黄豆倒进了豆浆机里，然后就接上了电源。老马以前是不会使用豆浆机的，每天早晨都是牛惠把打好的豆浆端到他的手上。老马打豆浆是跟小蚕同居以后才开始学的，学会后每天都打豆浆给小蚕喝。想到这里，老马心里顿时对牛惠生出一丝歉意。

豆浆打好之后，老马开始寻找苹果。牛惠把苹果放在厨房的食品柜里，他很快就找到了。洗苹果的时候，老马陡然又想到了小蚕，小蚕也喜欢吃苹果，但她不愿意吃整的，总是把苹果切成一些小片，然后用牙签挑着吃。老马曾问她，为什么要切成片状吃？小蚕说，片状的好吃一些。他起初还不相信，后来经过比较，果然发现切片吃与整个吃味道不一样。

老马把苹果洗好了，他想他今天也要让牛惠尝一尝苹果片的味道。他找来一把水果刀，开始将苹果切成片，切好后将它们整整齐齐地摆在一只盘子里。摆好之后，老马去餐厅找来了一把牙签，又将牙签一一插进苹果片。

八点一刻的样子，牛惠从卧室里开门出来了。她看见老马在厨房里，就问，你在厨房里干什么？老马自豪地说，我在为你准备早餐呢。他一边回答一边将豆浆和苹果往餐厅里端。

牛惠去卫生间洗漱。进去不久，牛惠在卫生间里着急地问，喂，我昨晚换下的衣服怎么不见了，你看见了吗？老马骄傲地说，噢，我给你洗啦！牛惠吃惊地说，给我洗了，你？老牛扩大嗓门说，是的，已晒在阳台上了呢。牛惠马上跑到阳台上去看，看后说，你真是变勤快了！

老马把豆浆和苹果片在餐桌上摆好，牛惠从卫生间来到了餐厅。一看见豆浆和苹果，牛惠立刻就傻了眼。她在餐厅门口站了好半天，然后用激动的声音说，哎呀，你怎么会变得这么勤快！老马听了喜不自禁，连忙给牛惠招手说，快过来喝豆浆吧，再不喝就凉了！

牛惠喝完一杯豆浆，正在用纸巾擦嘴，老马用牙签挑起一片苹果送到了她的嘴前。把嘴张开。老马说。牛惠一怔问，你要干什么？老马说，我喂你吃苹果片。牛惠把嘴往旁边一摆说，我自己吃！她说着就伸出了一只手。老马说，不，我亲自喂你吃！牛惠红着脸正要说什么，老马冷不防就把那片苹果喂进了牛惠的嘴里。牛惠嚼苹果片的时候，老马用眼睛直直地盯着她的嘴问，苹果片好吃吗？牛惠笑着点头说，嗯，好吃！老马又问，与整个吃有什么不同？牛惠想了一会儿说，更清脆一些。牛惠话音未落，老马又放了一片在她嘴里。

4

吃过早餐，老马和牛惠出门了。老马说他要带牛惠去逛新世纪百货，逛完后再带她去太子轩吃海鲜，然后再带她去亚洲电影城看电影。牛惠开始说不去。老马说，你不去我给你下跪。牛惠说下跪也不去。老马就说，那我打自己的耳光。他这么一说，牛惠就乖乖地答应去了。

新世纪百货是武汉最高档的购物场所，老马过去经常陪小蚕到这里来买名牌服装。但牛惠从没来过，她每个月只有两千多块钱，逛不起这里。她平时主要逛群光广场。进入一楼大厅后，牛惠停下来，四处打量了一会儿说，真是豪华啊！老马走过去挽住她说，我们上三楼吧，那里专卖女士服装。

他们是乘坐电梯上楼的，开电梯的小姐打扮得像新娘子，还戴着白色手套。客人一进去，电梯小姐就把手向上一抬说，电梯上行。牛惠是第一次见到这种情景，感到很新鲜，两眼看着电梯小姐一眨不眨。走出电梯时，老马说，你看得人家脸都红了！牛惠不好意思地说，我这是陈奂生上城啊！

老马一到三楼就领着牛惠直奔声雨竹专柜。其实他真正要去的不是声雨竹，而是哥弟专柜。老马记得，哥弟就在声雨竹隔壁。小蚕一直喜欢穿声雨竹品牌的服装，老马曾经陪她多次光顾声雨竹。有一次，小蚕去试衣的时候，老马闲得无聊就到隔壁的哥弟逛了一下。小蚕试好衣服出来，老马对她说，旁边的哥弟服装好像也不错。小蚕说，哥弟适合中年妇女穿。小蚕这么一说，老马当时就想到了牛惠，从此就把哥弟记在心里了。

经过声雨竹时，老马突然停了脚步，眼睛不由自主地朝专柜里看了一下。半年前，他曾经在这里给小蚕买过一件三千多元的风衣。试衣之前，老马觉得有点儿贵，当小蚕穿上它张开双臂在他面前旋转的时候，他就觉得不贵了。

进入哥弟专柜后，老马拍着牛惠的肩说，你自己挑吧，看上哪件我给你买哪件。牛惠说，你对我这么大方？老马说，对你不大方还对谁大方？牛惠就去挑选。其实每一款都不错，但牛惠却挑了半天也没试一件。老马说，怎么，一件都看不中？牛惠说，不是，主要是太贵了，最便宜的都两千多元呢。老马说，不要考虑钱，只要你喜欢，再贵我也给你买！

卖衣服的小姐听老马这么一说，眼睛立即亮了一下。她热情地问老马，先生，你想给你太太买一件什么价位的衣服？小姐的话一出口，牛惠猛地摆过头来看了她一眼。老马赶紧去看牛惠，发现她的脸一下子红得像打了胭脂。老马想了一下问小姐，有四千多的吗？小姐马上说，有，我们刚上市了一款风衣，打折价四千五百元，正好适合你太太穿。老马趁机说，太好了，快拿来让我太太试一下。小姐很快把风衣拿来了，看样子果然不同凡响，无论是样式还是色彩都很高雅。老马给牛惠招一下手说，快来试试。牛惠站在那里不动，愣愣地看着老马说，还真买呀？老马说，当然，只要你喜欢我就买。老马边说边上去拉过牛惠，逼着她试。牛惠在那位小姐的催助下很快穿上了那件风衣，老马一看就惊叫一声，啊！太美了！

老马立刻付了钱。他对牛惠说，别脱下来，就穿着它去吃饭和看电影。牛惠犹豫了一会儿，就依了老马没脱，把原先的那件外套放在手袋里拎着。

从新世纪百货出来，一路上都有艳羡的目光打量牛惠，牛惠在欣喜的同时稍微感到有点儿不自然。她小声对老马说，我今天的回头率好高啊！老马说，你穿这件风衣的确漂亮！牛惠说，就是太贵了，四千多元呢！老马说，不贵，我正想给你买件四千多元的衣服呢。牛惠一怔说，为什么非要买四千多元的？老马没回答，脸却突然红了。

中午十二点，老马带着牛惠到了太子轩。老马一进门就对领班说，我要巴黎厅。巴黎厅不大，但很雅致，最低消费八百元，老马曾经和小蚕来这里吃过两次。有一次吃爬虾，小蚕吃了一盘还想吃，老马就又为她要了一盘。可是领班说，对不起，巴黎厅已经有人了。老马怔了一会儿问，还有与巴黎厅差不多的厅吗？领班说，差不多档次的没有了，现在只剩下一个纽约厅，最低消费一千二百元。老马说，好，我们就要这个纽约厅。牛惠这时用手肘碰了一下老马说，换个便宜的吧，一千二百元太奢侈了，再说我们两个人也吃不了呀！老马说，吃多少算多少吧，我还从来没请你上过一回像样的餐馆呢，今天一定要让你好好地饱一次口福！

纽约厅的确比巴黎厅豪华。牛惠进门后指着头上的一盏吊灯对老马说，这灯真好看！正在一旁泡茶的服务生说，听我们领班说，这盏灯一万多块。牛惠说，难怪呢！服务生上了茶后，拿出菜单让老马点菜，老马一挥手说，你就按一千二百元安排吧，尽量多来点儿海鲜。服务生高兴地说，好的！

菜很快一道接一道地上来了，全是山珍海味，大都是牛惠没吃过的，有的她连名字都没听说过。老马见多识广，来一个菜就给牛惠介绍一个。一会儿说这是鹅掌，一会儿说那是鲍鱼羹，一会儿又说这是鱼翅燕窝。牛惠一边吃一边扭头对老马笑。老马看着牛惠笑，心里美滋滋的。

大约上了七八道菜，服务生对老马说，先生，你的菜上齐了。老马眼睛一愣说，怎么没见上爬虾？服务生说，没给你们安排爬虾。老马问，为什么不安排爬虾呢？服务生说，你让我们为你安排，没强调要爬虾呀。老马想了一下说，那就再加个爬虾吧，我另外加钱。老马话刚说完，牛惠拦住说，别加菜了，我实在吃不下了。老马说，可你没吃爬虾啊！牛惠不解地问，为什么非要吃爬虾呢？老马迟疑了一下说，爬虾好吃！服务生很快把爬虾加上来了，老马亲手剥好放到牛惠面前。好吃吗？老马盯着牛惠的嘴问。真香！牛惠一边回答一边用纸巾擦口水。

　　午餐前后吃了两个多小时，他们到达亚洲电影城已是下午三点了。这里有二十多个放映厅，每个厅的名字取得都很有诗意，比如金太阳、蓝月亮、绿珊瑚。老马从中选择了红草莓。也许是观众怕酸的缘故吧，进这个厅看电影的人很少。有一次老马和小蚕来看李安的《色戒》，整个厅里居然只有十几个观众，因为人少坐得散，小蚕看到激动处就把手伸到老马身上毫无顾忌地游走。走到红草莓门口时，牛惠突然问，你怎么选这个厅？老马说，这个厅人少。

　　这天红草莓的观众更少，老马和牛惠进去时还不到十个人。开映之前，牛惠问老马，我俩有多少年没进过电影院了？老马想了想说，快二十年了吧。电影很快开始放了，是《苹果》。牛惠看得脸红心跳，嘟哝说，怎么都是做这种事？老马这时伸出一只手，在牛惠的一只手上拍了拍说，别说话，认真看！老马拍牛惠的手时，牛惠的手没有躲开，老马于是就把牛惠的那只手捉住了。他捉得很紧，像捉一条鱼似的，生怕它跑了。刚捉到的时候，牛惠的那只手是冰凉的，过了一会儿就热了，后来手心里还出了一层汗。看罢电影出来时，牛惠对老马怪笑一下说，难怪你要找一个人少的厅呢！

5

　　这天的晚饭是牛惠亲自在家里做的。晚饭做得很晚，吃得也慢，等他们放下碗筷时，时间已是夜里十点钟了。牛惠先看看墙上的挂钟，然后认真地对老马说，你该走了！老马也认真地对牛惠说，我不走了！牛惠问，为什么？老马说，我要回来跟你复婚！牛惠一怔，瞪大眼睛说，这种玩笑不是随便开的。老马直直地看着牛惠说，不是开玩笑，我已经决定了！

　　牛惠突然把头低下去了。许久之后，她抬起头来，望着老马说，你不应该做出这样的决定。老马问，为什么？牛惠说，好马不吃回头草。老马沉吟了片刻说，我本来就不是一匹好马。

　　过了一会儿，牛惠说，我有点儿累，想休息了。她说着就进了卧室。进门时，她顺手把门关了一下，但没有关严，还留了指头粗一条缝。老马看着那条缝，心里顿时充满了无限的想象。后来，老马走到卧室门前，透过那条缝问，牛惠，我今晚睡哪里？牛惠没说话，卧室内无比寂静。过了片刻，老马又透过门缝说，牛惠你说话呀，你要不说话，我就进来跟你睡了！牛惠还是没说话。老马顿时喜疯了，手一伸就推门进了卧室。

牛惠还没睡下去，她半躺在床上，手里拿着一件什么东西在看。开始，老马以为她看的是一本杂志，走近才发现是一张放大的照片。但老马没看清照片上是谁，他刚走过去，牛惠就把照片藏到了背后。谁的照片？老马问。牛惠不回答，直直地注视着老马。老马顿时急了，朝牛惠冷不防扑过去，一把抢过了照片。拿过照片一看，原来竟然是以前放在客厅空调上的那张合影，英俊的老马和漂亮的牛惠肩并肩头挨头，脸笑得像花儿一样。老马惊喜万分，双手一张就像老鹰扑小鸡似的朝牛惠扑了过去。

爱情树

1

杏雨在窗口洗胸罩时，听见楼下男生寝室里有人说学院后山上死了一棵树。杏雨一惊。杏雨陡然想起了那棵怪模怪样的树。那棵怪模怪样的树也在学院后山上。

从前杏雨去学院后山就经常见到那棵怪模怪样的树。自从出了那件可怕的事，杏雨就再没去过学院后山，再没见过那棵怪模怪样的树。莫非死的就是那棵怪树？杏雨想。怪树死了也好！杏雨继续想。然而杏雨不知道究竟死的是棵什么树。后山上的树多如牛毛。不过杏雨很想知道那棵怪模怪样的树到底是死了还是活着。

本来杏雨可以向楼下的男生们打听打听。但她没有这么做。杏雨恨楼下的男生。因为公阳原来就住在楼下。杏雨恨死了公阳。杏雨是个恨屋及乌的女子。

杏雨继续洗胸罩。杏雨已经好久不洗胸罩了。自从出了那件可怕的事，杏雨就害了一场大病。自从害了病杏雨就再没洗过胸罩。现在杏雨的病已基本痊愈，于是杏雨开始洗胸罩了。

杏雨一边洗胸罩一边思考洗好之后晾在什么地方这个问题。窗台上有铁制的晒衣架。晒衣架上有很好的阳光。杏雨把胸罩洗好之后本可以挂在铁架上晒，而且杏雨原来一直就是这么晒胸罩的。而现在杏雨却不愿意这么晒胸罩了，并且打算今后也决不这么晒胸罩。

因为杏雨是因为晒胸罩才认识公阳的。就是因为在晒衣架上晒胸罩。

记得那天的风很大。上课之前，杏雨把胸罩晒在窗台的铁架上。下课回来，杏雨就发现胸罩不翼而飞了。杏雨看见了地上有很厚一层被风吹落的树叶，便断定胸罩是被风吹跑了。

于是杏雨就很伤心。因为那件胸罩来之不易。那件胸罩是杏雨留学法国的表姐从巴黎寄给她的。杏雨穿上那件胸罩特别具有女性之美。每当杏雨穿着那件胸罩出门去，少不了有无数道动情的目光朝她发射。杏雨因此曾使好多的男生为她神魂颠倒。可惜这条胸罩被风吹跑了。该死的风！

杏雨很想把那件胸罩找回来。于是在那天傍晚，杏雨便独自去了学院后山。杏雨怀疑风把她的胸罩吹到后山的树林去了。那是一个很美丽的傍晚，晚霞像水彩涂满了树林，后山如一幅迷人的风景画。不过杏雨没有心思欣赏风景。杏雨只顾着在树林里寻找胸罩。可是一直找到晚霞从天边消失，杏雨连胸罩的影子也没有捕捉到。

后来杏雨就登上了山顶。杏雨登上山顶就发现了那棵怪模怪样的树。树身不高不矮不粗不细并没有特别之处，而它的树枝和树叶却长得很奇怪。枝和叶都弯弯曲曲像女人烫过的头发。此时杏雨已经很累了。她看了几眼那弯弯曲曲的枝叶后便索性坐到树下休息。杏雨打算喘口气之后就下山。杏雨寻找胸罩的希望已随着晚霞的消失而破灭。杏雨的脸上布满沮丧。

杏雨刚在怪树下坐定，突然有一个男生背着书包匆匆地来到了树下。

"小姐，你不高兴？"

杏雨抬头打量那男生。那男生瘦而高，皮肤白而光，鼻梁上架了一副金丝镜。杏雨觉得好面熟。

"我住你楼下。比你高一年级。我叫公阳。"

杏雨听了便对公阳友好地一笑。杏雨的笑很勉强很苦涩。

公阳就说："小姐因为丢了一件东西而苦恼是不是？"

杏雨说："你怎么知道我丢了一件东西？"

公阳说："你丢了一件胸罩？"

杏雨说："你怎么知道我丢了一件胸罩？"

公阳说："你的胸罩被风吹到我们的窗台上，我就帮你捡到了。

我现在就是给你送胸罩来的。"

公阳边说边打开书包。接着就从书包里掏出了一件白色胸罩来。果然是杏雨的胸罩。

杏雨惊喜。杏雨一边把失而复得的胸罩贴在胸前一边用感激的目光注视公阳……

杏雨就这么认识了公阳。

杏雨这时已洗好胸罩。然而把胸罩晾在什么地方这个问题她还没有考虑好。不过杏雨发誓不再把胸罩晾到铁衣架上去了。如果当初不把胸罩晾在铁架上就不会认识公阳。杏雨在这么想。杏雨觉得认识公阳是一个很大的错误。

楼下男生寝室里又有人说起学院后山上死了一棵树。杏雨便又想起那棵怪模怪样的树了。

2

杏雨最后把胸罩晾在了床架上。之后杏雨就决定到学院后山上去一趟。自从出了那件可怕的事,杏雨就再没有去过后山,就再没见过那棵怪树。杏雨想去看看死的是否就是那棵怪模怪样的树。

杏雨朝后山走去。她希望死的正是那棵树。

那棵怪模怪样的树本来没有名字。后来杏雨与公阳经常在树下幽会,公阳便说要给怪树取个名字。

"你取吧。"杏雨说。

"爱情树。"公阳说。

公阳于是用水果刀在树上刻了三个字:爱情树。杏雨当时觉得这名字挺有诗意,挺有美感,挺有浪漫色彩。而现在她觉得这名字太肉麻,太恶心,太俗不可耐了。

自从公阳给怪模怪样的树取了爱情树这个美名之后,杏雨便与公阳正式做起爱情来。爱情树是怪模怪样的。杏雨与公阳的爱情也做得怪模怪样。杏雨一回忆起那段经历就觉得自己那时候太浅薄,太无知,太可笑,随即就无限悔恨。

一次，公阳指着爱情树说，你敢爬到这树上去吗？杏雨就说这有什么不敢的。杏雨就爬到树上去了。杏雨得意地对公阳说怎么样怎么样。公阳便说有本事有本事。可是杏雨只会上树不会下树。公阳张开双手叫杏雨往下跳。杏雨就闭了眼睛跳，杏雨一跳就跳进了公阳的怀抱。公阳便乘机把杏雨紧紧地抱住，杏雨这时候才知道上了公阳的当，便说你真坏你真坏。公阳却说你是自投罗网，我是守株待兔。那是一个月夜。爱情树沐浴在如水的月光里。杏雨那晚披着长发，长发上也落满了月光。两人便在这月光里陶醉了……

杏雨当时丝毫没有看出公阳是流氓。这一点使杏雨觉得自己太幼稚，太天真，太有眼无珠。如果早一点识破公阳的丑恶面目，杏雨就不会让公阳吻她。可是，直到出了那件可怕的事，杏雨才彻底看清了公阳的嘴脸。杏雨这时已经走进后山的树林。杏雨正在走向山顶。杏雨想她一走上山顶就能看见那棵怪模怪样的树了。

3

后山的树林间落满了枯黄的树叶。杏雨走在落叶上，落叶发出哗哗的响。杏雨没料到树叶会落得这么早。想想前一次上后山，树上的叶子还是青紫的。不过杏雨也有好久没上后山了。自从出了那件可怕的事，杏雨就再没来过后山。

那件可怕的事真是太可怕了。杏雨现在想起来还有些心惊肉跳。

尽管那件事太可怕，但杏雨还是很感谢出了那件事。因为如果不出现那件可怕的事，杏雨也许至今还看不清公阳的本质。

其实杏雨在那件可怕的事发生之前就应该识破公阳的。在那件可怕的事发生之前的头天的晚上，杏雨曾与公阳闹了一次很厉害的冲突。地点也是在后山的爱情树下。

冲突是这样的。

公阳首先很突然地问杏雨从前是否谈过恋爱。杏雨说谈过。杏雨认为对所爱的人是不应该保密什么的。可是公阳一听说谈过就马上有些不高兴，脸色苍白如纸。公阳接着用一种很难听的口气对杏雨说难怪你这么老练。杏雨问什么意思。然后气氛就很尴尬很紧张。

杏雨和公阳背对背默坐了好久之后，公阳开始审问杏雨。

"你们谈过几年？"

"一年。"

"你跟他抱过吗？"

"抱过。"

"吻过吗？"

"吻过。"

"是他先抱的你还是你先抱的他？"

"忘了。"

这时，公阳从地上站起来，扩大了声音问："你跟他睡过吗？"

"你……"

公阳又说："你们抱也抱过吻也吻过，难道还不会睡觉？人们都说三个月不睡觉不叫谈恋爱，你们谈了一年，一年有四个三个月呀！"

杏雨已气愤到极点，一伸手打了公阳一耳光，然后杏雨扭头就朝山下跑。

杏雨这时已经爬上山腰。

4

杏雨觉得那棵爱情树长得太怪模怪样了。杏雨第一眼看见时就断定它是棵怪树。后来在树下发生的一系列的事证明它果然是棵怪树。不仅杏雨和公阳在那树下做了一场奇怪的爱情，而且那件可怕的事也出在那棵树上。

杏雨不明白那件可怕的事为何那么巧也出在爱情树下。她因此感到世界真是太神秘莫测了。

在与公阳发生冲突之后的一天多时间里，杏雨没有上后山。其间公阳曾经找过杏雨几次，向她承认错误并要求和好。杏雨没有理睬公阳。杏雨想冷淡公阳一阵子。

接着就出了那件可怕的事。

那天黄昏，夕阳像猪血洒满校园。杏雨独自在校园的小路上散步，一直散到了学院大门。杏雨正要调头往回走，一个柔弱的女子拦住了她。

"同志，我向你打听一个人。"那弱女子说。

杏雨抬头看那弱女子。弱女子的脸色很黯淡，目光很忧伤，看上去有二十多岁，相貌和打扮都很平常。

"你找谁？"杏雨问。

"我找一个叫公阳的人。"弱女子的声音很细小。

"他？"杏雨猛吃一惊。

杏雨很耐心地把公阳的地址告诉了弱女子。弱女子谢了杏雨就朝校园里走去。杏雨站着看弱女子的背影，弱女子在夕阳里越来越远，越变越小后来就无影无踪了……

当弱女子的背影消失殆尽，杏雨忽然后悔没有向弱女子问点什么，比如从哪里来，姓甚名谁，是公阳的什么人。不过后悔已晚。弱女子无影无踪了。然后杏雨就接着散步，一直散到夜幕笼罩了校园才回到寝室里去。

这天晚上公阳没来找杏雨。

这天晚上杏雨很晚才睡觉。

这天晚上杏雨大半夜睡不着。

后半夜杏雨辛苦地睡了。杏雨一睡着就做了一个梦。杏雨梦见了一座坟。次日五点钟，杏雨就惊醒过来，浑身都是冷汗。杏雨便预感有什么可怕的事要发生。

果然当天就出了那件可怕的事。

杏雨一醒就睡不着了。她躺在床上看窗外的天。窗外有一些亮光的时候，杏雨便穿衣起床了。杏雨觉得寝室里好闷，便决定到后山去读外语。后山上有新鲜的空气。

杏雨独自登上了山顶。不知不觉中，杏雨走到了那棵怪模怪样的爱情树下。突然杏雨看见树上吊着一具女尸。

杏雨惊叫了一声。杏雨惊叫了一声就扭头跑下了后山。

杏雨及时报告了学院保卫处。保卫处在吃早饭时便包围了现场。保卫处的人是由杏雨领去的。杏雨再去时发现那吊着的女尸很眼熟。过细一看，竟是头天黄昏时向杏雨打听公阳的那个弱女子。杏雨于是又惊叫了一声。

保卫处的人在女尸的衣袋里找到了一份遗书。原来弱女子是公阳的未婚妻。

杏雨于是就害了一场大病。

不久，公阳被学院开除了。

从此杏雨就再没有上过后山，就再没有见过那棵怪模怪样的爱情树。杏雨一直想不通弱女子为啥偏偏吊死在那棵树上。后山上的树多如牛毛。

5

杏雨终于爬上了山顶。杏雨在径直朝爱情树走去。杏雨老远就看见了那棵怪模怪样的树。

原来死的正是那棵爱情树。

杏雨伫立在死掉的爱情树下，心情无比沉重。杏雨不知道这棵树为什么会突然死掉。

这时有几个散步的来到了爱情树下。他们也仔细地看着这棵死掉的怪模怪样的树。

"这树怎么死了？"一个人问。

"有人在树上刻了字，伤了树的心。"另一个答。

杏雨抬头看树，原来就是公阳刻的"爱情树"三个字。杏雨没想到这三个字竟葬送了这棵树的生命。

爱情树死了。

杏雨与公阳的爱情也死了。

晓苏短篇小说创作索引

（1985—2025）

001.《楼上楼下》，发《长江文艺》1985.12。

002.《大哥》，发《百花园》1986.03。

003.《伢子》，发《百花园》1986.03。

004.《黄昏》，发《长江文艺》1987.04。

005.《婚仇》，发《星火》1988.03。

006.《弃儿》，发《火花》1988.10。

007.《太热的夏天》，发《长江文艺》1988.05。

008.《山里人山外人》，发《长江文艺》1988.12。

009.《矮人垮》，发《滇池》1989.01。

010.《老家》，发《芳草》1989.04。

011.《运气》，发《布谷鸟》1989.07。

012.《换屋》，发《飞天》1989.12。

013.《寻找狂夫》，发《海燕》1990.03。

014.《界石岭》，发《长江》1990.02。

015.《爱情树》，发《牡丹》1990.03。

016.《小孩和路》，发《芳草》1990.04。

017.《村长的老婆》，发《飞天》1990.09。

018.《两个人的会场》，发《芳草》1990.09。

019.《神爷的遗嘱》，发《中国故事》1990.05。

020.《没想到提包里装的是炸弹》，发《东京文学》1990.05。

021.《幕后》，发《朔方》1990.10。

022.《无灯的元宵》，发《山花》1990.10。收入《中国当代文学经典必读（1990 年短篇小说卷）》（吴义勤主编，百花洲文艺出版社出版）。

023.《苦李子》，发《长江文艺》1990.11。

024.《麦草帽》，发《海燕》1990.11。

025.《吃的喜剧》，发《小说天地》1991.01。《小说月报》1991.04转载。收入《1991 年短篇小说选》（人民文学出版社出版）。

026.《鸡镇故事》，发《汉水》1991.01。

027.《夕阳血》，发《当代作家》1991.02。

028.《农家少妇》，发《女子文学》1991.02。

029.《窗口》，发《花溪》1991.02。

030.《黑灯》，发《三峡文学》1991.03。

031.《在歪脖子枫树下》，发《牡丹》1991.05。

032.《老天》，发《青海湖》1991.06。

033.《偏爱》，发《洞庭湖》1991.06。

034.《灰色的死》，发《花溪》1991.07。

035.《公家的核桃树》，发《长江文艺》1991.10。

036.《吹牛》，发《边疆文学》1991.11。

037.《乡校》，发《飞天》1991.11。

038.《山上有个洞》，发《朔方》1992.01。

039.《黑鸟》，发《鸭绿江》1992.01。

040.《克星》，发《小说天地》1992.01。

041.《买卖》，发《当代小说》1992.01。

042.《胡氏》，发《牡丹》1991.01。

043.《天火》，发《滇池》1992.01。

044.《活乞丐死乞丐》，发《芳草》1992.02。

045.《孤独的春天》，发《巴山文学》1992.02。

046.《该死的门》，发《短篇小说》1992.03。

047.《香火》，发《南方文学》1992.03。

048.《烧酒》，发《长江文艺》1992.04。

049.《天盖斗鸡》，发《花溪》1992.04。

050.《黑箱》，发《山花》1992.04。

051.《两个背水的女人》，发《东海》1992.04。

052.《歌哭》，发《边疆文学》1992.05。

053.《黑水潭》，发《当代小说》1992.06。

054.《初春季节》，发《中国校园文学》1992.08。

055.《三个人的故事》，发《长江文艺》1992.09。《小说月报》1992.12 转载。收入人民文学出版社《1992年短篇小说选》。获《长江文艺》金叶杯小说奖。

056.《寡妇和她的女儿》，发《长江文艺》1992.09。

057.《耕田人》，发《长江文艺》1992.09。

058.《疯狗》，发《海燕》1992.11。

059.《公路边人家》，发《山东文学》1992.11。

060.《春寒》，发《清明》1992.06。

061.《平衡》，发《山花》1993.01。

062.《女人的名声》，发《女子文学》1993.01。

063.《椰木疙瘩》，发《海燕》1993.02。

064.《暴雨》，发《青海湖》1993.03。

065.《长黄瓜短黄瓜》，发《鸭绿江》1993.03。收入人民文学出版社《1993年短篇小说选》。

066.《悬案》，发《北方文学》1993.04。

067.《狗戏》，发《春风》1993.04。

068.《村妇》，发《芳草》1993.05。

069.《黄昏雨》，发《青岛文学》1993.06。

070.《哑巴》，发《牡丹》1993.05。

071.《包谷地》，发《三峡文学》1993.05。

072.《烟斗》，发《芒种》1993.10。

073.《空家》，发《春风》1993.10。

074.《黑窑》，发《飞天》1993.10。

075.《黑雪》，发《女子文学》1993.12。

076.《夜遇》，发《山东文学》1993.12。

077.《会长》，发《短篇小说》1994.02。

078.《兄弟》，发《鸭绿江》1994.03。

079.《野胎》，发《清明》1994.03。

080.《门卫》，发《厦门文学》1994.03。

081.《校园变奏》，发《中国西部文学》1994.03。

082.《村邻》，发《长江文艺》1994.04。

083.《文盲》，发《三峡文学》1994.04。

084.《病魔》，发《芳草》1994.05。

085.《麦地上的女人》，发《山东文学》1994.08。

086.《黑色窗帘》，发《芳草》1994.08。

087.《黑色情书》，发《花溪》1994.09。

088.《黑色草帽》，发《青年文学》1994.09。

089.《老师贩猪》，发《飞天》1994.09。

090.《麦种》，发《春风》1994.09。

091.《黑色松林》，发《珠海》1995.01。

092.《黑色石桌》，发《当代小说》1995.01。

093.《老粗》，发《山东文学》1995.03。

094.《艳遇》，发《春风》1995.04。

095.《黑色飘带》，发《青年文学》1995.05。

096.《醉眼朦胧》，发《芳草》1995.05。

097.《原型》，发《芳草》1995.06。

098.《黑色乳罩》，发《天津文学》1995.06。

099.《遭遇泥坑》，发《三峡文学》1995.06。

100.《黑色围巾》，发《花溪》1995.10。

101.《黑色舞池》，发《花溪》1995.11。

102.《黑色雨伞》，发《长江文艺》1996.01。

103.《黑色发套》，发《春风》1996.02。《传奇文学选刊》1996.06 转载。

104.《雨季》，发《长江文艺》1996.01。

105.《黑色请柬》，发《新生界》1996.03。

106.《黑色背景》，发《十月》1996.03。《小说月报》1996.08 转载。

107.《黑色眼镜》，发《鸭绿江》1996.04。

108.《黑色门房》，发《芳草》1996.04。《小说选刊》1996.07 转载。

109.《黑色项链》，发《清明》1996.04。

110.《黑色手枪》，发《北方文学》1996.04。《传奇文学选刊》1996.09 转载。

111.《黑色根雕》，发《飞天》1996.08。《传奇文学选刊》1996.12 转载。

112.《故乡丑闻》，发《青岛文学》1996.11。

113.《黑色麻将》，发《青年文学》1997.01。

114.《人与鸡》，发《小说林》1997.01。

115.《黑色蝴蝶》，发《春风》1997.01。

116.《启蒙时代》，发《春风》1997.01。

117.《红南瓜》，发《作品》1997.02。

118.《黑色恋歌》，发《海燕》1997.02。

119.《羞涩岁月》，发《芳草》1997.02。

120.《半夜猪叫》，发《绿洲》1997.03。

121.《流氓》，发《当代作家》1997.03。

122.《寒冬洗澡》，发《当代作家》1997.03。

123.《错误》，发《鸭绿江》1997.07。

124.《雷声远去》，发《延河》1997.12。

125.《强盗和赃物》，发《漓江》1998.02。

126.《小偷》，发《时代》1998.02。

127.《取暖器》，发《新生界》1998.03。

128.《玩火柴的小孩》，发《飞天》1998.05。

129.《鸡腿与情诗》，发《长城》1998.05。

130.《课外游戏》，发《鸭绿江》1998.09。

131.《军婚》，发《春风》1998.12。

132.《失踪者》，发《山花》1998.03。

133.《茶馆来信》，发《长江文艺》1998.04。

134.《院长日记》，发《长江文艺》1998.04。

135.《黑色披风》，发《芳草》1998.03。

136.《干妈》，发《东海》1998.07。

137.《黑桥》，发《花溪》1998.08。

138.《代课老师》，发《广西文学》1998.10。

139.《金米》，发《长江文艺》2002.04。《文艺报》和《长江文艺》分别发表评论。获第三届湖北文学奖。

140.《爱猪的女人》，发《长江文艺》2002.04。《太原日报·佳作精编》版 2006 年 11 月 27 日全文转载。

141.《黑木耳》，发《长江文艺》2002.04。

142.《老板还乡》，发《山花》2002.05。

143.《一朵黄菊花》，发《春风》2002.08。

144.《你们的大哥》，发《青年文学》2002.06。《文艺报》发表评论。

145.《婚外飘流记》，发《江南》2002.06。

146.《看望前妻》，发《花城》2002.06。《文艺报》发表评论。

147.《金银花》，发《福建文学》2002.08。

148.《雨季奇案》，发《广西文学》2002.12。

149.《跪地求饶》，发《广州文艺》2002.12。《小说精选》2003.01转载。

150.《母猪桥》，发《作品》2003.03。

151.《娘家风俗》，发《山花》2003.04。收入《中国 2003 年短篇小说经典》（吴义勤主编，山东文艺出版社出版）和《中国新世纪短篇小说欣赏》（金立群编著，光明日报出版社出版）。

152.《春天的车祸》，发《芳草》2003.04。收入《中国 2003 年优秀校园小说选》（葛红兵主编，上海文艺出版社出版）。

153.《草屋》，发《长江文艺》2003.04。

154.《村里出了个打字员》，发《春风》2003.04。

155.《被炒了鱿鱼的人》，发《春风》2003.04。

156.《哭笑不得》，发《山东文学》2003.06。

157.《米共的苦乐年华》，发《广西文学》2003.06。

158.《姑妈》，发《岁月》2003.08。

159.《爱情地理》，发《安徽文学》2003.08。

160.《误诊》，发《长城》2003.02。

161.《表姐呀表姐》，发《长江文艺》2003.11。

162.《书虹医生》，发《山花》2003.12。

163.《给父亲过生日》，发《芳草》2004.01。

164.《三座坟》，发《芳草》2004.02。《短篇小说选刊》2004.04
转载。

165.《侯已的汇款单》，发《芳草》2004.03。《小说月报》2004.05
转载。《作品与争鸣》2004.08 转载并配发两篇评论。《文艺报》发表
评论。2005 年获"蒲松龄短篇小说奖"。收入《中国 2005 年获奖小
说选》（王干主编，燕山文艺出版社出版）。

166.《人情账本》，发《芳草》2004.04。

167.《乡村母亲》，发《芳草》2004.05。

168.《光棍村》，发《芳草》2004.06。

169.《替姐姐告状》，发《芳草》2004.07。

170.《嫂子改嫁》，发《芳草》2004.08。收入《中国 2004 年短篇
小说经典》（吴义勤主编，山东文艺出版社出版）。

171.《没有孩子的母亲》，发《芳草》2004.09。

172.《九味酒》，发《芳草》2004.10。

173.《粪王传奇》，发《芳草》2004.11。

174.《糖水》，发《芳草》2004.12。

175.《进修的女生》，发《春风》2004.01。《短篇小说选刊》2004.02转载。

176.《三年前的一个吻》，发《春风》2004.02。《短篇小说选刊》2004.03转载。

177.《过去的爱情》，发《春风》2004.03。

178.《教授与乞丐》，发《春风》2004.04。

179.《摇头苦笑》，发《春风》2004.05。

180.《冯椿的情况》，发《春风》2004.06。《短篇小说选刊》2004.08转载。收入《中国2004年好看小说选》（谢冕主编，华艺出版社出版）。

181.《与床共舞》，发《春风》2004.07。

182.《交杯酒》，发《春风》2004.10。

183.《黄雀》，发《春风》2004.11。

184.《我的导师路明之》，发《春风》2004.12。

185.《生日歌》，发《山花》2005.01。

186.《龙洞记》，发《长城》2005.02。《小说月报》2005.06转载。

187.《怀念几件衣裳》，发《朔方》2005.02。

188.《到什么山上唱什么歌》，发《花城》2005.02。《中华文学选刊》2005.11转载。收入《中国2005年短篇小说经典》（吴义勤主编，山东文艺出版社出版）。

189.《往事重提》，发《长江文艺》2005.03。

190.《老讲师》，发《四川文学》2005.04。

191.《丑事汹涌》，发《安徽文学》2005.05。

192.《从前的单相思》，发《百花洲》2005.06。《小说月报》2006.02转载。

193.《做复印生意的人》，发《长江文艺》2005.12。

194.《吊带衫》，发《延河》2005.12。

195.《夫妻之歌》，发《作品》2005.12。

196.《背黑锅的人》，发《收获》2005.05。《作家文摘报》以连载的形式转载。收入《中国短篇小说年选（2005年卷）》（洪治纲选编，花城出版社出版）。收入《中国2005年最佳短篇小说》（王蒙主编，辽宁人民出版社出版）。

197.《绕床起舞》，发《福建文学》2006.01。

198.《走回老家去》，发《朔方》2006.01。《新华文摘》2006.06全文转载。

199.《秋天的老虎》，发《红豆》2006.03。

200.《两个窥视者》，发《长城》2006.03。收入《中国2006年短篇小说经典》（吴义勤主编，山东文艺出版社出版）。

201.《土妈的土黄瓜》，发《长江文艺》2006.04。

202.《侄儿请客》，发《作家》2006.04。《中华文学选刊》2006.06转载，配发王先霈评论。

203.《谢客老师》，发《滇池》2006.05。

204.《农家饭》，发《钟山》2006.04。《文艺报》发表评论。

205.《抓阄的前前后后》，发《飞天》2006.05。

206.《为光棍说话》，发《山花》2006.05。

207.《城里来的前夫》，发《百花洲》2006.04。

208.《击鼓传花》，发《延河》2006.08。

209.《碰头会》，发《作品》2006.09。

210.《坦白书》，发《大家》2006.05。《文艺报》发表王先霈先生的评论文章。

211.《堵嘴记》，发《长江文艺》2007.03。获《长江文艺》首届完美文学奖。

212.《我们应该感谢谁》，发《收获》2007.02。《长江文艺好小说》2021.01转载。

213.《主席台》，发《星火》2007.03。

214.《我的丈夫陈克己》，发《百花洲》2007.03。

215.《帽儿为什么这样绿》，发《福建文学》2007.06。

216.《送一个光棍上天堂》，发《花城》2007.05。

217.《怀旧之旅》，发《江南》2007.05。

218.《住在坡上的表哥》，发《长城》2007.05。收入《中国 2007
年短篇小说经典》（吴义勤主编，山东文艺出版社出版）。

219.《天边的情人》，发《钟山》2007.06。

220.《松油灯》，发《作家》2007.11。

221.《四季歌》，发《上海文学》2007.12。

222.《麦芽糖》，发《青年文学》2008.02。《小说月报》2008.03
转载。收入《2008 中国短篇小说年选》（洪治纲主编，花城出版社出
版）。收入《2008 年中国短篇小说经典》（吴义勤主编，山东文艺出
版社出版）。获第四届湖北文学奖。

223.《嫂子调》，发《长江文艺》2008.03。

224.《寡妇年》，发《山花》2008.04。

225.《挽救豌豆》，发《广州文艺》2008.04。

226.《劝姨妹复婚》，发《文学界》2008.05.

227.《麦子黄了》，发《江南》2008.03。

228.《去南方》，发《延河》2008.06。

229.《陪周立根寻妻》，发《钟山》2008.04。

230.《甘草》，发《花城》2008.04。

231.《金碗》，发《滇池》2008.09。《小说选刊》2008.10 转载。
收入《2008 年中国短篇小说精选》（胡平主编，长江文艺出版社出
版）。收入《2008 中国年度最佳短篇小说》（小说选刊主编，漓江出
版社出版）。

232.《穿牛仔裤的表嫂》，发《山东文学》2008.11。

233.《桃花桥》，发《作家》2008.11。

234.《两个研究生》，发《百花洲》2009.01。《中华文学选刊》
2009.04 转载。

235.《光棍们的太阳》，发《长江文艺》2009.03。

236.《钟点房》,发《文学界》2009.03。

237.《粉丝》,发《花城》2009.03。《小说选刊》2009.07 转载。《小说月报》2009.08 转载。收入《2009 年中国短篇小说精选》(胡平主编,长江文艺出版社出版)。收入《2009 年名家中短篇小说精品》(章德宁主编,湖南文艺出版社出版)。收入《2009 最适合中学生阅读短篇小说》(宗仁发主编,北方妇女儿童出版社出版)。

238.《人住牛栏》,发《岁月》2009.04。配发樊星先生评论文章。

239.《姑嫂树》,发《长城》2009.03。

240.《红杏是怎样出墙的》,发《芳草》2009.07。

241.《我们的隐私》,发《收获》2009.04。《小说月报》2009.09转载。收入《2009 中国短篇小说年选》(洪治纲主编,花城出版社出版)。收入英文小说集《礼帽》(美国夏威夷大学出版社出版)。

242.《风流老婆》,发《福建文学》2009.07。

243.《等冯欠欠离婚》,发《作家》2009.08。《中华文学选刊》2009.11 转载。

244.《红丝巾》,发《广州文艺》2009.11,《小说选刊》2009.12 "佳作搜索" 推荐。

245.《乡村车祸》,发《滇池》2009.12。获第七届滇池文学奖。

246.《村口商店》,发《长江文艺》2010.01。获第四届完美文学奖。

247.《坐了一回主席台》,发《满族文学》2010.01。

248.《姓孔的老头》,发《山花》2010.03。

249.《柳幺》,发《福建文学》2010.03。

250.《陪读》,发《花城》2010.03。《当代小说》2010 年第 9 期发表评论。

251.《吃回头草的老马》,发《作家》2010.08。《小说月报》2010.09转载。《中华文学选刊》2010.10 转载。

252.《老师的生日庆典》,发《红岩》2010.05。

253.《给李风叔叔帮忙》,发《小说界》2010.05。《小说月报》

2010.12 转载。收入《2010 年中国短篇小说精选》（胡平主编，长江文艺出版社出版）。

254.《暗恋者》，发《天涯》2010.05。《小说选刊》2010.10 转载。收入《2010 中国短篇小说年选》（洪治纲主编，花城出版社出版）。收入中国社会科学院《中国文学年鉴》2011 年卷。

255.《水边的相好》，发《辽河》2010.11。

256.《留在家里的男人》，发《钟山》2010.06。《小说月报》2011.01 转载。

257.《拜寿》，发《广西文学》2010.12。

258.《花被窝》，发《收获》2011.01。《文学教育》2011.03 发表李遇春评论。《小说选刊》2011.04 转载。《小说月报》2011.06 转载。荣登中国小说学会 2011 年度中国小说排行榜，位于短篇第四名。收入《2011 中国短篇小说年选》（洪治纲主编，花城出版社出版）。收入《小说月报 2011 年精品集》（百花文艺出版社出版）。收入《2011 年度中国短篇小说》（漓江出版社出版）。收入中国社会科学院《中国文学年鉴》2012 年卷。获第五届湖北文学奖。

259.《村里哪口井最深》，发《福建文学》2011.01。

260.《幸福的曲跛子》，发《北京文学》2011.02。《当代小说》发表评论。

261.《我的三个堂兄》，发《长江文艺》2011.02。

262.《死鬼黄九升》，发《广州文艺》2011.02。

263.《看稀奇》，发《作家》2011.04。《中华文学选刊》2011.05 转载。《光明日报》《文学报》发表评论。

264.《卖豆腐的女人》，发《作家》2011.04。《光明日报》《文学报》发表评论。

265.《师娘》，发《芒种》2011.05。

266.《电话亭》，发《红岩》2011.03。

267.《唱歌比赛》，发《小说界》2011.03。

268.《提前退席的人》，发《长城》2011.05。

269.《保卫老师》，发《花城》2011.05。《中华文学选刊》2011.12转载。《文艺报》发表李勇评论。

270.《剪彩》，发《福建文学》2012.01。《小说月报》2012.04转载。收入《小说月报2012年精品集》。

271.《三层楼》，发《作家》2012.01。

272.《镇长的弟弟》，发《山花》2012.01。收入《2012年中国短篇小说年选》（洪治纲主编，花城出版社出版）。

273.《打捞记》，发《红岩》2012.01。

274.《矿难者》，发《广西文学》2012.03。《中华文学选刊》2012.05转载。获第十届金嗓子文学奖。

275.《海碗》，发《中国作家》2012.06。《长江文艺好小说》2021.01转载。

276.《有个女人叫钱眼儿》，发《长城》2012.06。

277.《回忆一双绣花鞋》，发《钟山》2012.06。《小说月报》2013.02转载。《小说评论》发表评论。收入《中国当代文学经典必读2013年卷》（吴义勤主编，文化艺术出版社出版）。获第十六届小说月报百花奖。

278.《让死者瞑目》，发《福建文学》2013.01。《小说月报》2013.03转载。

279.《花嫂抗旱》，发《作家》2013.02。《小说月报》2013.04转载。

280.《酒疯子》，发《收获》2013.02。《湖北日报》发表评论。进入中国小说学会2013年中国小说排行榜。收入《2013中国短篇小说年选》（洪治纲主编，花城出版社出版）。

281.《桠杈打兔》，发《花城》2013.05。《光明日报》2013.10.24发表评论。

282.《养驴的女人》，发《作家》2014.01。《小说月报》2014.03转载。

283.《日白佬》，发《福建文学》2014.01。

284.《皮影戏》，发《广西文学》2014.01。《小说月报》2014.04转载。收入《2014年中国短篇小说精选》（胡平主编，长江文艺出版社出版）。

285.《传染记》，发《天涯》2014.02。《小说选刊》2014.04转载。收入《2014中国短篇小说年选》（洪治纲主编，花城出版社出版）。收入《中国当代文学经典必读2014年卷》（吴义勤主编，百花洲文艺出版社出版）。收入《2014年度中国短篇小说》（漓江出版社出版）。

286.《我的小郎儿》，发《钟山》2014.04。

287.《挖坑》，发《文学界》2014.08。《光明日报》发表评论。

288.《双胞胎》，发《长城》2014.06。

289.《野猪》，发《作家》2015.01。

290.《三个乞丐》，发《天涯》2015.02。进入中国小说学会2015年中国小说排行榜。收入《2015中国短篇小说年选》（洪治纲主编，花城出版社出版）。获第五届汪曾祺文学奖。

291.《天坑》，发《福建文学》2015.06。

292.《自首》，发《红岩》2015.04。

293.《松毛床》，发《作家》2016.01。

294.《道德模范刘春水》，发《钟山》2016.03。收入《中国当代文学经典必读2016年卷》（吴义勤主编，百花洲文艺出版社出版）。

295.《除癣记》，发《人民文学》2016.06。收入《2016中国短篇小说年选》（洪治纲主编，花城出版社出版）。

296.《推牛》，发《天涯》2017.01。《中华文学选刊》佳作搜巡发评介。

297.《两次来客》，发《福建文学》2017.01。

298.《推杯换盏》，发《作家》2017.01。《长江文艺·好小说》2017.03转载。

299.《看病》，发《花城》2017.02。收入《中国当代文学经典必读2017年卷》（吴义勤主编，百花洲文艺出版社出版）。

300.《打飞机的傻哥哥》，发《湖南文学》2017.05。

301.《妇女主任张开凤》，发《鸭绿江》2017.05。

302.《父亲的相好》，发《钟山》2017.03。《小说月报》2017.09 转载。《中华文学选刊》2017.08 转载。《作品与争鸣》2017.08 转载。《长江文艺好小说》2017.08 转载。收入《2017 中国短篇小说年选》（洪治纲主编，花城出版社出版）。收入《2017 年中国短篇小说精选》（胡平主编，长江文艺出版社出版）。《文艺报》发表评论。

303.《撒谎记》，发《长江文艺》2017.07。《新华文摘》微信公众号转发。

304.《说的都是一个人》，发《作家》2018.01。《新文学评论》2018.01 发表评论。获第五届《作家》金短篇小说奖。

305.《吃苦桃子的人》，发《人民文学》2018.03。《长江文艺·好小说》2018.05 转载。收入《2018 中国短篇小说年选》（洪治纲主编，花城出版社出版）。收入中国社会科学院《中国文学年鉴》2018 年卷。收入《中国当代文学经典必读 2018 年卷》（吴义勤主编，百花洲文艺出版社出版）。获《长江文艺》好小说双年奖。

306.《夜来香宾馆》，发《北京文学》2018.04。获《北京文学》2018 年优秀小说奖。

307.《黄麻抓阄》，发《雨花》2018.10。《小说月报·大字版》2018.12 转载。

308.《同仁》，发《钟山》2018.06。

309.《城乡之间的那个午党》，发《作家》2018.12。

310.《花饭》，发《芙蓉》2019.02。《小说月报》2019.06 转载。收入《中国当代文学经典必读 2019 年卷》（吴义勤主编，百花洲文艺出版社出版）。收入《2019 中国短篇小说年选》（洪治纲主编，花城出版社出版）。

311.《笑话》，发《大家》2019.06。

312.《家庭游戏》，发《作家》2020.05。《作品与争鸣》2020.09 转载。

313.《泰斗》，发《清明》2020.05。《小说选刊》2020.11 转载。

《长江文艺·好小说》2020.11 转载。《作品与争鸣》2020.11 转载。收入《2020 中国短篇小说年选》（洪治纲主编，花城出版社出版）。荣登中国小说学会 2020 年年短篇小说排行榜第五名。

314.《过阴》，发《红岩》2020.06。

315.《黄豆开门》，发《芙蓉》2020.06。

316.《陪李伦去襄阳看邹忍之》，发《天涯》2020.06。《作品与争鸣》2020.12 转载。

317.《裸石阵》，发《北京文学》2020.12。

318.《夕阳为什么这样红》，发《黄河》2021.01。

319.《上个世纪的疙瘩》，发《三峡文学》2021.01。《文学教育》2021.05 发表曹霞评论。

320.《老婆上树》，发《作家》2021.08。同期配发曹霞评论。《小说选刊》2021.09 转载。收入《2021 中国短篇小说年选》（毕光明主编，花城出版社出版）。进入中国小说学会 2021 年度中国小说排行榜。入围第八届鲁迅文学奖短篇小说前十。

321.《春回大地》，发《大家》2021.06。《小说月报》2022.01 转载。

322.《发廊门上的纸条》，发《作家》2022.04。《长江文艺·好小说》2022.06 转载。

323.《三脚炉火锅》，发《大家》2022.05。《小说月报》2023.01 转载。

324.《白内障》，发《黄河》2023.01。《小说月报》2023.03 转载。

325.《窗外的事情》，发《芙蓉》2023.01。

326.《甩手舞》，发《中国作家》2023.02。《长江文艺·好小说》2023.03 转载。收入《2023 中国短篇小说年选》（毕光明主编，花城出版社出版）。

327.《城乡书》，发《作家》2023.06。

328.《对门》，发《北京文学》2023.07。入选《中国当代文学经典必读》（吴义勤主编，百花洲文艺出版社出版）。

329.《三上县城》，发《红岩》2023.06。

330.《内裤风波》，发《作家》2024.04。

331.《村标》，发《芳草》2024.03。《小说选刊》2024.08 转载。《小说月报·大字版》2024.08 转载。

332.《我的堂弟李小样》，发《湖南文学》2024.08。《文艺报》发表刘川鄂教授评论。

333.《天黑有灯》，发《大家》2024.05。

334.《做媒记》，发《天涯》2024.06。

335.《乡村兽医》，发《中国作家》2024.11。《小说选刊》2025.01 转载。

336.《老愚网恋简史》，发《四川文学》2025.01。

337.《卒哥在最热的一天》，发《福建文学》2025.03。